Das Buch

Als der erfolgreiche Jungmanager Frederik sich von seiner Langzeitfreundin trennt, fühlt er sich irgendwie verloren. Wohin mit ihm in Zeiten der sozialen Kälte und des karrieregeschuldeten Dauerstresses? Auf der Suche nach einem neuen Zuhause wird er schon bald fündig: Er zieht in die »Seniorenresidenz St. Ambrosius«. Im Altenheim fühlt er sich heimisch und findet unverhofft neue Freunde. So prallen die Welten des Rentnertalks und des Managements aufeinander – Sitztanz und Endlosmeetings – und scheinen sich aus Frederiks Sicht zunächst perfekt zu ergänzen. Doch als er zum Senior Manager aufsteigt – und zudem die Pflegerin Agata kennenlernt –, gerät sein beschauliches Arrangement außer Kontrolle.

Die Autorin

Anja Burkel hat als Journalistin unter anderem für die *Süddeutsche Zeitung*, den *Standard*, die *Neue Zürcher Zeitung* und die Pressestelle der Universität München gearbeitet. Sie studierte Journalistik, Politik und Recht und besuchte die Deutsche Journalistenschule. Anja Burkel lebt mit ihrer Familie in England.

ANJA BURKEL

WAS DARF'S DENN SEIN, JUNGER MANN?

ROMAN

Ullstein

Besuchen Sie uns im Internet:
www.ullstein-taschenbuch.de

MIX
Papier aus verantwortungsvollen Quellen
FSC® C083411

Originalausgabe im Ullstein Taschenbuch
1. Auflage September 2014

Umschlaggestaltung: Alissa Pedall
Titelabbildung: © Anja Burkel
Satz: LVD GmbH, Berlin
Gesetzt aus der Goudy Old Style
Papier: Pamo Super von Arctic Paper Mochenwangen GmbH
Druck und Bindearbeiten: CPI books GmbH, Leck
Printed in Germany
ISBN 978-3-548-28492-7

Prolog

Ob das »Schaukelpferd« drohte oder der »Hampelmann« – der junge Mann mit der Profischwimmbrille gab alles. Vor jeder neuen Übung zischte er »Challenge accepted« und stürzte sich in die Chlorbrühe: Beim »Twister« ließ er artistisch die Hüften kreisen. Beim »Wasserwirbel« schoss er wie ein Tornado durch den Pool. Und beim »Seepferdchen« zwang er die Knie nach oben bis zum Kinn. In seiner nanobeschichteten High-End-Badehose turnte er um sein Leben, genau wie im Job gab er nicht nur 100, sondern 200 Prozent, so dass das Wasser in seinem Radius permanent spritzte, schwappte und schäumte. Dazu sang Heino in Dauerschleife.

»Wir lagen vor Madagaskar
und hatten die Pest an Bord.
In den Kesseln, da faulte das Wasser,
und täglich ging einer über Bord.
Ahoi, ahoi, Kameraden …«

Die Wassergymnastik ging frühmorgens um sieben über die Bühne, linderte Rheuma wie Arthrose – und passte bequem in den Workflow des jungen Mannes. Bestaunt wurde sein juveniles Wasserspektakel von einem Greisendutzend, das sich im teewarmen Wasser halb wärmte, halb ertüchtigte. »Sapperlot«, kommentierte eine Grauhaarige mit Blümchenbadekappe; einem spitzbäuchigen

Herrn entfuhr: »Ei verbibbsch, der junge Sportsfreund«. Letzterer ließ sich weder von der Musikauswahl noch von der Wassertemperatur irritieren: Auf der Stelle marschierend, schaufelte er lehrbuchmäßig die Arme durchs Wasser und war der Choreographie stets eine halbe Sekunde voraus. Zur Rechten registrierte er eine Dame mit Goldbadekappe, die gegen eine tückische Welle von Backbord rang.

»Leb wohl, leb wohl, kleines Madel.«

Sie empörte sich prustend, aber nur kurz. Denn in der Wassergymnastik war der junge Mann das unangefochtene Alphatier, ganz klar, bei seiner natürlichen Führungspersönlichkeit: Zur Polonaise jedenfalls reihten sich die Stützbadewäscheträger mit ihren Knieprothesen und künstlichen Hüften immer hinter ihm ein; bei den Beinübungen kriegte er die besten Plätze am Beckenrand; und niemand beschwerte sich jemals über die Wellen, die er schlug.

Vielleicht lag es auch an den kleinen Gefälligkeiten, die er ihnen ab und zu tat.

Die Rentnerin mit der Blümchenkappe war bei jeder Übung näher an ihn herangehüpft und hopste jetzt in Gesprächsnähe.

»Gnä' Herr«, fragte sie, ohne ihre himmelblauen Lidschatten vom Vorturner zu wenden. »Reisen wir zwei Hübschen morgen wieder nach Paris?«

Der junge Mann runzelte die solariumgebräunte Stirn.

»Schon wieder Paris? Da waren wir doch Samstag erst.«

Sie reckte das Kinn.

»Vielleicht Madagaskar?«

Seine Stirn straffte sich.

»Jaaa … Ich weiß nur nicht, ob wir da so leicht reinkommen wie in Paris …«

»Wir lagen schon 14 Tage,
kein Wind in die Segel uns pfiff.
Der Durst war die größte Plage,
dann liefen wir alle auf ein Riff.«

Auf der Bank klingelte eines seiner drei Telefone.

Mit langen Schritten durchpflügte der junge Mann das Wasser, stützte sich auf den Beckenrand wie in der Aftershave-Werbung und schüttelte das lackschwarze Haar. Spätestens jetzt drehten sämtliche Damenbadekappen in seine Richtung. An Land trocknete er die Hände noch in einem Pril-Blumen-Handtuch, bevor er den Daumen übers Handy wischte.

»Ja«, sagte er markig. »Ich bin im Meeting.«

Sein Reise-Rendezvous zwinkerte ihm verschwörerisch aus dem Wasser zu.

»Hm. Hm«, machte er.

»Hm.«

»Damn it.«

Er ließ eine Faust in die Pril-Blumen sinken.

»Dann haben die aus Innovation & Strategy wieder Bullshit …«

Mit der Trillerpfeife gewann der Gymnastiktrainer die kollektive Aufmerksamkeit zurück – und auch der junge Mann sah zu, dass er das Gespräch beendete.

»Sure … Bye.«

Denn der Pfiff des Vorturners kündigte seinen Lieblingspart der Wassergymnastik an: das Turnier! Plastikringe mit den Füßen angeln vielleicht, Schwimmnudeln auf den Grund drücken, oder, wenn er Glück hatte, Liegestütze am Beckenrand vollführen …

Mit einem spektakulären Köpfer tauchte er ins Nichtschwimmerbecken und schrammte die Bodenfliesen dabei leicht mit der Nasenspitze. Er kam grade noch hoch, um die heutige Challenge mitzukriegen: Gymnastikbälle so weit in die Höhe werfen, wie es mit arthritischen Gelenken und nachlassendem Gleichgewichtssinn ging. Um sich zu lockern, watete der junge Mann schnell auf der Stelle und klappte den Kopf hin und her. Nach seinem Sieg würde er sich ganz menschlich und bescheiden geben: kurz eine Faust aufs Wasser krachen lassen, einen Triumph-Schrei, vielleicht einen Satz wie »Damit hab ich ja im Leben nicht gerechnet!«.

»Wir lagen vor Madagaskar
und hatten die Pest an Bord …«

Nach diversen unglücklichen Versuchen der Konkurrenz – einige Bälle erreichten kaum Fensterhöhe, ein Querschläger traf den Trainer am Kopf – war endlich der junge Mann an der Reihe. Mit einem Grunzen holte er Luft, spannte jeden verfügbaren Muskel an und versetzte dem Ball schließlich einen solchen Schlag, dass er bis knapp unter die Deckenleuchte schoss, wo er einen Atemzug lang rotierte. Die Alten hatten ihre Köpfe in die Nacken gelegt, jemand klatschte. Doch der junge Mann selbst legte – während eine Hand noch den Ball auffing – maßvoll den Kopf zur Seite.

»Aber bitte … Ich habe noch *nicht* gewonnen.«

Nur das Männlein mit dem Spitzbauch war noch dran. Es schaukelte im Wasser vor und zurück, vielleicht, um Schwung zu holen, und ächzte leise. Fast musste man fürchten, dass es vom eigenen Geschaukel umfallen könnte. Alles deutete auf einen Rohrkrepierer hin – als der Arm des Greises mit einem Mal zurückschnellte wie eine dürre Feder und dem Ball einen Hieb versetzte.

Die getroffene Deckenlampe machte einen metallischen Laut und flimmerte.

Im Kopf des jungen Mannes flimmerte es auch. Jemand riss Spitzbauchs Ärmchen hoch, die Senioren applaudierten, ein paar Rentnerinnen bespritzten ihn neckisch mit Chlorwasser. Der junge Mann sah mit an, wie das Männlein die Trophäe entgegennahm – eine nagelneue Schwimmnudel.

»Glückwunsch«, presste er zwischen zusammengebissenen Zähnen hervor.

»Gräm dich nicht, Jungchen«, sagte der Sieger zwischen Gratulanten und der Schaumstoffstange. »Beim nächsten Mal gewinnst du. Der Trick ist es, dem Ball« – er machte es vor – »im allerletzten Moment einen …«

»Es lag nicht an der Technik!«, bellte der junge Mann und massierte sich hektisch den Ellbogen. »Sondern an meinem Karpaltunnelsyndr…«

Der Greis klopfte fürsorglich seinen Arm.

»Natürlich, natürlich. Ich hab nur meine künstliche Hüfte. Aber« – er überhörte das Knurren des Sportsfreunds – »zauberst du mir trotzdem mal wieder meine Enkel in den Bingosaal?«

Der junge Mann ließ die Schultern sinken.

»Klar«, grummelte er. »Gegen Mittag?«

»Das wäre ganz reizend.«

1 Feuer im Spiegelsaal

Auf einer Hochzeit mit allen Schikanen, zwischen Organza und Sahnetorten, Puffärmeln und Prunkreden, bekam Frederik Berg gar nicht mit, dass ein cremefarbener Brautstrauß auf ihn zuschoss – mit Rosenblüten, Federn und nicht wenigen Dornen. Das Bouquet hatte die Hand der Braut verlassen, flog mit überraschender Geschwindigkeit durch die johlende Menge und nahm Kurs auf Freds Gelfrisur. Ein Einschlag stand unmittelbar bevor.

Aber Fred hatte jetzt wirklich keine Zeit, sich auf dieses Fest zu konzentrieren. Er war vollauf damit beschäftigt, mit der Silbergabel seine To-do-Liste in den Kuchen zu kratzen: Vier Präsentationen galt es im Office vorzubereiten, die Buzz Sessions, das Weekly Meeting, auf dem es diesmal ziemlich krachen würde, und natürlich das Chicago-Briefing mit Dr. O. Alles malte Fred stichpunktartig in die Glasur. Unvorsichtigerweise hatte er Leni versprochen, während der Feier auf seine drei Smartphones zu verzichten. Aber wenn schon keine Handys, dann wenigstens Tortenguss: Vom Buffet hatte er unverschämt große Kuchenstücke geholt, gravierte seine Notizen in den Guss und dokumentierte sie mit der kleinen Tischkamera. Irgendwie beruhigte es ihn, seinen aktuellen Workload niederzuschreiben – auch wenn es bloß Kratzer in der Kuvertüre waren.

Denn auch auf Susannahs Hochzeit konnte Fred nur an eines denken: seinen Job.

»Ich bin eben Bankmanager aus Leidenschaft«, hatte er noch vorhin zu Leni gesagt. »Und so eine Leidenschaft macht nicht Pause, nur weil irgendeine Cousine heiratet.«

Das festive Nichtstun machte ihn fertig. Seit dem schlecht performten Gottesdienst am Morgen ertrug er tuffige Kleider, weinerliches Trauzeugengefasel und Blumenkinder in Lillifee-Outfits.

Dabei konnte er es sich zeitlich nicht leisten, hier untätig rumzusitzen: Bei MyMoney, der Bank für Young Potentials, musste er ständig neue Strategien für die Kernzielgruppe zwischen 18 und 35 entwerfen, die Überweisungen gern mobil und on the go am Handy erledigte und Banknews am ehesten auf Facebook oder Twitter las. Dass es jetzt wöchentlich wechselnde Gimmicks auf der Internetseite gab, superstylische Filialen und mehr als 1000 Kreditkartenmotive, das war unter anderem Freds Verdienst, der mit seinen 34 Jahren selbst am oberen Ende der Target Group lag. Es fiel ja niemandem auf, dass er auch auf der Hochzeit heimlich ackerte. »Getting things done« war Freds Credo, und dafür schätzte man ihn bei dem amerikanischstämmigen Bankhaus …

Das anschwellende Johlen der Festgesellschaft ignorierend, spähte er durch eines der Sprossenfenster. Sein teerschwarzer Dienst-Mercedes wartete unter einer winterkahlen Linde und verwies die Autos der anderen Hochzeitsgäste auf die Plätze. Seit Fred die Limousine besaß, wusste er, dass ein Nappaleder-bespanntes Cockpit glücklich machen konnte. Er wischte sich eine Träne aus dem Auge: Er liebte seinen Job. So sehr, dass er sich morgens für ihn schönmachte.

Fred betrachtete sich kurz im Silber der Kuchenschaufel. Seine Optik war geradezu ein Traum aus der Tagesgeld-Werbung: Er verfügte über einen festen, kreditwürdigen Blick, ein chefmäßiges Kinn und eine kollegenüberragende Größe von 1,94 bis 1,97, je nach Tageszeit. Zudem war er gefährlich dunkelhaarig, mit einem Schopf, der farblich zum Mercedes passte, und hatte so kapitale Hände, dass er sie ohne Scham auf den Tisch donnern konnte. Dazu trug er stets klinisch saubere Budapester an den Füßen und gönnte sich beim Rasieren keine Nachlässigkeiten. Er war auch nicht so ein schwitziger Typ wie mancher Kollege, dessen Nervosität vor großen Summen man an den Tropfen im Gesicht abzählen konnte; bei Fred trocknete jede Unsicherheit einfach weg.

Zufrieden lächelte er die Kuchenschaufel an.

»Fred«, brüllte seine Freundin.

Fred sah auf. Blumen, vor seinem Gesicht. Das florale Geschoss hatte ihn fast erreicht, wie eine Bombe mit seinem Namen darauf, und es war ziemlich stachlig. Und mit ihm schoss das gesammelte Interesse der Hochzeitsgesellschaft heran.

Aber in Zeiten immer volatilerer Finanzmärkte war Fred es gewohnt, blitzschnell auf veränderte Situationen zu reagieren. Ein breitbeiniger Satz zurück, die Arme in vorbildliche Baggerposition – und seine Handgelenke trafen den heranschießenden Brautstrauß satt in der Mitte. Der Stuhl krachte samt Husse und Schleifchen zu Boden, und Fred warf sich, während das Blumending davondonnerte, sportiv auf den Bauch. Dort blieb er vorsichtshalber erst mal liegen. Die Geräuschkulisse der Hochzeitsfeier war mit einem Schlag auf null gedimmt. Wenn man es genau nahm, hatte Fred einen Brautstrauß wie einen Volleyball davongebaggert. Das roch nach Ärger.

Etwas rieselte auf seinen Hinterkopf, und er sah zur Decke. Über ihm stand ein lila Blumenkind und bestreute ihn lächelnd mit Veilchen, bevor es von seiner Mutter durch die schweigende Hochzeitsgesellschaft davongezerrt wurde.

Fred rappelte sich vollends hoch und klopfte die Veilchen von seinem Jackett. Dabei sah er sich unauffällig um: Am anderen Ende des Saals gab es einen kleinen Aufruhr. Die Braut schickte ihm einen vergorenen Blick und führte mit dem Zeigefinger eine schnelle Bewegung über ihrer Kehle aus. Lenis Gesichtsfarbe hatte sich derweil dem Cremeweiß der Tafeldekoration angepasst.

»Wie darf ich das interpretieren«, flüsterte sie und suchte an ihrem kippligen Sektglas Halt.

»Ach, das war nur ein Reflex!«, sagte Fred schwach, während er die letzten Blüten vom Anzug pflückte und zuckte mit seinen sperrigen Schultern.

»Ist doch nichts passiert, Leni.«

»Feeeeeuer!«, schrie irgendein Panikmacher vom anderen Ende des Spiegelsaals, dort, wo der Brautstrauß gelandet war. »Wir haben hier ein Feuer!«

Über einem Kerzenständer stiegen rußige Flammen auf, aus dem Augenwinkel sah Fred glimmende Rosen und einen zunehmenden Tumult.

»Wie darf ich dann diesen *Reflex* interpretieren!«, fuhr Leni, die Löschversuche ignorierend, fort.

»Wollen wir das nicht unter vier Augen …?«

»Nein, nein!«

Ihre Stimme hatte sich schrill in die Höhe geschraubt.

»Das können gern alle mithören.«

Sie machte eine grimmig-großzügige Geste, bei der tüchtig Sekt über Bord ging, und jemand rief: »Lauter!«

Frederik holte tief Luft und sah Richtung Decke, als hinge dort der Teleprompter mit der richtigen Antwort.

»Wir hatten das doch besprochen«, sagte er schließlich, »dass im Moment alles, was ich nicht zielorientiert für meine Karriere einsetzen kann, ganz unten steht auf unserer Prioritäten-Liste.«

Dass er noch »Es ist ja kein Nice-to-have-Job wie deiner« nachschob, war wirklich nicht böse gemeint. Aber Leni guckte zerknittert unter ihrem ingwerfarbenen Bob hervor.

»Nice to have?«

In ihrem schillernden grauen Stiftkleid stand sie vom Tisch auf.

»Mein Liebling«, entgegnete er, »du arbeitest halbtags. Du handelst keine großen Summen – von der Ausflugskasse mal abgesehen. Und deine Kunden sind Kinder.«

»Ich bin Lehrerin am Gymnasium! Und könntest du deinen Manager-Slang wenigstens bei Familienfeiern unter Kontrolle bringen?«

Fred grummelte. Er mochte keine privaten Konflikte, sie waren kraftzehrend und unnötig. Und er brauchte all seine rhetorische Energie bei MyMoney: für die Debatten über Serviceprofile und Anlegertypen, für die Meetings mit seinem größer werdenden Team, für neue Strategien im Marketing. Tagsüber sprach er manchmal so viel, dass er seine Stimme nachts noch im Ohr surren hörte, wie ein Widerhall des Arbeitstages. Nein, er brauchte privat keine Streitereien. Aber jetzt kam es ihm wieder mal vor, als müsste er seinen ganzen Berufsstand verteidigen, deshalb gab er zurück:

»Du hast dafür – by the way – einen anderen ganz schön derben Slang. Einen Pädagogen-Slang.«

Auch das war so ein Satz, den Fred grundsätzlich am liebsten zurückgespult und mit heiterer Musik überspielt hätte. Aber es war ja für eine gute Sache, also setzte er noch nach.

»Dass du diese geschlechterdemokratische Klasse zum Beispiel spannend findest. Also sorry, Leni: Ein Crash an der Börse ist spannend, ein Allzeithoch, vielleicht ein Stunt bei *Ein Colt für alle Fälle*. Aber doch nicht die Einführung eines Modells in der Unterstufe!«

Eines hirnrissigen Modells, dachte er bei sich, aber das wagte er nicht zu sagen. Er wollte hier keinen Ärger.

»Es mag für dich nicht spannend sein«, rief Leni, und ihre exakt geschnittene Frisur geriet durcheinander, »aber immerhin tue ich tausendmal mehr für die Gesellschaft als du mit deinem scheiß Bankmanagement!«

Da reichte es ihm und er schnappte zurück:

»Das Bankmanagement ist eine wundervolle Sache, die du niemals verstehen wirst!«

Kaum hatte er das gesagt, brannte wieder dieser miese Schmerz los, und Fred krümmte sich über das Festporzellan.

»Was …?«

»Nichts.«

»Schon wieder dein Bauch? Immer, wenn du nicht mehr über etwas reden willst, tut dir plötzlich der Bauch weh.«

»Alles bestens.«

Es war bestimmt wieder der Blinddarm. Vor ein paar Jahren hatten sie eine Reizung bei ihm festgestellt – und in letzter Zeit tat es wieder ganz genauso weh. Wobei Fred sich an den Begriff »Reizung« klammerte: Es war eine Blinddarm*reizung*, keine Entzündung. Er krümmte sich wieder.

»Geh doch endlich mal zum Arzt, Fred.«

Aber beim Arzt ging man nicht nur das Risiko einer furchtbaren Entdeckung ein – es dauerte auch. Statt seine Zeit an Praxisvormittage zu vergeuden, steckte Fred sie lieber in die Arbeit, und diese Einstellung wurde immer wieder belohnt: mit nicht weniger als drei Beförderungen in wenigen Jahren, Boni, riesigem Schreibtisch und sogar – vielleicht der schönste Tag seines Lebens – seinem Dienst-Mercedes

Und jetzt hatte im Office das Rennen um einen »Senior Manager«-Posten begonnen. Fred wollte nicht sein Leben lang nur Associate bleiben! In der chromblitzenden Kantine raunte man es einander zu: rund 100 000 Euro Annual Salary. Beim Gedanken daran blieb Freds Herz jedes Mal für einen Moment stehen. So wie vor langer Zeit, als Leni und er sich verliebt und einander auf riesigen Handys angerufen hatten.

Jetzt verschwand sie grußlos Richtung Notausgang. Fred stand ebenfalls auf und machte ein paar dynamische Schritte zu dem verkohlenden Brautstrauß hinüber. Nicht weniger als vier Männer schlugen mit ihren Jacketts auf die letzten glimmenden Stellen am Tisch ein und guckten, so Freds Eindruck, als retteten sie die Welt. Mit gebührendem Sicherheitsabstand drosselte er sein Tempo und strich sich die Schurwolle des Sakkos glatt. In einem 2000-Euro-Anzug blieben einem solche Heroenstücke freilich verwehrt. Er formte zwei Finger zu einem »Exzellent«-Zeichen.

»P-hä«, machte ein brokatverziertes Mütterchen, das die Unglücksszene mit weiten Augen verfolgt hatte.

»Das finden Sie wohl noch gut, dass Sie uns hier lichterloh abfackeln!«

»Ich wollte den Herren nur meine …«

»Brandstifter!«, krächzte sie.

Manchmal war es besser, zu gehen. Fred machte eine kleine Volte, nicht ohne den selbsternannten Feuerwehrmännern noch einen gereckten Daumen hinzustrecken, und steuerte Richtung Toilette.

Aus dem Augenwinkel bekam er noch mit, wie sein Onkel jemanden auf die mit Tüll geschmückte Bühne schob und ihm hektische Zeichen machte. So weit man das von hier aus erkennen konnte, steckte der junge Mann in einem hautengen Glitzeranzug und hatte reichlich Schminke im Gesicht. Er begann ein paar waghalsige Verrenkungen, und das kollektive Schweigen löste sich in Gemurmel auf. Fred schnaubte durch die Nase. Wo kriegten sie nur immer solche Idioten her. Andererseits: Wenn sein Leben ein bisschen anders verlaufen wäre, dann würde er jetzt da oben stehen, mit dem Kopf zwischen den Knien.

Er verabschiedete sich für eine Dreiviertelstunde aufs Herrenklo: Hinter dem Spülkasten der dritten Herrentoilette von rechts hatte er für alle Fälle sein Notebook deponiert.

Als er zurückkam, war Lenis Platz noch immer leer.

Fred ließ den Kopf in die Hände fallen und seufzte abgrundtief. Er brauchte jetzt auch einfach noch einen Moment für …

»Hey, Brötchen!«, rief eine Fischverkäuferstimme, und Fred bekam einen fröhlichen Schlag auf den Rücken, »Alles gut bei dir?« Micha. Freds alter Klassenkamerad war anscheinend noch immer so dauer-gut-drauf wie damals am Gymnasium.

»Schau mal, ich bin jetzt auch bei deiner Bank!«, rief er, als ginge es um ein Fitnessstudio, und hielt Fred eine MyMoney-Kreditkarte im Pop-Art-Design unter die Nase.

Das passte. Micha sah schließlich genauso aus wie die Typen in den MyMoney-Werbespots: Er trug lustig verwahrloste Locken, ein Offen-für-alles-Gesicht und einen Retroanzug wie aus dem Siebziger-Jahre-Fotoalbum. Dabei war er nicht gerade der Young Potential, der Fred und seinen Kollegen vorschwebte. Besonders viel verdienen konnte er nicht: Jeden Spätsommer nahm er sich monatelang von seinem Altenpflegerjob frei, um zum Kitesurfen nach Andalusien zu fahren. Man musste sich das mal vorstellen: Er ging monatelang einfach nicht arbeiten!

»Deine Bank hat mich auf Facebook angeschrieben«, berichtete Micha und verstrubbelte sich die Haare, um ja nicht angepasst auszusehen.

»Und eure Filialen sind so cool! Ich dachte erst, das sind Coffeeshops oder Apple-Stores oder so was.«

Mit seiner Kreditkarte nahm er etwas Sahne von Freds Teller und schob sie sich in den Mund. Schon klar, dachte Fred. Nur nicht zu viel Respekt vor dem Mammon.

Glücklicherweise sah Fred kaum noch alte Schulfreunde wie Micha. Sie waren mittlerweile eher Satellitenfreunde und umkreisten ihn im Abstand von ein oder zwei Bundesländern. Als vage Verbindung gab es Facebook und Silvestergrüße, ab und zu kam aus ihrer Richtung noch eine Einladung zur Taufe oder zur Hochzeit. Aber Fred reagierte nur selten: Solche Ganztagsveranstaltungen fraßen einfach zu große Löcher in sein Zeitbudget. Was dachten sich diese Leute? Wenn er Zeilen wie »Taufe in St. Laurentius: 11 Uhr!« auf den Karten las, warf er sie sofort in den Müll.

Micha war der lebende Beweis, dass das die einzig richtige Politik war.

»Und du?«, fragte Fred. »Jonglierst fleißig mit deinen Filzbällen?«

Aber Micha winkte ab.

»Nee. Ich mach jetzt Slacklining – zwischen Bäumen, auf'm Seil.«

Der alte Mitschüler begann einen selbstverliebten Sermon über sein Leben, und Fred schüttelte den Kopf. Genauso gut konnte man in einen Gullydeckel hineinhorchen, das war ähnlich erhellend. Also schaltete er sich in Gedanken einfach weg. Wie immer gelang ihm das am besten mit Gegenthemen:

Spielkreditkarten für den Kaufladen waren vielleicht gar keine schlechte Idee, um Kinder schon von klein auf mit MyMoney anzufüttern ... Fred dachte auch über seine Zähne nach, die er zurzeit gar nicht mehr locker kriegte, sie knirschten jetzt sogar tagsüber. Er musste zeitnah noch mal zur Kiefermassage, aber das kostete ja gleich einen halben Arbeitstag ...

»Aber du kommst zum Klassentreffen, oder?«, fragte Micha und schlug Fred noch mal freudig-brutal auf den Rücken. »Alle freuen sich auf dich.«

»Ihr habt mich ›Fred das Brot‹ genannt.«

Micha wieherte vor Freude.

»Aber du hast immer nur gelernt, Brötchen, und wenn du nicht gelernt hast, warst du schlecht drauf. Weißt du noch, wie Stabinski sich geweigert hat, dir Hausaufgaben zu geben? ›Kriegen Sie Ihre Arbeitssucht in den Griff, Berg!‹«

»Ich hol mir noch einen Kuchen«, sagte Frederik, obwohl ihm der Magen schon schmerzte und flüchtete ans Buffet. Hoffentlich war Micha gleich verschwunden – und hoffentlich würde Fred ihn dann sein ganzes Leben lang nicht wiedersehen.

Er trennte grade ein schönes, flaches, unbeschriebenes Stück Sachertorte ab, als sich hinter ihm jemand räusperte. Es war ein beleidigtes Räuspern.

»Falls es dich interessiert, mein Sohn: Rosi aus dem Golfshop hat jetzt schon vier Enkel.«

Seine Mutter Gisela war braungebrannt von der letzten Mittelmeer-, Asien- oder USA-Reise und hatte für die Hochzeit ihrer Nichte tüchtig Glanz-Make-up aufgelegt. Sie sah ihn bohrend von der Seite an.

»Vier.«

Fred seufzte.

»Vielleicht wissen Rosis Kinder ja nicht, wie man verhütet, Mama.«

Er schichtete sich noch eine Marzipanschnitte aufs Porzellan.

»Aber ich weiß es. Und ich nutze dieses Wissen.«

»Immer diese Ausflüchte«, sagte Gisela und schüttelte den Kopf.

»Und was haben wir? Statt Enkeln ein paar Grashupfer.«

»Es sind Vietnamesische Stabschrecken, Mama, aus der Familie der Phasmatidae …«

»In jedem Fall verbringst du einfach viel zu viel Zeit mit diesen Insekten. Deine armen Eltern müssen froh sein, wenn sie dich überhaupt mal leibhaftig zu Gesicht bekommen! Nicht mal an Weihnachten warst du zu Hause.«

Sie presste ihre pink glänzenden Lippen aufeinander.

»Darf ich dich daran erinnern«, entgegnete Fred, »dass wir am 24. zusammen Geschenke ausgepackt haben? Und Lieder gesungen? Ich finde, es war ein stimmungsvoller und sehr besinnlicher Abend!«

»Am Bildschirm, ja«, rief seine Mutter, künstlich erregt, »am Bildschirm haben wir ›Stille Nacht‹ gesungen! Und drunter hast du wahrscheinlich deine *Financial Times* oder irgendwas gelesen.«

Sie zerhackte ein Baiserherz.

»Wir skypen ja nur noch. Ich bin es gar nicht mehr gewohnt, dass du mir direkt in die Augen schaust und nicht so komisch aufs Kinn wie am Bildschirm. Es sieht immer ein bisschen aus, als ob du schielst.«

Gisela musterte seine Real-Life-Augen – nur für den Fall.

»Und wie schnell du dann immer weg bist.«

Das war ja das Elegante an den Bildschirmbesuchen: Dass man sie jederzeit per Mausklick beenden konnte. Zum Beispiel, wenn wieder das Enkelthema aufkam. Erich und Gisela wünschten sich Enkelkinder, a. s. a. p., und weil Frederik Einzelkind war, gab es für sie auch keinen Plan B. Ihre Wünsche garnierten sie mit unverblümten Ratschlägen: Hormonpräparate, viel Rote Beete für die Blutkörperchen. Es waren sogar Tipps dabei, die, nun ja, nicht vor Freds Schlafzimmertür haltmachten.

»Wir mischen uns da natürlich nicht ein«, raunte Gisela ihm am Kuchenbuffet zu. »Aber hast du diesen Zeitungsartikel gelesen, den Papa dir ausgeschnitten hat? Über in vitro? Die schreiben, wenn es normal nicht klappt, macht ihr einfach in vitro. Das geht ratzfatz.«

»Mama. Vielleicht läuft es ja zwischen Leni und mir

nicht so gut. Hast du unseren Flowergate-Skandal vorhin nicht mitbekommen?«

»Lies einfach den Artikel, Fred!«

Seine Eltern wollten Enkel, seine Freundin wollte Kinder: Manchmal erschrak Fred beim schieren Anblick eines Kinderwagens. Er liebte Leni noch immer. Aber in letzter Zeit kamen ihm öfter Zweifel, ob die Bilanz noch aufging – und ob er nicht zu viel in diese Beziehung investierte. Sie wollte langfristige Verbindlichkeiten. Zeitnah. Am besten drei Blagen! Im Office schuftete er doch schon für diese riesige junge Zielgruppe – da konnte er nicht noch drei Kinder leibhaftig überwachen! Fred fing schon wieder so seltsam an zu schwitzen – völlig ungewöhnlich.

Stunden später, auf dem Beifahrersitz, massierte er seinen von Himbeertorte gedehnten Magen. Leni lenkte den Dienst-Mercedes nach Hause; sie schlichen auf der Schnarchnasenspur dahin. Nahe der Ausfahrt Stuttgart machte Frederik einen kleinen Scherz.

»Es gibt auch noch dieses andere Pedal, Leni. Das fürs Gas.«

Er guckte sie frech von der Seite an.

»So kommen wir nie nach Hause.«

Sie schnaufte durch.

»Kannst du mir nicht ganz traditionell das Herz brechen?«, zischte sie völlig überraschend. »Musst du auch noch so eine Psychonummer draus machen wie mit dem Brautstrauß? Vor allen?«

Sie schüttelte den Kopf und kämmte sich mit gespreizter Hand durch die Haare.

»Und dann das mit dem Halbtagsjob. Hast du meine endlosen Nächte mit den Deutschaufgabenheften vergessen? Oder die ewig lange Konzeptarbeit für die geschlechterdemokratische Modellklasse! Und dann der Stress letztes Jahr wegen Emil, unserem gewaltbereiten Siebtklässler!«

»Aber schau«, entgegnete Frederik einfühlsam, »dass du nur einen Halbtagsjob hast – einen *wichtigen* Halbtagsjob –, finde ich super, Leni, ehrlich. So kannst du mich doch viel besser unterstützen. Ich meine, du bringst meine Anzüge in die Reinigung, du rufst für mich beim Friseur an, du gehst mit den Stabheuschrecken zum Tierarzt, du kümmerst dich um unseren Papierkram. Und du begleitest mich auf die ganzen Abendtermine. Du bist mein süßer kleiner Personal Assistant.«

»Such dir einen neuen Personal Assistant!«, brüllte sie so laut, dass Fred wegen der anderen Autofahrer »Psst, psssst« machte.

Sie sah ihn bissig von der Seite an und sagte ab Kreuz Ulm überhaupt nichts mehr. Er konnte sie von der Seite anlächeln so viel er wollte – sie starrte geradeaus auf die nächtliche Autobahn. Fred war ein bisschen ratlos: Was hatte sie jetzt wieder?

Auf der A8 Richtung Heimat machte er ihr eine saftige Liebeserklärung, in die er jedoch einfließen ließ, dass er ihr weder die Ehe noch eine andersgeartete langfristige Laufzeit garantieren konnte. Auch die Sache mit seiner floralen Volleyballeinlage erklärte er ihr noch mal so vernünftig und einfühlsam wie möglich. Zwischendurch wies er sie freundlich darauf hin, dass links alles frei war und sie die fahrende Schlaftablette vor ihnen längst hätte überholen können.

Aber Leni reagierte hysterisch und nachtragend. Es war eine raue, unschöne Fahrt, an deren Ende Fred wieder Single war.

»Schlaf doch unter deinem Plexiglasschreibtisch bei

Keener & Shark!«, rief Leni schrill, als er sich durch die Wohnungstür drängen und sein Quartier auf der Couch beziehen wollte.

»Ich bin mittlerweile bei MyMoney«, korrigierte er sie.

Aber sie schob ihn einfach so vor die Tür, ohne Wechselkleidung oder irgendwas, und am Ende konnte Fred von Glück sprechen, dass die schwere, ins Schloss klatschende Kassettentür mit den Jugendstilornamenten sein Gesicht verfehlte.

2 Luxus oder Lätzchen

Am Tag nach der Trennung brütete Frederik über dem kontinentalen Frühstück eines Kettenhotels und war irritiert. Er fühlte sich so ... redundant, outgesourct. Der Rücken stach noch etwas von der langen, angespannten Autofahrt, und die nächtliche Suche nach einem Hotel machte die alten Bandscheibenschmerzen auch nicht besser. Zusammen mit seinem Notebook saß er vor einem zart nach Sodbrennen schmeckenden Filterkaffee und fühlte sich ungewaschen.

Er versuchte, das Brötchen mit Butter zu bestreichen, aber vor lauter Ärger ging ihm das Messer durch: Mit der Klinge ohrfeigte er den blassen Teig links und rechts, immer wieder, bis er ganz zerbeult war. Vom Nebentisch guckte ein japanischer Hotelgast sorgenvoll zu ihm herüber.

»Was?!«, blaffte Fred, während ihm die Krümel um die Ohren flogen.

»Haben Sie noch nie einen Europäer frühstücken sehen?«

Der Mann nahm sein Tablett, nickte dem Gemetzel auf Frederiks Teller höflich zu und suchte sich einen anderen Platz.

Strafend starrte Fred auf die Portionsmarmelade: Ohne Leni war er doch aufgeschmissen, das waren die hard facts. Sie hatte ihn bei Panikattacken beruhigt. Sie hatte ihm neue Anzüge besorgt. Sie hatte ihn beim Einkaufen zuverlässig durch Lebensmittelregale gelotst. In seinen schurwollenen Office-Anzügen von Burberry oder Versace oder Brioni mochte er sich tough und unnahbar fühlen. Aber kaum war er raus aus dem sicheren Office und zum Beispiel allein in einem Supermarkt, kam er sich hilflos vor wie ein Nacktmull. Schon beim Gedanken daran musste Fred heftig mit den Schultern zucken. Wo war noch mal das Brot, wo wurde man die leeren Flaschen los? Mitmenschen fragen konnte er nicht, das wäre zu peinlich, aber zum stundenlangen Suchen war natürlich auch keine Zeit – er hatte immer etwas für MyMoney zu tun. Und nach dem Trial-and-Error-Prinzip suchen wie der gemeine Endkunde konnte er sowieso nicht; Fred musste bei allem, was er tat, Strategien erwägen und Risiken überschlagen wie in seinem Beruf. Da stand er dann, völlig hilflos zwischen den Lebensmittelregalen, drehte sich um sich selbst und murmelte: »Getting things done«.

Ein wenig deprimiert sah Fred aus dem Fenster des Frühstücksraums hinaus ins winterliche Grau. Alltagsdinge waren das Grauen. Andererseits: Wie hatte der alte McKinsey doch gesagt? »Wer nichts zur Lösung beiträgt, ist Teil des Problems!«

Fred nahm seine Schultern zurück und atmete tief durch. Es gab viele offene Nenner, ja, aber es gab auch Pizza-Boten, ärztliche Hausbesuche und Amazon.

»Herausforderung angenommen«, murmelte er in seinen Hemdkragen und schob, zu allem entschlossen, den Teller beiseite. Er brauchte jetzt einen Satz frischer Unterhosen, eine Zahnbürste, eine Wohnung.

Mit dem Ellbogen wischte er noch die Krümel vom Tisch, klappte das Notebook auf und tippte sein supersicheres

Passwort ein: CHICAGO = PLACE2B. Die Eckdaten seiner Traumwohnung: möbliert, low maintenance und definitiv in der Nähe des Finanzturms. Und vielleicht gab es unten im Foyer einen Concierge, der ab und zu kleinere Dinge für ihn erledigen konnte? Vor allem aber musste er Leni mit der Wahl seiner neuen Wohnung einen hübschen Denkzettel verpassen!

»Luxus, Concierge, Dachterrasse« gab er also ins Suchfenster ein. Und, genau: »Stuck«. Sie liebte ja traditionell alles, was alt war, egal, wie dreckig, verstaubt oder antiquiert es daherkam: Ihre speckige Brokat-Récamière vom Flohmarkt; ihre Schneekugelsammlung; ihr uralter Schmuck. Alles entweder nutzlos oder schwer zu säubern.

Ein paar sehr beeindruckende Bilder ploppten auf, mit glänzendem Fischgrätparkett, barocken Heiligenfiguren und Kronleuchtern unter himmelhohen Decken. Die Preise waren auch himmelhoch, aber mit Freds Gehalt absolut kompatibel – und nebenan würde bestimmt kein Gesindel hausen.

Er scrollte und scrollte und rieb sich die Lider. Verdammt, diese Internetrecherchen setzten seinen Augen genauso gemein zu wie die Excel-Tabellen; vom vielen Arbeiten am Bildschirm waren sie wieder so trocken, dass die Hornhaut sich durchzubiegen schien und ihm alles verschwamm. Als er seine Sicht wieder einigermaßen fokussieren konnte, sah er am Rand seiner Suchergebnisse eine Annonce.

»Serviced Apartment – für Ihre veränderten Lebensumstände«.

Ein blankes, bieder möbliertes Apartment, nur 248 Meter vom Office entfernt. Das Bett stand ungewöhnlich hoch im Raum, was Freds Konferenz-geplagten Rücken schonen würde – wie er das von den hohen Hotelbetten auf seinen Geschäftsreisen in die USA kannte. Ziemlich basic sah das Apartment aus neben seinen Luxuswohnungen. Nur warum trugen die Mieter auf den Fotos weiße Kittel? Ein paar Zeilen weiter las Fred: »Seniorenresidenz St. Ambrosius«: Die Wohnung mit dem rückenfreundlichen Bett lag in einem Altenheim.

Fred lächelte seinen Laptop an. In einem Altenheim war er zuletzt gewesen, als Omima noch lebte. Angenehm hatte sie es dort gehabt, warm, ruhig und völlig stressfrei, und dem Grundschüler Fred war jeder Wunsch von den Brillenaugen abgelesen worden. Bei seinen Besuchen nach der Schule hatte es Buttertorten gegeben, bestärkende Worte und manchmal ein geheimes Bier. Bis zu dieser Kaffeefahrt.

Er wollte die Website der Seniorenresidenz gerade verlassen und sich wieder den Wohnungen für vermögende Gleichaltrige widmen, als es ihn abermals so in den Bauch stach. Fred lockerte seinen Kragen und strich sich, nach dem Schmerz forschend, übers Hemd. Seine kleine Assistentin hatte ihn bei Blinddarmepisoden zum Notarzt gebracht, wenn er vor Angst außerstande zu irgendetwas war. Was sollte er jetzt ohne Leni machen? Elendig seinem Blinddarm erliegen, einem unansehnlichen, medizinisch funktionsarmen Organ? Möglicherweise war so eine Trennung nicht nur traurig und unpraktisch, sondern auch richtiggehend gefährlich. Fred begann wieder so zu schwitzen, und das mitten im Januar. Vielleicht konnte er neben irgendeiner Klinik einziehen, oder wenigstens gegenüber einer Arztpraxis?

Der Vollständigkeit halber studierte er noch mal die Anzeige am Rand. Dieses Altenheim versprach nicht nur Arzttermine im Haus, sondern auch Wasch- und Bügelservice, Essen vom Wärmeteller, das zu jeder gewünschten Tages- und Nachtzeit aufs Zimmer kam, Einkaufsdienste, 24-Stunden-Notglocke. Der ganze Support, den Leni bisher für ihn geleistet hatte, war im Heim inklusive. Wenn Fred das mal früher ... Jedenfalls müsste er kaum mehr aus dem Haus – außer rüber ins Office natürlich.

Ertappt sah er sich im Frühstücksraum um. Natürlich wollte er nicht ernsthaft ins Altenheim ziehen. Er war ja kein Idiot! Andererseits konnte er es sich grade nicht leisten, viel Zeit mit der Wohnungssuche zu verplempern: Nächste Woche schon würde er all seine Kraft für die Präsentation im Office brauchen.

Hellwach musste er dann sein, frisch rasiert und schlagfertig – auch, um sich für den Posten des Senior Managers zu empfehlen. Vielleicht führte gar kein Weg am Altenheim vorbei?

Fred ging zum Buffet und besorgte sich zwischen Kunstblumen und Eierwärmern das Equipment für ein weiteres Marmeladenbrötchen. Das Moratorium dieses Brötchens lang überlegte er, ob die Seniorenresidenz St. Ambrosius wirklich das Richtige für ihn sein konnte. In seinem Alter – in einem Job mit immer jüngeren Zielgruppen und einem Chef, der jugendliche Beißwut forderte. Aber vielleicht speicherte Frederik das Altenheim ja als Backup – nur falls ihm keine der Luxuswohnungen zusagen sollte?

Er legte das kratzige Hotelbrötchen zur Seite. Alle Risiken und Unwägbarkeiten waren kalkuliert, als er seine

Anfrage in den blanken Textkasten tippte. Seriös sollte sie anmuten und nach Geld klingen. Er checkte zwei Mal auf Fehler, wie es im Office Standard war, und klickte auf »Senden«.

3 Wohnbüro mit Spitzendeckchen

Mit zwei Hartschalenkoffern, vier Kartons und einer Kleiderstange voller Anzüge hielt Frederik zwei Wochen später Einzug in sein neues Domizil. Unter dem dramatischen Blick einer Heiligenfigur trat er durch die breite Tür in das wohlbeheizte Foyer; und sofort war Personal zur Stelle, um ihn und sein Umzugsgefolge in das superteure Apartment auf der vierten Etage zu führen.

Am Schluss war es kein Altbau gewesen, für den er sich entschieden hatte, sondern ein persilweißer Neubau, der noch im Original wie ein Architekturmodell aussah – mit gleichförmig gestutzten Bäumchen davor, sorgfältig frisierten Rasenflächen und Wegen wie aus Bastelsand. Die dünne Schneeschicht über alledem wirkte wie Sprühschaum aus der Dose. Und selbst die Menschen in dem kleinen Park, die Fred von seinem luxuriös geschnittenen Balkon aus beobachtete, erinnerten an die buntlackierten Figuren einer Modelleisenbahn.

Männer in Kitteln übernahmen nach seinem Einzug das Auspacken. Sie schoben das Bett ans Fenster und den Schreibtisch in eine dunkle Ecke – Frederik schlief nicht viel und konnte auf seinem Laptop-Bildschirm kein Sonnenlicht gebrauchen. Die Rollmöbel des Apartments ließen sich ganz nach seiner Fasson auf dem Linoleumboden arrangieren. So gestaltete er die zwei Zimmer wie ein gemütliches Wohnbüro: mit White Board, Notebook-Arbeitsplatz, einer blanken Wand für Übungspräsentationen sowie dem neuen königsblauen Alpaka-Sofa für sein Powernapping. Bald wuchsen Kabelsträuße aus den Steckdosen, und in der Ecke surrte ein Laserdrucker, damit Freds müde Augen nicht alles am Bildschirm lesen mussten.

Einzig dass überall Spitzendeckchen lagen, wo sich Spitzendeckchen hinlegen ließen, irritierte Fred zunächst. Doch schnell bemerkte er, dass sie Beamer, Tablet und den drei Handys als erstklassige Unterlage dienten. Obendrein verliehen sie seinem Wohnbüro eine persönliche Note – so wie das melodramatische Ölgemälde über dem Pflegebett, das den Heiligen Ambrosius mit einem Pulk feister Engel und einem Bienenstock in den Wolken zeigte.

Den Medikamenten-Kühlschrank in seiner Kochnische funktionierte Fred derweil in ein Champagner-Eisfach um: An B-Day – dem Tag seiner nächsten Beförderung – würde die Veuve-Cliquot-Flasche wohltemperiert darin bereitstehen. Und anschließend könnte er dann immer noch aus dem Altenheim ausziehen und sich irgendeine durchschnittliche Luxus-Designer-Dachterrassen-Wohnung zulegen.

»Leni und ich nehmen eine Auszeit«, erklärte er seinen Eltern am Wochenende nach dem Einzug bei einer familiären Skype-Konferenz. »Und ich wohne erst mal in einer … Luxus-WG.«

Er hatte den Laptop so in seinem Altenheimzimmer postiert, dass die integrierte Kamera eine neutrale Ecke erwischte und sowohl Triangelgriff als auch Notklingel aussparte. Zu sehen war nur das vertraute Bild von Fred an seinem Schreibtisch. Aber Mutter Gisela hatte gerade eh kein Auge für die Einrichtung.

»Jaja«, rief sie, »ramm uns nur einen Dolch ins Herz und verlass deine Freundin.«

Fred war froh, dass sie für ihre Verhältnisse so gefasst reagierte.

»Dabei hatte ich mich gerade an sie gewöhnt, Freddy. Für die Sache!«

Sie guckte betroffen aus dem Bildschirm.

»Und das trotz dieser weit ausgeschnittenen transparenten Blusen, in denen sie ja sogar aus der Arbeit kam.«

»Das waren bestimmt nur irgendwelche Nähte, Mama.«

Fred justierte die Kamera. Ein strohgeschmücktes Holzkreuz hatte sich ein wenig in das Bild gedrängt.

»Ach Freddy, ich erkenne doch einen Büstenhalter, wenn ich ihn sehe!«

Erich nickte mit hochgezogenen Brauen.

»Das waren keine Nähte, Fred.«

»Ein bisschen obszön war das«, bekräftigte Gisela. »Aber muss man sich deshalb gleich von ihr trennen?«

Nach dem Gespräch musste er dringend eine rauchen. Von seiner rollstuhlbreiten Zimmertür aus führte ein hölzerner Handlauf, den Fred freilich nicht nutzte, zum Lift. In seinem so tadellosen wie unauffälligen Anzug durchquerte er im Stechschritt den Wohnflur. Die Greise saßen in ihren Sesseln und Rollstühlen und waren mit sich selbst beschäftigt. Etwas abseits hockte ein Koloss, der ärgerlich an seinem Lätzchen zerrte. Ein dünner Wulst lief über sein Gesicht, der nach einer gruseligen, lange zurückliegenden Gehirnoperation aussah. An einem Tisch mit Kunstveilchen dirigierte ein eingefallener kleiner Mann einen lautlosen Marsch und stampfte dazu mit dem Fuß. Neben dem Dirigenten saß eine Oma mit Perlenohrringen. Sie balancierte eine kleine Schneekugel in der Hand, kippte sie wieder und wieder über Kopf und freute sich über das flockenweiße Gestöber.

Beim Anblick der kleinen Frau gerieten Freds Gedanken ein wenig ins Stolpern: eine Oma wie aus dem Katalog der Lifta-Werbung: Lockenwickler-Wellen, fliederfarbenes Jäckchen und die Haut wie Knitterpapier. Die Frau sah aus wie Queen Mum, aber irgendwie erinnerte sie ihn auch an …

»Sind Sie der Doktor?«

Queen Mum hatte die Schneekugel beiseitegelegt und sah ihn treuherzig an.

»Nein, ich bin Ihr neuer … Mitbewohner. Auf temporärer Basis.«

Sie riss sich vor Freude die Schneekugel an die Brust.

»Das ist aber schön!«

Eines von Frederiks Handys piepste, und er drosselte das Tempo.

»Berg?«, bellte er hinein, und auch die anderen Mitbewohner sahen von ihren Zerstreuungen auf.

»Ja?«, fragte er. »Mhm. … Mhm. … Right.«

Er produzierte ein zischendes Geräusch, das den Gefährlichkeitsgrad der eintreffenden Information erahnen ließ, und Queen Mum fasste sich gebannt vor den Mund. Fred nickte ihr versichernd zu.

»Okay, Smithi. Das müssen wir zeitnah klären, bevor es uns um die Ohren fliegt. Sieht aus, als müssen wir mal wieder aus Scheiße Gold machen.«

Er sah heroisch zum Handlauf.

»Ist O. gebrieft?«

Wichtige Funktionsträger kürzten sie bei MyMoney mit Initialen ab, um den Workflow zu verschlanken. In

Emergency-Situationen wie dieser blieb einfach keine Zeit, sperrige Namen wie »Oppermeier« komplett auszusprechen. Fred bellte noch ein paar markige Managersprüche ins Telefon, bevor er, eine dezente Parfümwolke hinterlassend, zu seinem Apartment hinüber ging.

Nahe seiner Zimmertür saß zankend ein altes Ehepaar. »Ein Hallodri wie aus dem Bilderbuch bin ich gewesen«, rief der männliche Part gerade, und der Rollstuhl wackelte unter seinem heiseren Lachen.

Seine Frau, mit streng zurückgekämmten grauschwarzen Haaren, steckte ihm eine Serviette mit Weihnachtsmotiv in den Kragen und schalt: »Nicht zum Bienenstich, Paul-Anton! Beim Kuchen will ich nichts von deinen Weibergeschichten hören.«

»Du Luder!« Er lachte ein heiseres Lachen. »Du brauchst ja einen Rasierapparat für deine Zähne, so haarig sind die!«

Sie rächte sich, indem sie die sahnebeladene Kuchengabel ein paar Sekunden länger als nötig vor seinem Mund verweilen ließ.

Wenn Fred sich und Leni fünfzig Jahre in die Zukunft spulte, dann saßen sie an genau so einem Altenheimtisch und stritten, dass die Rollstühle wackelten.

Während er die Tür aufschloss, hatte er den seltsamen Eindruck, dass die Atmosphäre in diesem Wartesaal sich gar nicht so sehr von seinem Alltag bei MyMoney unterschied: Hier saß man in sich versunken über Schneekugeln – im Office eben an Laptops, Handhelds und Tablets. Hier schimmerte allenthalben rosa Kopfhaut durch die dünnen grauen Haare – im Office trugen viele von Freds testosterongeschüttelten Kollegen Stirnglatze.

Auf einer grauen Plakette neben Freds Altenheim-Tür stand jetzt »Herr Frederik Berg«, und er wischte noch schnell ein paar Staubkörner von seinem Namen. Den Zusatz »Diplom-Volkswirt« hatten sie ihm genauso verweigert wie das MScF für seinen Master. Fred schnaufte durch. Aber er wollte nicht kleinkariert sein. Und vielleicht könnte man nach seiner Beförderung ja wenigstens den »Senior Manager« hinzufügen lassen.

Später in seinem Apartment drückte er dreimal feste die Notklingel und bestellte einen Kakao. Herrlich war das. Früher hatte ihn stets das schlechte Gewissen geplagt, wenn er Leni von seinem Schreibtisch aus hierhin und dorthin hatte ordern müssen. Einmal hatte sie ihm plötzlich ein Bier und Hausschuhe hingestellt und gesagt »Hier, Vaddi, deine Puschen«. Er hatte sich ehrlich darüber gefreut – aber das war dann auch wieder nicht recht gewesen!

Jetzt prangte die Notklingel in einladendem Rot neben einer kleinen Gegensprechanlage, und Fred bekam keine zynischen Kommentare daraus zu hören.

Stattdessen stand kurz darauf eine junge Frau mit Kittel, Klemmbrett und Schnabeltasse im rollstuhlbreitem Türrahmen, die er nicht kannte. Ihre blonden Haare waren ab der Hälfte rosarot gefärbt und am Oberkopf zu einer bauschigen Schlaufe geknotet. Neben den Seniorenschöpfen in Schwarzweiß stach sie grell heraus. Sie sah sich suchend im Zimmer um.

»Herr Berg?«

Fred nickte widerwillig. Verdammt, konnte er jetzt vielleicht sein Heißgetränk kriegen – und dann wieder die *Financial Times* scannen?

»Das ist aber schön, dass Sie Ihren Vater hier besuchen.«

Die blondrosa Kittelträgerin hatte diese typische Singsangstimme, mit der sie im Pflegesektor Patienten einlullten, dazu eine blasse spitze Nase und Fünfziger-Jahre-Balken über den Augen. Unsinnigerweise stellte sie den Kakao fernab von Fred auf einem Spitzendeckchen ab. Sie war ein bisschen käsig, was von ihrer Pflegerkluft und dem schwarzen Kajal noch unterstrichen wurde. Als Gruß unter Jugendlichen hob sie die frei gewordene Hand.

»Ich bin die Stationsleiterin, Agata Kaminska. Wir müssen wegen Ihrem Vater noch einige …«

»Eigentlich besuche ich gar nicht meinen Vater hier …«, sagte Fred zögernd.

Der riesige Pferdeschwanz über ihrem Kopf geriet ins Wackeln.

»Oh, Verzeihung: Es geht natürlich um Ihren Großvater.«

»Nein, nein«, unterbrach er. »Ich besuche weder meinen Vater noch meinen Großvater. Eigentlich … also eigentlich bin ich selbst hier eingezogen.«

»Wie bitte?«

Sie ruckte ihren Haargummi zurecht und sah noch mal auf das Klemmbrett.

»Ach ja: Geburtsjahr 1977. Aber das kann doch nicht …«

Verstohlen betrachtete sie den neuen Bewohner auf körperliche Gebrechen. Aber Frederik sah natürlich vollkommen gesund aus: Alle Gliedmaßen waren intakt, seine Worte formulierte er klar, er konnte sich gut im Raum orientieren. Jetzt war er sogar aufgestanden und lief einwandfrei durchs Zimmer. Etwas überfordert hob die Pflegerin ihre Augenbrauen.

»Ich glaube, Sie müssen mir weiterhelfen«, sagte sie schließlich und ließ ihre Formulare sinken.

»Nun«, antwortete Frederik und setzte sich zurück an seinen Spitzen-verzierten Schreibtisch, »Ich hatte auf diese Internet-Anzeige reagiert und …«

Agata Kaminska schlug sich sacht das Klemmbrett gegen die Stirn.

»Ja. Natürlich. Das Serviced Apartment. Die Verwaltung hatte es annonciert, aber ich hätte nie gedacht, dass tatsächlich … nun.«

Verstohlen sah sie sich im Zimmer um. Auf einem Spitzendeckchen ruhte Frederiks Tablet, wahrscheinlich das einzige im Haus. Über dem Fußteil seines Seniorenbetts hingen zwei seidig glänzende, sehr glatte Krawatten. Und an einer Wand des Apartments, ganz hinten beim Gemälde mit dem Heiligen Ambrosius und seinen Bienen, leuchtete gerade eine PowerPoint-Präsentation. Die Ziffern, Zahlen und Excel-Spalten verschwammen ein wenig auf der Raufasertapete.

Die Stationsleiterin sortierte die Blätter unter ihrem Klemmbrett neu.

»Sie sind quasi ein Pilotprojekt, Herr Berg. Allerdings gab es da offenbar eine Verwechslung: Eigentlich hätten Sie im Wohnbereich untergebracht werden sollen. Ich hoffe, Sie fühlen sich auch hier auf Station 4 wohl – es ist unsere Station für Bewohner, die etwas Pflege und Hilfe im Alltag brauchen.«

Sie schien sich ein wenig gefangen zu haben.

»Ist es Ihnen denn nicht zu ruhig bei uns im Altenheim?«

»Wieso. Die Stille hier ist doch herrlich.«

»Hm«, machte Agata. »Ich finde es manchmal eher traurig, wie still es bei uns ist. Sie sitzen nebeneinander und schweigen, als gäb's einen Preis dafür.«

Auch Fred war aufgefallen, dass seine Mitbewohner sich zwar von Pflegern oder Enkeln aus der Reserve locken ließen, untereinander aber kaum ein Wort wechselten – wenn man vom Zank zwischen Paul-Anton und seinem Luder einmal absah.

»Die könnten sich doch Geschichten erzählen, dass ihnen die Ohren klirren«, sagte Agata. »Stattdessen schauen sie durch sich hindurch. Das macht mich fertig. Aber gut, lassen Sie uns mal weiter sehen. Pflegestufe? Okay, na klar.«

Sie setzte ein Kreuz.

»Der Bewohner muss gefüttert werden … – nein. Getränke müssen angereicht werden – nein.«

Die Pflegerin exerzierte ihre ganze Liste durch, was Frederik unsinnig fand.

»Muss das sein?«

Er tippte sich geschäftig aufs Handgelenk. Keine Zeit!

»Ist wegen der Kasse«, erklärte sie. »Auch wenn Sie natürlich alles selber zahlen. Also: Benötigt Hilfe bei Toilettengängen – nein. Grundpflege muss vom Personal übernommen werden – nein. Be- und Entkleiden – nein.«

Es schien ihr direkt Spaß zu machen.

»Den 24-Stunden-Medikamenten-Service nehmen Sie dann wohl nicht wahr«, ergänzte sie schnell und machte ein weiteres Kreuz.

»Arztservice nicht, den Einkaufsdienst nicht, Krankengymnastik …«

»Doch, ich nehme den Medikamenten-Service. Und den Einkaufsdienst. Ich nehme alles. Also, alles nach dem Be- und Entkleiden.«

Fred wollte das Rundum-Sorglos-Paket. All inclusive. Genau deshalb war er ja hier. Wenn schon Altenheim, dann doch Vollversorgung!

»Aber das sind Serviceleistungen für alte Menschen. Für Leute, die sich nicht mehr selbst versorgen können.«

Sie schüttelte den Kopf.

»Aber ich *kann* mich ja nicht selbst versorgen.«

Die Pflegerin sah ihn blank an.

»Verstehen Sie«, sagte Fred, »ich habe einen fordernden Job. Sehr fordernd. Und ich kann es mir zeitlich einfach nicht leisten, Lebensmittel einzukaufen und mich um meinen kaputten Rücken zu kümmern und zum Arzt zu gehen.«

»Der Job ist Ihr Handicap?«

Fred holte tief Luft. Typisch Pflegesektor, dieses zwanghafte Psychologisieren.

»Wenn es Sie glücklich macht: ja.«

Die Pflegerin kippte den Kopf zu Seite.

»Was machen Sie denn?«

»Ich bin Bankmanager«, antwortete Fred und wandte sich wieder seiner *Financial Times* zu.

Sollte sie davon doch halten, was sie wollte.

»Bankmanager«, sagte Agata Kaminska. »Wow. Toll.«

Fred guckte von seiner Zeitung auf.

»Wow?«

»Ja, hört sich nach einem guten Job an.«

»Danke.«

Er fuhr sich mit gespreizten Händen durchs Haar und versuchte, sein Interesse an diesem Artikel aufrechtzuerhalten.

»Meinen Sie das ernst?«, fragte er und sah noch mal hoch.

»Ja natürlich. Warum denn nicht?«

»Mhm. Man hört sonst nicht so oft ›wow‹, wenn man sagt, dass man Banker ist.«

Agata Kaminska lachte.

»Was sagen die Leute denn?«

»›Fahr zur Hölle‹, zum Beispiel?«

»Klar, Banker sind *böse*«, sagte sie und versuchte ein Zombie-Gesicht.

»Nein, ich finde, das ist ein wichtiger Job. Sie verantworten die Ersparnisse von so vielen Menschen – ob es jetzt viel ist oder wenig. Gut, dass man das nicht mich machen lässt. Ich würde eine Bank *so was* von gegen die Wand fahren. Phhh!«

Mit dem Handballen simulierte sie eine kleine Kollision.

»Kann überhaupt nicht mit Geld umgehen.«

Fred winkte ab, wenn auch nur ein bisschen.

»Na ja, so toll bin ich auch nicht.«

»Und schlecht verdienen werden Sie bei Ihrer Bank auch nicht – und das ist gut. Denn das wird alles ganz schön teuer hier im Altenheim. Weder der Einkaufsdienst noch die Krankengymnastik sind in der Grundpauschale enthalten. Hat Ihnen das niemand gesagt? Und ich sehe gerade, dass Sie auch das Sitztanzen gebucht haben! Das kostet Sie pro Dreiviertelstunde noch mal …«

Fred öffnete die erhobene Hand, als würde er ein Insekt fliegen lassen. Geld spielte nun wirklich keine Rolle. Ohne ihm zu antworten, zerkritzelte Agata Kaminska ein paar vorschnell gemalte Kreuze.

»Natürlich, das ist selbstverständlich Ihre Sache. Wir wollen nur, dass Sie sich bei uns wohl fühlen, Herr Berg. Okay. Möchten Sie das Essen mit den anderen im Wohnbereich der Station einnehmen, oder lieber auf dem Zimmer?«

»Definitiv auf dem Zimmer.«

Er kicherte über ihren hanebüchenen Vorschlag und klappte schon mal seinen Laptop auf.

»Und zum Frühstück lese ich gerne die *Financial Times*, falls Sie die mitliefern können.«

»Die *Senioren heute* und die *Apothekenumschau* gäbe es umsonst …«

Fred guckte düster, und die Stationsleiterin machte sich eine Notiz. Schließlich zog sie einen mattbunten Heimprospekt hervor, auf dem weißhaarige Menschen einander mit Sektgläsern zuprosteten.

Plötzlich tauchte im Türrahmen hinter der Pflegerin der dirigierende Alte auf. Er trug eines von Freds 700-Euro-Sakkos, Socken und dazwischen fast nichts. Fred klappte vor Schreck das Notebook zusammen. Das Sakko hatte er am Abend zuvor mit ein paar Hemden und Hosen in den Metallcontainer im Flur gelegt, für den Wasch- und Bügelservice der Seniorenresidenz. Normalerweise wurden sie gleich am anderen Tag zurückgeliefert – fein säuberlich in Folien verschweißt, um sie vor Kontaminierung mit vergilbten Blüschen, Miedern und Häkeljacken zu schützen. Und jetzt musste er das hier mit ansehen.

Er machte der Pflegerin hektische Zeichen.

»Sie, Frollein«, sagte der Alte derweil mit morscher Stimme. »Flamingo. Sind Sie hier die Wirtin?«

Agata Kaminska lächelte ihn so freundlich an, wie es sich für das Gaststättengewerbe geziemte.

»Dann können Sie mir wohl sagen, wann ich endlich abgeholt werde aus diesem gottverdammten Hotel. Ich warte schon seit Tagen.«

»Das ist ein Cerruti!«, unterbrach Fred. Seine Hand fuhr hektisch durch den Raum.

»Ja, Herr Weirauch, es gab eine kleine Verzögerung mit dem Taxi«, erklärte Agata sanft. »Entschuldigen Sie bitte die Unannehmlichkeiten. Es kommt jetzt erst morgen und holt Sie ab. Wie Sie es sich wünschen. 11 Uhr. Ihre Tochter hat alles arrangiert.«

Der Alte nickte besänftigt.

»Na gut.«

Er hob sich den Sakko-Ärmel an die Nase und schnäuzte lauthals hinein. Das war mehr, als Fred ertragen konnte.

»Moooment!«

Er stach auf den Alten zu. Am liebsten hätte er ihn geschüttelt, aber das ging natürlich nicht. Als er den Kleiderdieb schon bei den Schultern hatte, war Agata Kaminska plötzlich hinter ihm – und ihr Griff überraschend fest.

»Herr Berg, Herr Berg, ganz ruuuhig! Alles gut! Sie bekommen Ihre Jacke ja wieder. Sch, sch …«

Fred machte sich von ihrer Hand los.

»Wie bitte? Wiiiee bitte? Wer ist denn hier der irre Kleiderdieb! Das ist *der*!«

Sein Finger pikste in Richtung des Rentners.

»Den müssen sie beruhigen.«

Agata Kaminska wandte sich wieder dem Alten zu. Etwas zu soft für Freds Geschmack beschwichtigte sie: »Herr Weirauch, im Taxi müssen Sie unbedingt eine Hose tragen. Sagt Ihre Tochter! Und kein Sakko. Caroline hilft Ihnen beim Umziehen.«

Sie beugte sich in den Flur und machte einer anderen Pflegerin ein Zeichen.

»Ich wünsche Ihnen noch einen schönen Tag!«, rief sie dem sakkotragenden Herrn Weirauch nach, als er am Arm der Kollegin verschwand. Fred sah dem Alten samt seinem Jackett hinterher. Irgendwann würde man mit dem Mann mal hard facts sprechen müssen.

»Ihr Jackett bekommen Sie gleich, Herr Berg. Entschuldigung.«

»Sollten Sie ihm nicht die Wahrheit sagen? Ich meine, die Sache mit dem Hotel …«

Nicht, dass es ihn besonders interessierte, aber …

Sie steckte ihren Kugelschreiber an das Klemmbrett.

»Herr Weirauch ist demenzkrank und holt sich schon mal was aus anderen Zimmern, wenn eine Tür offen steht. Er wohnt seit vielen Jahren bei uns. Seine Frau ist verstorben, sein Haus längst verkauft, die Tochter wohnt in Neuseeland, mit seinem Sohn versteht er sich überhaupt nicht

– obwohl der sich wirklich bemüht. Wir glauben, dass unser Herr Weirauch zufriedener ist, wenn wir ihm das nicht jeden Tag neu erzählen. Für ihn ist das hier ein Kurzurlaub im Hotel. In einem lausigen Hotel, wie es ihm wohl scheint.«

Sie lächelte so milde, dass es Fred schon wieder auf die Nerven ging. Immer Verständnis für alle – toll.

Die Pflegerin sah noch mal auf ihr Klemmbrett.

»Und Sie? Hatten Sie schon Ihre Aufnahme-Untersuchung bei Dr. Mankel? Unserem Heimarzt?«

»Nein, die hatte ich noch nicht.«

Und sie war auch nicht nötig. Allein die Tatsache, dass der Allgemeinmediziner vor Ort war, linderte Freds immer mal wieder aufflackernden Schmerz in der rechten Bauchseite so sehr, dass er gar keinen Arztbesuch mehr brauchte. St. Ambrosius war ein sicherer, steriler Ort, an dem einem nichts passieren konnte: Es gab ein modernes Funk-Notrufsystem, falls der Blinddarm wieder mal aufmucken sollte, es gab jede Menge Pflegepersonal – und es gab eben jenen Dr. Mankel, dessen Praxis-, Diensthandy- und Privatnummer Fred bereits eingespeichert hatte, und der ihm jederzeit das Herz abhören oder ein großes Blutbild machen konnte. Wenn Fred das wollte und sich dafür Zeit freischaufeln konnte.

»Ich löse Probleme gern *just-in-time*«, sagte er zu Agata Kaminska. »Wenn der Schmerz akut wird – rufe ich Ihren Dr. Mankel an. Vorher nicht.«

Er schenkte ihr einen altväterlichen Blick

Sie zog eine Augenbraue hoch, presste die Lippen aufeinander und sah wieder in ihre Unterlagen. Dabei warf ihre Stirn ein paar kleine Falten.

»Mein Kollege schreibt, Sie haben mitten in der Nacht den Notrufknopf gedrückt – wegen einem Schokoriegel. Ich dachte, der Kakao war eine Ausnahme?«

»Wie Sie ganz richtig sagen, war es mitten in der Nacht – und ich brauchte dringend etwas Nervennahrung.«

Die Pflegerin malte eine Zahlenreihe in den Prospekt und reichte sie Fred.

»Bitte verwenden Sie den Notruf nur in Notfällen.«

Sie lächelte verbindlich.

»Aber unter dieser Nummer erreichen Sie mich, wenn Sie irgendwelche anderen Wünsche haben, Herr Berg.«

Der Jungmanager schob das Notebook zur Seite und verschränkte seine Arme. Oje, er musste hier wohl dringend etwas klarstellen. Wahrscheinlich war es Freds markantem Äußeren geschuldet, seiner makellosen Garderobe und der verführerischen Aura von Macht und Geld, dass Frauen ihn zuweilen umschwirrten wie verrückte Vögel die Bucht von Bodega Bay.

»Frau Kaminska, also *wissen* Sie …«

Er lächelte seine wohlmanikürten Fingernägel an.

»Ich verstehe Sie natürlich: Ihr Arbeitstag ist lang und vermutlich hart, und abends haben Sie keine Zeit, groß auszugehen und einen Mann kennenzulernen. Außerdem bin ich ihr jüngster und attraktivster Kunde hier.«

Er gab sich selbst einen versonnenen Klaps auf den Bauch.

»Aber gleich die Handynummer? Mmh. Ist so ein Verhalten nicht etwas unprofessionell? Wie bei *Dirty Dancing*, wo der Tanzlehrer sich an die Hotelgäste ran…«

»Das ist nicht meine Privatnummer, Herr Berg«, unterbrach ihn die Pflegerin schnell. »Das ist die Durchwahl der Stationszentrale hier in St. Ambrosius. Die geben wir allen Neuankömmlingen – oder ihren Verwandten.«

»Was?«

Fred drehte den Prospekt herum. »Zentrale« stand dort in ordentlichen kleinen Buchstaben, und daneben die Ziffer »-9«. Weit und breit keine Handynummer. Scheiße! Nun war es nicht einfach, den zerknirschten Gesichtsausdruck abzuschütteln.

Agata Kaminska klickerte noch ein paar Sekunden mit ihrem Kugelschreiber herum.

»Und verzeihen Sie«, sagte sie, und es geriet einen Tick zu freundlich, »aber ich finde überhaupt nicht, dass Sie der attraktivste Mann hier im Haus sind. Mein Herz gehört schon Herrn Schlageseder aus Station 3. Er ist 95, aber noch ganz gut in Schuss. Wir sind praktisch verlobt, wissen Sie? In den Flitterwochen geht's nach Rüdesheim am Rhein.«

Sie steckte ihren Stift in eine Brusttasche des Pflegerkittels.

Fred produzierte eine höfliche Grimasse.

»Meine Glückwünsche.«

Er atmete tief aus, als sie auf ihrem Birkenstock-Absatz kehrtgemacht hatte und mitsamt ihrem pädagogisch wertvollen Lächeln aus dem Zimmer verschwunden war.

4 Jochen im Smartphone

An seinem 3000-Euro-Plexiglasschreibtisch bei MyMoney las Fred drei Wochen nach dem Umzug in der *Adel aktuell*. Er hatte die Zeitschrift mit dem dünnen bunten Papier versehentlich aus dem Bingosaal mitgenommen und vorhin, zwischen zwei anstrengenden Meetings, in seinem hauchdünnen Aktenkoffer wiederentdeckt. Schlagzeilen wie »Camillas geheime Scheidungsakte« waren nicht das, was er gemeinhin las. Aber irgendwie war er hängengeblieben, es ging immerhin um mehrere Millionen, und schließlich hatte er die *Adel aktuell* als hocheffektive Entspannungslektüre schätzen gelernt: Es war, als würde sein Gehirn sich beim Lesen der Glitzer- und Wappen-Geschichten reinigen, als löschten sie kurzfristig die Erinnerung an das letzte Meeting – und schafften Platz für Neues.

Durch die Glastür sah er das Wasserbassin, das den gegenüberliegenden Konferenzraum vom Flur abtrennte wie eine durchsichtige Wand. Zwei Zwerghaie zogen darin ihre engen Kreise, guckten eher überrascht als gefährlich und genossen die Gesellschaft einiger unspektakulärer kleinerer Fische. Ab und an verschwanden ein paar dieser unglückseligen Kompagnons und wurden vom Hausmanagement klammheimlich durch neue ersetzt. Der Konferenzraum wurde gerade in ein Executive-Büro für den neuen Senior Manager umgebaut – und Fred wollte genau dort hin. Manche Kollegen mochten hochkomplizierte Zielvereinbarungen mit sich selbst schließen, Lebens- und Arbeitsphilosophien entwickeln und am Schluss nicht mehr genau wissen, wohin sie eigentlich wollten – bei Fred dagegen war die Sache ziemlich straight forward: Er wollte in dieses Büro, zu den Haifischen und dem En-suite-Bad.

Verdient hätte er es jedenfalls. In den letzten zweieinhalb Jahren war er bei MyMoney in schwindelnde Höhen aufgestiegen: Nach Banklehre, VWL-Studium und dem Finance-MBA in London hatte Fred ein Traineeprogramm hingelegt, das gespickt war mit Auslandsaufenthalten – und schließlich bei Keener & Shark Germany angeheuert, jenem amerikanischen Bankhaus, das sich gerade in Europa etablierte. Nach wenigen Monaten als Junior Portfolio Manager hatte Freds Chief Executive einen Hörsturz erlitten, von dem er sich nicht mehr so recht erholte – und Fred seine Stelle übernommen. Und als sein damaliger Vorgesetzter von einem Tag auf den nächsten eingeknickt und ins Kloster gegangen war, ging es für Fred noch höher hinauf im K&S-Turm. So hatte er in kürzester Zeit diverse Posten mit schneidig klingenden Titeln gesammelt, und war am Schluss bei der Unternehmenstochter MyMoney gelandet.

Hinter der Glastür des Büros lief gerade Dominik Schmidt, »Smithi«, vorbei und nickte Fred zu. Frederik brauchte manchmal ein bisschen, bis er auf Smithis Gruß reagieren konnte. Er war sein Ebenbild: dieselben Anzüge, dieselben Ziele, dieselbe Arbeitswut – nur in Blond. Manchmal hatte Fred den Eindruck, in einen farbenblinden Spiegel zu gucken, wenn er den Kollegen ansah.

Dominik Schmidt lächelte süßlich durch das Glas. Er

war Freds bester Freund hier im Office, aber irgendwie hasste er ihn auch. Er hatte so eine ölige Art an sich: Wie er ihn gerade grüßte – so eine auswendig gelernte Verbindlichkeit. Und wie er ihm manchmal die Hand gab und sie dann wachsweich wieder aus seiner flutschen ließ. Brrr.

Nein, wenn der an seiner Stelle den Senior-Job bekam, würde Fred sich direkt zu den Haien werfen. Andererseits: Smithi hatte die brillante Idee gehabt, auf der Internetseite der Bankentochter witzige Gimmicks zum Download anzubieten, unter dem Titel »Mit Geld spielt man«. Das musste man anerkennen.

Aber auch Fred machte sich: Seit seinem Einzug in St. Ambrosius hatte sich seine Performance – mit entlastetem Rücken, lockerem Kiefer und ruhigem Magen – noch einmal signifikant verbessert. Er arbeitete jetzt konzentrierter, hielt abends länger durch und war selbst dann noch hellwach, wenn nachts die Bürolichter ausgingen und außer ihm und Dr. Oppermeier nur mehr das leise Surren der Designerlampen zu hören war. Anschließend brauchte er kein schlechtes Gewissen zu haben, wenn er spät nach Hause kam, schweigend an seinem Eschenholztisch saß oder für die Wirtschaftsnachrichten direkt nach der Fernbedienung griff, die im Altenheim übrigens bequem große Knöpfe besaß.

In der *Adel aktuell* war Fred gerade bei der Geschichte um eine magersüchtige Teenagerprinzessin, als Dr. Oppermeier höchstselbst vor seinem Schreibtisch erschien. Der Head of Regional Management Germany hatte diese Art, aus dem Nichts plötzlich irgendwo aufzutauchen, was ihm in Frederiks Augen eine gespenstische Aura der Allmacht verlieh.

Dr. Oppermeier hob seine Hand zu einem lautlosen Gruß. Wie es sich für Geister ziemte, wirkte er alterslos. War er knapp 40? Eher 50? Nahe 60? Ein paar Jahre drüber? Schwer zu sagen – sein Äußeres zeigte schließlich keinerlei Spuren körperlichen Verfalls. Die Haare in einer undefinierbaren Farbe schienen ihre Position auch bei Erschütterung nicht zu verändern. Dr. Oppermeiers Gesicht war angegerbt, aber faltenfrei. Und seine Streifenkrawatte verließ – sehr diszipliniert – niemals ihre exakte Position in der Mitte des Oberkörpers, niemals.

Oppermeiers Track Record war outstanding, immer zeigte er eine Spitzen-Performance. Einen hochkarätigen Investor vermochte er zu umschmeicheln, dass ihm der Charme nur so aus den Ohren lief, aber im Zweifelsfall konnte er Gesprächspartnern seine Antworten regelrecht vor den Latz knallen. Und wegen seines Einflusses bei Personalentscheidungen nannten sie K. Oppermeier bei MyMoney auch den »Chefmacher«.

Der Chefmacher setzte sich, mit der Lehne voran, auf einen der Designerstühle – eine kraftstrotzende Geste, die Fred zu Hause im Altenheim demnächst mit dem Gesundheitshocker üben musste –, fixierte mit seinem Röntgenblick die quietschbunte Illustrierte, die Frederik unter dem Plexiglastisch zu verstecken suchte, und schwieg. Kein Gegner, und schon gar nicht Fred, vermochte die klirrende zwischenmenschliche Kälte zu ertragen, die Oppermeier dabei produzierte. Dazu setzte er dieses schwer lesbare, faltenfreie Teflon-Gesicht auf, das nichts kratzen konnte, weder Freude noch Verletzung noch Wut.

Unter dem Druck dieses Teflon-Schweigens führte Fred die Zeitschrift schließlich zum Papierkorb und hinterließ eine dünne Schweißspur auf der Unterseite der Schreibtischplatte.

»Ihre Ideen für unsere Young Potentials«, sagte Oppermeier schließlich, »Like it.«

Er sagte es so gedämpft, dass Fred ihm seine maximale Aufmerksamkeit schenken musste.

»Man muss sie fangen, wenn sie noch jung sind, Berg. Und mit Ihren MyMoney-Cards setzen wir uns von anderen Banken ab, die lahme Sparbücher anbieten und am Weltspartag Kulis verschenken …«

Beim Wort »Kuli« schaute er angewidert durchs Plexiglas, und Fred versuchte es ihm gleichzutun. Kulis – igitt.

Oppermeier sah aus dem Fenster wie ein Mann mit Visionen.

»Ich habe schon viele wie Sie kommen und gehen sehen, Berg. Beißwütige junge Hunde, direkt aus den Hörsälen der Unis oder aus Traineeprogrammen internationaler Finanzkonzerne. Sie arbeiten alle wie die Ochsen – und brechen irgendwann ein: schützen einen angeblichen Burn-out vor, wechseln in einen Loser-Job mit festen Arbeitszeiten oder bekommen angeblich Herzprobleme.«

Er verzog das Gesicht.

»Sie sind aus einem anderen Holz geschnitzt, Berg. A: Sie sind keiner, der einknickt, wenn's mal knirscht im Streichelzoo. Von Ihnen höre ich keine weinerlichen Ausreden wie ›Ich muss zur Beerdigung meiner Großmutter‹, buhuu, oder ›Das ist meine letzte Chance, die Scheidung abzuwenden‹. *B:* Sie verheddern sich nicht in Zweifeln und Konzepten.«

Seine Sätze strukturierte der Head of Regional Management in A, B, C, wobei er die Buchstaben englisch aussprach und den jeweiligen Finger beim Aufzählen wie eine Gummistange nach hinten bog. Man konnte Argumente schlecht widerlegen, fand Frederik, die in »ey«, »bi« und »zi« unterteilt waren!

»Und C: Sie brauchen keinen Urlaub. Das ist gut. Wenn Sie mal entspannen wollen, dann rauchen Sie eine oder trinken ein Bier.«

Fred nickte eilig. Wieder einmal spürte er, dass Oppermeier ihn von Herzen schätzte. Es ging nicht so weit, dass er ihn beim Vornamen ansprach oder direkt nett war, aber allem Anschein nach respektierte er ihn doch. Fred wurde es ganz warm bei all den netten Sachen, die Oppermeier sagte.

Insgeheim wusste er, dass das Altenheim einen nicht geringen Anteil an seiner optimierten Leistungsfähigkeit hatte: Als dieser Kreativcoach bei K&S die mittlere Führungscrew aufgefordert hatte, mit vermeintlich irrelevanten Tätigkeiten ihre Synapsen zu stimulieren und so ihre »ökonomische Phantasie« zu fordern, da hatte Frederik die freie Auswahl direkt vor seiner Zimmertür gehabt: Samstags gab es im Heim die Sitztanzgruppe, sonntags »Seidenmalerei für Rüstige mit Herrn Käs«. Nach einer Dreiviertelstunde Seidenmalerei kamen Fred die dynamischsten Ideen für die nächste Buzz Session. Und beim Tätscheln des Golden Retrievers in der »Tiergestützten Therapie« konnte er das jüngste »Bullshit!« verdauen, das Dr. Oppermeier ihm hingeknallt hatte. Sein Umzug ins Altenheim war vielleicht der beste Karriereschachzug *ever.*

»Aber jetzt brauche ich Ihre Meinung, Berg!«

Der Chefmacher nahm sein Smartphone aus der perfekt gebügelten Hosentasche und knallte es auf den Tisch.

»Das hier hat jetzt Top-Priority für mich.«

Fred versuchte, nicht nervös zu werden ob der Aufgabe, die hier dräute. Er erwartete den Titel einer Anlage, eines Geschäfts oder einer neuen Strategie für die 18 bis 35-Zielgruppe auf dem Display. Oder ging es um seine Idee mit den Spiel-Kreditkarten, mit denen Kinder schon im Kaufladen an MyMoney gewöhnt werden sollten?

Doch was musste er sehen: Von dem kleinen Bildschirm lachte ein rothäutiger Neugeborener mit erstaunlichem Zinken und weißer Schmiere im Gesicht.

Fred wusste nicht genau, wie er gucken sollte. Wollte der Chefmacher ihn schocken? Seine Belastbarkeit auf eine neue, noch härtere Probe stellen? Jedenfalls versuchte er, ein möglichst neutrales Gesicht aufzusetzen.

»Das ist das Projekt, das derzeit ganz oben steht auf meiner Agenda«, schnarrte Oppermeier und lachte derb.

»Die Eckdaten: stramme 3900 Gramm, 53 Zentimeter groß, 36 Zentimeter Kopfumfang. Mit sehr guter Wachstumsprognose, sagt meine Frau. Harhar. Und seit dem 8.12. mein Sohn.«

»Oh!«

Fred war nicht darüber gebrieft worden, dass Oppermeier jetzt married, one child war. Eigentlich sprachen sie ja auch kaum über Privates: Erst neulich hatte der Chefmacher Freds Frage »Wie geht's Ihnen« mit »Ja, danke« beantwortet.

»Der ist wirklich sehr, sehr ...«, stammelte Fred.

Der war wirklich sehr hässlich. Er war hier in einem Interessenskonflikt: Grundsätzlich hatte Fred den Hype um Nachwuchs noch nie nachvollziehen können. Worauf waren diese Leute stolz? Sie hatten gepoppt, Glückwunsch, und nun mussten sie das fleischgewordene Zeugnis ihrer

Lüsternheit von morgens bis abends versorgen. Lebenslang. Bekannte waren öfter mal beleidigt, wenn Fred zu ihren Babybildern beharrlich schwieg oder aus Verlegenheit Requisiten lobte.

»Das ist ja ein echt schönes Babybett.«

Aber bei Oppermeier war das natürlich anders – und wenn man beim Betrachten des Displays die Augen zukniff, dann sah das Baby eigentlich ganz …

»Der hat sicher viel Potential«, sagte Fred schließlich.

»Toll, nicht?«

Oppermeier lächelte seinen Sohn durch das Display an.

»Wie heißt der Kleine denn?«, fragte Fred. Nicht dass es ihn ernsthaft interessierte.

Oppermeier verdrehte die Augen.

»Hermann war meiner Frau zu martialisch. Sie wollte Paul.«

Der Chefmacher verzog das Gesicht.

»Aber müssen denn alle Säuglinge wie Weicheier heißen? Jedenfalls: Wir haben ihn Jochen genannt. Jochen wie ›jemanden unterjochen‹.«

»Klingt niedlich.«

»Danke. War meine Idee.«

Er wischte mit dem Finger über das Smartphone.

»Schauen Sie mal«, sagte er und lachte sein Panzerknacker-Lachen. Das Display zeigte Jochen, wie er ein Fäustchen entschlossen Richtung Kamera streckte.

»Wird sicher selbst mal Executive«, donnerte Oppermeier stolz, »so wie er seine Mutter rumkommandiert.«

Oppermeier war sicher ein toller Vater! Falls Fred eines fernen Tages doch noch mal Kinder haben sollte, dann würde er es genauso machen wie er!

Der Chefmacher klickte Jochen wieder weg.

»Und das Beste«, verkündete er, »So ein Babybildchen im Cell bringt auch im Business viele Vorteile! Eine Studie hat ergeben, dass das Gros der bundesdeutschen Manager einem Familienvater bis zu 100 000 Euro mehr anvertrauen würden als einem Alleinstehenden! 100 000 sind natürlich Peanuts, Berg. Aber als Familienvater wirkt man einfach zuverlässiger als ein durch Nachtclubs marodierender Single. Ein Kind ist ... wie eine hohe Einlagensicherung. Einfach wundervoll.«

K. Oppermeier war ein kluger Mann.

»Bei einem Business-Lunch zum Beispiel kommt es gut, Berg, wenn Sie als Icebreaker ein paar Babybildchen zeigen können.«

Der Chefmacher betrachtete noch mal das Display seines Smartphones und lächelte. Er bewunderte seinen Sohn bereits jetzt wie an anderen Tagen ein gutes Geschäftsergebnis.

»Ich sage Ihnen, Berg«, seufzte er, »Familie ist etwas Wunderbares.«

Fred nickte pathetisch.

»Und was macht die Familienplanung bei Ihnen?«

Der Chefmacher drehte den Stuhl mit einer schwungvollen Bewegung um und setzte sich, diesmal richtig herum, wieder darauf.

»Ist bei Ihnen schon was Kleines unterwegs, das Sie demnächst auf Geschäftsreisen vorzeigen können?«

Fred war einigermaßen irritiert. Was Kleines?

»Eigentlich«, sagte er halblaut, »eigentlich habe ich mich gerade von meiner Freundin getrennt.«

Für einen quälend langen Moment starrte ihm der Chefmacher direkt in die Augen, dann sprang er von seinem Stuhl auf und knallte die Hand auf den Plexiglastisch. Ein paar Schmierzettel und Visitenkarten, die dem Ort des Aufpralls zu nahe waren, gerieten ins Flattern.

»Getrennt? Damn it, Berg. Sind Sie von allen guten Geistern verlassen?«

Oppermeier ballte die Faust und sah hinaus, in den Winterhimmel über den Bürotürmen.

»Haben Sie schon einen Ersatz?«

Fred guckte noch irritierter.

»Damn it, Berg! Man braucht ein funktionierendes Privatleben, wenn man in der Arbeit Höchstleistungen bringen will. Sie wollen Senior Manager werden!«

Oppermeier tigerte durch den Raum.

»Wie soll ich es den Amerikanern gegenüber verkaufen, dass Ihr Marital Status ›Single, no child‹ ist? Wie hört sich das denn an! Irgendwie verlottert – für einen Topmanager.«

Der Chefmacher versuchte eine verlotterte Miene aufzusetzen.

»Und Sie brauchen jemanden, der Ihnen den Rücken frei hält, der Sie im Alltag unterstützt.«

Fred fühlte sich ein bisschen unterzuckert. Es war ihm nicht bewusst gewesen, dass sein persönlicher Lebenswandel so wichtig war für den Aufstieg bei MyMoney. Er hatte gehofft, den Freizeitteil seines Lebens einfach wegknipsen zu können, um so in der Arbeit zu brillieren. Seinem Job zuliebe war er sogar ins Altenheim gezogen! Wie, bitte schön, sollte er dort eine neue Freundin auftreiben? Okay, diese alte Frau mit den Haarspangen hatte ihm neulich im Bingosaal ihren Plüschhund aufs Knie gesetzt und war von dort aus gefährlich inwärtig gewandert … Aber das war vermutlich nicht die Art Privatleben, die Dr. Oppermeier meinte. Und überhaupt wusste der Chefmacher nichts von der Seniorenresidenz St. Ambrosius, Freds süßem Geheimnis. Aber verdammt, er wollte diesen Senior-Manager-Posten!

Frederik sah zu Boden. Manchmal musste man zur rechten Zeit die rechten Dinge sagen.

»Sie sprechen da ein ganz schmerzhaftes Thema an«, sagte er ernst und lockerte seine Krawatte – zum Zeichen, dass er sich nun über Privates öffnen würde. Er hatte das Managerseminar »Die Körpersprache einsetzen« nicht vergeblich gesessen.

»Helena – meine Exfreundin – wollte partout keine Kinder.«

Fred sah auf den Plexiglastisch hinab. Insgeheim sah er sich für diesen Satz in die Hölle fahren. Aber jetzt gab es kein Zurück.

»Ja, leider. Was haben wir darüber diskutiert! Sie liebt ihren Job als Lehrerin und will Karriere machen. Da haben Kinder einfach keinen Platz.«

Er schüttelte, halb verständnisvoll, halb mitleidig, den Kopf. »Aber ich kann mir ein Leben ohne Nachwuchs nun mal nicht vorstellen. Und im CV sieht ›with child‹ auch besser aus – da stimme ich 1000-prozentig mit Ihnen überein.«

»Na, auf jeden Fall!«, sagte Oppermeier und ließ sich, ein wenig beruhigt, wieder auf den Stuhl fallen.

»Sie müssen eine Frau finden, die Kinder mit Ihnen haben will, Berg. Eine hübsche neue Frau. Sie suchen doch eine neue Frau?«

»Endlich Vater zu werden ist mein sehnlichster Wunsch – vom Senior Manager natürlich abgesehen.«

Fred lächelte süßlich.

»Und weil Sie es angesprochen haben: Ja, es gibt schon einen Ersatz. Ich bin total verliebt.«

Es stellte ihm die Nackenhaare auf bei diesem Satz – aber der Chefmacher schien ganz im Emotion-Mode. Und auch in Sachen Familienplanung wollte er bestimmt keine Ausreden hören, er wollte Resultate. Und Fred wollte Senior Manager werden.

Was für ein glanzvoller Posten! Als Senior Manager, eigentlich Senior Regional Manager Germany, befasste man sich mit dem großen Ganzen der Finanzbranche: Wo wollte MyMoney hin? Wie konnte das Management sein volles Potential ausschöpfen? Was war die Philosophie der Bank? Wahrscheinlich fühlte man sich selbst wie ein Philosoph, wenn man Senior Manager war! Fred würde dann nicht mehr dumpfe Bankmanager befehligen müssen, die kaum ansatzweise die Corporate Philosophy von MyMoney verstanden und auch sonst nichts kapierten. Nein, er würde Leuten wie Smithi Projekte anweisen. Unangenehme Projekte vielleicht. Er würde mit Chief Executives und Regional Directors in wichtigen Konferenzen zusammen sitzen – und endlich das Gefühl haben, etwas Großes zu bewirken in dieser Welt.

»Welchen Vornamen werden Sie dem Kleinen geben?«, erkundigte sich der Chefmacher.

Das war freilich eine Testfrage. Dr. Oppermeier checkte, wie ernst es Fred mit der Familiengründung war. Man konnte den Mann nur bewundern.

»Walther. Der Kleine soll einmal Walther heißen. Einer Studie zufolge ist das der Vorname, der in deutschen Führungsetagen am häufigsten vertreten ist.«

Fred hatte das bei einem Zwischenstopp in der Senator Lounge der Lufthansa in München gelesen.

»Außerdem klingt das so niedlich«, säuselte er und zog die Nase kraus.

»Wal-ther.«

Oppermeier sah seinen Protegé einen Moment lang schweigend an, dann wippte er anerkennend mit dem Kopf.

»Good work, Berg.«

Er stemmte sich aus seinem Stuhl.

»Warum kann ich nicht mit Ihnen verheiratet sein? Sie kapieren das mit den Namen. Aber Berg: Machen Sie klar Schiff mit dieser neuen Frau ... Sie brauchen schließlich jemanden zum Anstoßen, wenn Sie Senior Manager werden.«

Fred nickte wie ein Mann, und sein Herz polterte ein wenig beim Gedanken an den herrlichen Job.

»Wollen Sie meinen Sohn noch mal sehen?«, fragte Oppermeier eifrig und begann auf seinem Smartphone herumzuwischen.

Fred presste die Augen zusammen, als sei das sein sehnlichster Wunsch, und der Chefmacher zog seinen Daumen über das Display, bis Jochen wieder grinste.

Fred zurrte sich die Streifenkrawatte fester. Er biss die Zähne zusammen, lächelte den sabbernden, zweidimensionalen Säugling auf dem Display an und dachte schon mal darüber nach, wie er auf die Schnelle »married, one child« werden konnte.

5 Sitztanz und Rheumasalben

Frederik saß mit geschlossenen Augen auf einem Stuhl des Gymnastiksaals, die Hände wie eine klobige Ballerina über sich verschlungen, und ließ seinen Oberkörper zu »Moskau« von Dschingis Khan hüpfen. Seit einem Monat lebte er nun im Altenheim. Um ihn herum bewegte sich ein knappes Dutzend Greise im gleichen, raschen Takt, und mancher Rollstuhl quietschte. Gymnastiktrainer Guido – Fred hatte nicht gewusst, dass es noch Männer mit Schnurrbart gab – schlug den Rhythmus an: Vier Mal in die Hände klatschen, vier Mal auf die Knie tippen, vier Mal mit angewinkelten Armen die Schere. Die leichte Bewegung drückte einigen Senioren dünne Schweißbäche aus den Poren, Frederik dagegen erfrischte sie allenfalls.

Während der Sitztanzstunde an diesem verregneten Samstagmorgen reflektierte er seine neue Wohnsituation: Das »Serviced Apartment«, sein Zufallsfund, entpuppte sich als jener himmlische Ort, an dem sämtliche Alltagssorgen einfach verpufften. Die ganze Sache war eine Win-win-Situation: Das Heim bekam Geld, Fred seinen Frieden. Er zahlte gut für jeden einzelnen Service – und ließ niemanden in dem Glauben, irgendwann geheiratet zu werden. In St. Ambrosius ging er kein langfristiges Commitment ein, sondern konnte zu jeder Zeit fristgerecht kündigen. Oder wie der Slogan des Heims ganz richtig besagte: »St. Ambrosius ist die Antwort auf Ihre veränderten Lebensumstände«.

In St. Ambrosius fühlte der junge Bankmanager sich jetzt fast noch wohler als im Office. Hier war er immer der Alpha-Mann, während das Leben um ihn herum in Zeitlupe ablief: Im Flur erreichte Fred den Aufzug schneller als alle Rollatoren, Rollstühle und Gehstöcke seiner Mitbewohner. Im Bingosaal war er der Erste an dieser Keksdose; schon mit ein wenig Kraftaufwand ließ sie sich so zudrehen, dass die Alten sie nicht wieder aufbekamen. Und in der Sitzgymnastik war er eindeutig der Beste.

Gymnastiktrainer Guido, mit Rallyestreifen am Trainingsanzug und Koteletten am Kopf, hatte inzwischen pastellbunte Seidentücher unter den Senioren verteilt, die sie über ihren Köpfen zu schwenken begannen. Im Vorbeigehen lobte er Freds gute Körperspannung, und ein alter Mann mit Spitzbauch guckte eifersüchtig unter seinem Tuch hervor.

Genüsslich machte Fred den Rücken lang. Im Altenheim waren auch die Bandscheibenschmerzen fast verschwunden, die er sich über Jahre am Laptop, in Meetings und Flugzeugen ersessen hatte. Hauptverantwortlich dafür zeichnete – neben dem Sitztanz – sein neuer Schlafplatz. Warum, um alles in der Welt, hatte Leni ihm die Vorzüge elektrisch verstellbarer Betten vorenthalten? Schmerzte die Bandscheibe 4/5 ihn mal wieder, genügte ein Druck auf diese Fernbedienung am Nachttisch, und das Bettgestell rastete in bequemerer Position ein.

Überhaupt war man mit Bandscheibenproblemen im Altenheim bestens vertraut. Unterstützt wurde die Heilung auch durch Rheumasalben, Heizkissen – und nicht zuletzt die Krankengymnastik mit Frau Zöllner, einer

Strähnchen-überströmten Frau in den Mittvierzigern. Die Hilfe der Physiotherapeutin nahm Fred zweimal wöchentlich auf seinem Zimmer in Anspruch. Jede »Honigtopf«-Übung, jede »Nackenschraube« bescherte ihm eine schmerzfreie halbe Stunde mehr in seinem Office-Stuhl. Pro Tag.

Dank Frau Zöllners Kiefermassage, bei der sie Freds Mundangeln abklopfte, stretchte und lockerte, war auch das nächtliche Zähneknirschen zurückgegangen. Und zwischendurch konnte er dabei über Leni schimpfen.

»Herrje, ich bin Bankmanager und kein Diplomat: Mit ihrer schwarzblauen Haartönung sah sie einfach aus wie ein XXL-Schneewittchen!«

Frau Zöllner drückte seinen Kiefer fester.

»Was sind das für Insekten auf Ihrem Laptop«, fragte sie mit Blick auf Freds Bildschirmschoner.

»Meine Stabheuschrecken«, seufzte der Patient und trainierte auf Frau Zöllners Geheiß schonende Kaubewegungen.

Wenn die zwei einen so ansahen, aus ihren hervorquellenden Dotteraugen … Beim Auszug hatte er sie schlichtweg vergessen und dann nicht mehr zu fragen gewagt. Natürlich waren Stabheuschrecken pflegeleicht und bedurften fast keiner Aufmerksamkeit – deshalb hatte Fred sie als Haustiere überhaupt angeschafft. Aber ob Leni ihnen regelmäßig die Sprühdusche verpasste, um den Chitinpanzer schön elastisch zu halten?

Ach, bestimmt waren sie in Prime Condition und Fred sorgte sich ganz umsonst.

Im Hintergrund der Sitztanzstunde verblasste Freddy Quinns »Junge komm bald wieder«. Der CD-Spieler schepperte, und Schnauzbartträger Guido schlug ein paarmal oben auf die Klappe des Geräts, bis der »Schneewalzer« anstimmte.

»Zum Schnee – Schnee – Schnee – Schnee -
Wal – zer – tan – zen – wir.
Du – mit – mir.
Ich – mit – dir.«

Frederik spannte den Oberkörper noch ein bisschen mehr an und tat es seinen greisen Sitznachbarn gleich, die sich – versonnen und ein wenig unsynchron – zum Gesang der Pitztaler Nachtigallen wiegten:

»Zum Schnee – Schnee – Schnee – Schnee -
Wal – zer – tan – zen – wir.
Ich – wünsch – mir – dabei,
dass – ich – dich – nie – mehr – verlier.«

6 Avancen im Badezimmer

Als Fred nach der Sitzgymnastik durchs Foyer kam, sein Handtuch sportiv über die Schulter geworfen, hing an der Pinnwand eine Annonce des Sozialen Dienstes:

»Lust auf Bauerntheater,
Rollator-Spaziergänge, Fahrten in die Sommerfrische?
Aber es gibt niemanden, der mitkommt?
Fragen Sie unsere
ehrenamtlichen Begleiter.«

Daneben die Nummer der Pflegezentrale von St. Ambrosius und einige Fotos der Ehrenamtlichen: Eine gedrungene Frau mit pastellfarbenem Pulli und randloser Brille. Ein Opa, der selbst wie ein Heimbewohner aussah. Ein blasser junger Kerl mit Geheimratsecken ... Und auch Agata Kaminska lächelte von einem Foto, einem älteren offenbar, auf dem sie das Haar noch türkisgrün trug.

Fred musste grinsen. Ein bisschen armselig kam es ihm schon vor, wenn man für einen gemütlichen Spaziergang in der Sommerfrische Ehrenamtliche rekrutieren musste. Na ja, nicht jeder konnte so gut vernetzt sein wie er.

Am selben Nachmittag entspannte er in seinem weißgrau gekachelten Bad. Es war ein No-nonsense-Bad – ohne Schnickschnack, aber mit vielen kleinen Hilfsangeboten für müde Manager: In der offenen Pflegedusche gab es einen Metallsitz, Haltegriffe und einen Rutschstopp mit Blümchennoppen; ein Thermostat sorgte zudem dafür, dass Fred sich beim Duschen auch dann nicht verbrühte, wenn er in Gedanken schon am Konferenztisch saß und für das banale Regeln der Wassertemperatur wirklich keinen Nerv hatte.

Im Bademantel saß er gerade auf einem metallenen Duschsitz, als ihn diese Text Message von Dr. Oppermeier erreichte.

»MyMoney-Empfang tomorrow night«, las er auf dem Display des Diensttelefons. »Come with new girlfriend.«

Fred sah sich suchend um. Scheiße: Bis morgen Abend hatte er keine neue Freundin. Er sprang von seinem Sitz auf und starrte ins Nirgendwo. Drei Schritte zum Waschbecken, dann ging er unverrichteter Dinge zurück zur Dusche, kreuzte noch mal diagonal durch die Nasszelle wie ein gescheuchter Hahn und verharrte schließlich mit einem Ruck vor dem Desinfektionsmittel-Spender. Zwei Tropfen auf sein Handydisplay, diese Erfahrung hatte er gemacht, und Fingertapser waren Geschichte. Jetzt schlug er einfach so auf den Drücker, noch mal und noch mal, und trommelte schließlich so wild darauf ein, dass der Sagrotan-Nebel in seinen Augen biss. Scheiße, scheiße, scheiße, bis morgen Abend hatte er auf keinen Fall eine neue Freundin!

Und wieder dieses Stechen im Magen. Fred hielt einen Moment inne und horchte in seinen Bauch hinein: Aus dem Internet wusste er längst, dass es sich hier um eine klassische Blinddarmgeschichte handelte, da brauchte man keinen Arzt mehr zu fragen. Offen blieb nur, ob das noch eine Reizung war oder schon eine Entzündung. Fred hielt sich an einer Armlehne der Toilette fest und hob testhalber das rechte Bein. Da – eindeutig. Er setzte den Fuß wieder ab. Und noch mal hoch, diesmal ruckhaft und weiter, so dass sein Knie fast die Brust berührte. Autsch!

Dammit, das konnte doch nur bedeuten, dass …

»Wollten *Sie* ein Latschenkiefer-Fußbad?«, fragte unmittelbar hinter ihm eine junge Frauenstimme. Fred kippte beim Herumfahren beinahe um.

Da stand Agata, mit einer Blutdruckmanschette in der Hand und einer Plastikwanne unter dem Arm, und vor den weiß-grauen Kacheln wirkten ihre Haare noch pinker als sonst.

»Ja, das war ich«, sagte er so gefasst, als liefe alles nach Plan, und rutschte seinen Bademantel zurecht.

»Ich konnte ja nicht ahnen, dass ausgerechnet Sie heute … Haben Sie überhaupt Dienst?«

Die Pflegerin guckte so mild wie neulich, als Otto Weirauch Frederiks Jackett geklaut hatte.

»Also wollen Sie jetzt Ihr Fußbad oder nicht.«

Fred nickte gnädig und setzte seine Tests noch ein bisschen fort, damit sie begriff, dass er hier nichts Komisches tat.

»Was …?«, fragte sie mit Blick auf sein Knie.

»Ich prüfe nur meinen Blinddarm. Falls es eine Entzündung ist, wird der Schmerz stärker, sobald man das rechte Bein hebt.«

Noch ein paar Mal zog er das Knie schnell hintereinander hoch, bevor er die Arme baumeln ließ und sich trippelnd lockerte.

»Alles bestens«, sagte er in mittlerer Lautstärke, so, dass es dahingemurmelt klang, für die Pflegerin aber noch gut vernehmbar war.

Sie hängte ihre Blutdruckmanschette über den Toilettengriff, stellte die Wanne in die offene Dusche und drehte den Hahn auf.

»Sie haben sich sehr individuell eingerichtet hier«, sagte sie, während das Wasser einlief und der Kiefernnadelgeruch mit dem Dampf aufstieg.

»Ja, nicht wahr?«

Die Frau hatte ja doch etwas Geschmack.

»Es sieht ungefähr so aus wie ein Altenheimzimmer in einem Disneyfilm«, sagte sie. »Der Schaukelstuhl im Wohnzimmer. Die Pfeife auf dem Spitzendeckchen. Und dieser kleine Altar ...«

»Das ist meine persönliche Hall of Fame.«

Fred hatte drüben das Trainee-Zeugnis und die Urkunde des Londoner Master-Studiums an die Wand gepinnt – und seine Nippes-Preise von den Quizabenden davor drapiert. Zwei dieser Veranstaltungen im Bingosaal hatte er bereits für sich entscheiden können: Welcher CDU-Politiker und Staatsmann sitzt seit einem Revolverattentat im Rollstuhl? Welcher Fußballspieler bescherte der deutschen Nationalelf 1954 das »Wunder von Bern«? Während seine greisen Mitbewohner noch unsicher die Zeigefinger hoben, jagte Frederiks Antwort bereits laut und präzise durch den Sagrotan-schwangeren, überheizten Raum. Wusste er eine Antwort nicht – Mit welcher Film-Trilogie wurde Romy Schneider berühmt? –, sah er schnell in seinem Smartphone nach. Und gewann.

Freds Beute nach diesen Veranstaltungen waren Stofftaschentücher galore, eine Heizdecke und Romanhefte, laut denen »auch Fürstenkinder Tränen kennen und sich nach erfüllter Liebe sehnen« – und beim Verlassen des Bingosaals konnte er manchmal neidische Blicke seiner Mitbewohner im Nacken spüren. Allein ein paar Stützstrumpfhosen hatte er nun wirklich nicht gebrauchen können – und sie stattdessen Queen Mum geschenkt, die ihn weiter für den »Doktor« hielt.

Das Badezimmer war mittlerweile erfüllt von Latschenkieferdampf. Und Fred brauchte immer noch eine neue Freundin für morgen Abend! Er legte sein beschlagenes Handy zur Seite. Dabei fiel sein Blick auf die Pflegerin. Er begutachtete sie heimlich. Eigentlich hatte sie die nötigen Eckdaten – und war obendrein bei diesem Begleitdienst.

Er fackelte nicht lange.

»Haben Sie morgen Abend schon was vor?«, fragte er in geschäftsmännischem Ton.

»Wie bitte?«

Sie drehte das Wasser ab.

»Kann ich Sie morgen Abend für einen Termin buchen. Als Gesellschafterin.«

»Äh …«

Sie drehte den Hahn noch mal fester zu und warf einen nervösen Blick Richtung Notrufseil. Dabei lächelte sie freundlich, aber distanziert – ungefähr so, wie manche Pfleger Herrn Böhmisch anlächelten, der immer etwas abseits von den anderen Heimbewohnern sitzen musste.

»Also, es wäre weniger ein Date«, sagte Fred vorsichtshalber und gestikulierte wie an einem Konferenztisch. »Es wäre eher eine *Mission*.«

»Eine Mission? Was machen wir denn auf Ihrer … Mission?!«

»Es ist ein Empfang und …«

Etwas kleinlauter guckte Fred aus seinem Bademantel hervor. »Möglicherweise habe ich meinem Chef erzählt, ich hätte eine neue Freundin.«

Agata entspannte sich.

»Uuund?«, fragte sie scheinheilig.

»Und ich habe gar keine. Ausgerechnet jetzt, wo eine Beförderung ansteht.«

Er switchte wieder in seinen Manager-Ton.

»Es wäre ziemlich straight forward: Sie stellen meine neue Freundin dar, so eine Mischung aus sexy und, na ja: kinderfreundlich, also auf jeden Fall mit Obsession für Familie. Und die zukünftige Mutter meiner Söhne.«

Sie hob die Schultern.

»Ja, aber natürlich, das ist überhaupt kein Problem«, sagte sie süß. »Soll ich die Jungs gleich mitbringen?«

Fred betrachtete angespannt die grüne Fußbrühe. Wie sollte man mit solchen Leuten zusammenarbeiten?

»Schon gut. Vergessen Sie's. Ich dachte, wenn Sie mit den anderen ins Bauerntheater und auf Rollator-Spaziergänge gehen, dann begleiten Sie mich auch mal auf einen kleinen Bank-Empfang ...«

Beleidigt wischte er über sein Diensthandy, während Agata ihre Blutdruckmanschette packte und zur Badezimmertür ging. Dort aber blieb sie stehen und drehte sich noch mal zu ihm um.

»Sie haben von einer Freundin erzählt, die es gar nicht gibt. Und jetzt kommen Sie da allein hin?«

Er nickte.

»Das wird natürlich peinlich, oder?«

Als ob es weiterhelfen würde, schaute Agata betroffen auf ihre weißen Turnschuhspitzen und fabulierte weiter:

»Er fragt, was Ihrer Freundin denn bloß dazwischengekommen ist, Sie verstricken sich vor Aufregung in Widersprüche und erzählen womöglich eine bizarre Geschichte ... Und am Schluss wird irgendein tumber Typ mit Familie vor Ihrer Nase befördert.«

In Freds Hals stieg ein ärgerliches Brennen hoch.

»Meine Misere scheint Ihnen ja viel Spaß zu machen.«

»Nein, nein«, sagte Agata Kaminska und sah entschlossen von ihren Schuhen auf, »Ich mach's. Ich komm mit. Das scheint Ihnen echt wichtig zu sein.«

Freds Gesicht glättete sich.

»Ehrlich?«

»Ehrlich. Kein Problem.«

»Okay. Ich zahle natürlich eine Aufwandsentschädigung.«

»Was? Nein, ich mach es einfach so.«

Kein Geld! War die Frau naiv. Aber Fred wollte ihr hier nichts schuldig bleiben – so etwas fiel einem am Schluss immer auf die Füße.

»Doch, bitte, wie viel nehmen Sie pro Stunde? 50 Euro?«

»Waaas? Ich bin doch keine ...!«

Ihre Wangen färbten sich passend zum Haar.

»Ich besteh drauf«, sagte er. »Sie tun mir ja praktisch einen geldwerten Gefallen.«

Mit einem Kopfschütteln strich sie über ihre Blutdruckmanschette und schien einen Moment lang zu überlegen, ob sie das Geld doch annehmen sollte.

»Also gut«, sagte sie schließlich. »Wenn Sie unbedingt wollen: Ich weiß, wie Sie sich revanchieren können, Herr Berg.«

»Ja, bitte?«

Er machte eine rollende Bewegung mit der Hand.

»Sie unterhalten sich mit den alten Leuten da draußen – und sorgen dafür, dass die auch miteinander reden.«

»Wie bitte? Also ich weiß nicht.«

Fred guckte zerknirscht.

»Ich spiele Ihre Freundin; Sie reden mit den Leuten hier – doch, Herr Berg, so machen wir's.«

Fred ließ sich auf den höhenverstellbaren Duschsitz sacken. Bislang hatte er es eigentlich als Standortvorteil des Altenheims angesehen, dass seine Bewohner so ausdauernd schwiegen. Untereinander – quasi von Hörgerät zu Hörgerät – zettelten sie kaum jemals ein Gespräch an. Und wenn sie Fred doch mal etwas fragten, antwortete er einfach im Flüsterton oder tippte sich scheinheilig ans Ohr.

»Die Ruhe hier ist doch himmlisch. Was liegt Ihnen denn dran, dass die rumquasseln?«

»Wie ich schon sagte: Es macht mich fertig, wenn alle so dasitzen mit ihren irre langen Lebensgeschichten und sich ausdauernd anschweigen. Dabei hätten die sich so viel zu sagen! Grete Mauerbier zum Beispiel – diese resolute 103-Jährige aus dem ersten Stock, die am liebsten im Raucherhof sitzt und quarzt?«

Fred zeigte ein leeres Gesicht. Agata hingegen kam verbal erst in Fahrt.

»Sie hatte früher einen Waschsalon. Und die Wankels – er wohnt bei uns auf der vier, seine Frau noch auf der zwei, Sie wissen schon, die, die andauernd streiten ...«

Welche Wankels?

»... die hatten so einen kleinen Reinigungstrupp.«

Fred spürte schon wieder Bauchweh, jetzt auch ganz ohne Testbewegungen.

»Machen also beide irgendwie in Putzmitteln, begegnen sich dauernd im Raucherhof, und das Langzeitgedächtnis ist auch tipptopp. Aber unterhalten sie sich? Nein. Und glauben Sie mir, ich hab oft genug versucht, ein Gespräch über die Reinigungsbranche in Gang zu bringen.«

Sie lachte wie jemand, der dort gewesen war.

»Sie sitzen nur so vor ihren Kuchen und schweigen sich an, dass die Luft gefriert.«

Sie hob die Augenbrauen.

»Aber kaum kommen ihre Enkel zu Besuch, oder die Grundschüler von nebenan, also Hauptsache junge Menschen, dann tauen sie auf. Bei Kleinkindern werden sie regelrecht hysterisch! Es ist fast, als hätten sie was gegen alte Leute …«

Agata Kaminska schüttelte den Kopf.

»Aber jetzt sind Sie hier, Herr Berg – und Sie sind jung. Jedenfalls relativ. Das ist perfekt.«

Fred war nicht überzeugt.

»Was soll ich denn mit denen reden …?«

»Waschsalons? Lassen Sie sich was einfallen. Nur eines: Passen Sie bei Herrn Böhmisch ein bisschen auf. Reizen Sie ihn nicht, keine zu schweren Gespräche. Besonders nicht über Klärwerke.«

Die Pflegerin schüttelte das Handgelenk, als habe sie sich heftig verbrannt.

»Wir nennen ihn manchmal den Würger. Er neigt dazu … Krrk.«

Mit einem Ruck drehte sie ihre Fäuste gegeneinander.

»Also Vorsicht.«

Fred fasste schützend an seinen Adamsapfel.

»Scheiße, warum das denn? Liegt es an dieser OP?«

Er fuhr sich mit einem Finger quer über die Stirn.

»Was? Ach nein!«

Sie schüttelte den Kopf.

»Unser Herr Böhmisch«, hob sie an. »Also sein Sohn sagt, er habe sich am Krieg bestens vorbeigemogelt – um dann in Friedenszeiten eine Axt in den Kopf zu bekommen.«

Agata Kaminska rieb sich den Kopf.

»Muss ein Unfall gewesen sein, bei der Gartenarbeit damals in den Sechzigern. Na ja, sie haben ihn so neben den Buschrosen gefunden. Anscheinend hat er das ganz gut weggesteckt – bis auf die Narbe. Und bis auf diese Sache, dass er Leute manchmal versucht zu … Krrk. Aber wenn er ein paar Plätze abseits sitzt und zum Beispiel mit

Kuchenzerstückeln beschäftigt ist, gibt es fast nie Probleme.«

Fred zog einen Flunsch. Aber verdammt, schließlich war das Ganze ja für eine gute Sache – seine Karriere.

»Okay«, sagte er. »Na gut. Aber Sie machen dafür auch etwas mit ihren …«

Mit dem Zeigefinger machte er eine kreisende Bewegung um seinen Hinterkopf und deutete schließlich auf Agatas rosa Pferdeschwanz.

»Mit meinen Haaren meinen Sie?«

Sie fasste sich in den Schopf.

»Klar, kein Thema, die rasier ich natürlich ab für unsere *Mission*.«

»Neeein«, beschwichtigte er. »Ich dachte nur, Sie färben sie vielleicht?«

Er klimperte mit den Wimpern und lächelte erwartungsfroh. Aber Agata öffnete bereits die Tür.

»Sorry, entweder ich komme mit meinen rosa Haaren zu Ihrem Empfang oder gar nicht. Sonst können Sie ja auch eine Ihrer Zimmernachbarinnen fragen, ob sie Lust hat. Hallo, Frau Rody!«

Gerade zuckelte Freds Flurnachbarin an der Zimmertür vorbei, und mit ihren bonbongroßen Plastik-Schleifchen im schwarzgefärbten Haar sah Frau Rody wie ein kleines Mädchen mit reichlich Falten aus. Im Arm trug sie einen abgewetzten Plüschhund mit knallroter Filzzunge und redete verschwörerisch auf ihn ein. Als sie bei Agata war, hielt sie sich das Tier an die Wange, und die beiden betrachteten synchron die Pflegerin.

»Schau fein, Peterle! Da ist ja deine Tante Agata!«

Sie lächelte ein Kleinmädchenlächeln.

»Frau Rody«, sagte Agata ihrerseits und rieb die Hand der Alten, »da ist ja meine Lieblingsbewohnerin. Herr Berg möchte Sie etwas fragen.«

Bevor Frederik es ihr verbieten konnte, verschwand sie im Lift.

Frau Rody streckte ihre Hand nach seinem Gesicht aus, offenbar bereit, ihm die Nase zu stupsen oder die Wange zu streicheln, und rief: »Ja, wer bist du denn?« Sie betrachtete ihn so verzückt, als sei er ein weiteres süßes Hündchen. Fred zurrte seinen Frotteegurt noch mal fester, wich ihrem Tätscheln mit einer katzenhaften Bewegung aus und verabschiedete sich geschwind. Im Bademantel ging er zum Lift. Die Büros des Pflegepersonals waren doch im ersten Stock? Auf seiner Suche riss er ein paar Türen auf, machte ein oder zwei Entdeckungen, die er lieber nicht gemacht hätte, und traf schließlich im Frühstücksraum auf eine knorrige kleine Frau. Sie musste mindestens 130 sein, wurde von einer schmalen Schnapsflasche überragt und nippte mit ihrem markigen Kinn an einem Kristallglas. Als sie Fred bemerkte, stellte sie es vorläufig weg.

»Täubchen«, grüßte sie mit kratziger Stimme. »Du siehst aber fesch aus.«

Fred machte einen Doppelknoten in seinen Frotteegürtel. Mit ihrem knochigen Zeigefinger lockte die Alte ihn heran.

»Kommst grad recht zu meinem Nachmittags-Schnapserl.«

Sie kippte ihm die Flasche entgegen, damit er das Etikett lesen konnte. Ein Bündel Kräuter war darauf abgebildet, darunter die Versprechung »Ein Schluck Natur aus dem Schwarzwald« in kursiver Fünfziger-Jahre-Typo.

»Besten Dank«, wehrte Fred ab.

Die Frau kicherte rasselnd.

»Ein Schnapserl am Tag – das desinfiziert dich von innen. Hat der Lazarettarzt immer zu meinem Mann gesagt.«

Sie nickte weise.

»Und konservieren tut dich der Schnaps obendrein. Hans ist 99 ein halb geworden. Und ich hab schon mein 103. Wiegenfest hinter mir ...«

Sie kicherte, als habe sie allen eins ausgewischt.

»Kannst mich Gretel nennen, Täubchen. Na komm, ein kleiner Schluck.«

Abermals krümmte sie lockend ihren Finger, aber Fred wandte sich zum Gehen.

»Nein, danke. Alkohol minimiert meine Performance im Office.«

Sie nippte ein weiteres Mal am Kräuterlikör, so behutsam, als läge das ewige Leben darin.

»Aber wenn du länger lebst, hast du auch länger Zeit, im Büro zu sitzen ...«

Ihr wieder losrasselndes Lachen vertrieb Fred endgültig.

Er fand Agata zwei Türen weiter in einem schmalen gekachelten Raum mit Milchglasfenstern. Sie stand vor einem offenen Spind und cremte sich mit etwas die Hände ein, das nach Orange und Ringelblume roch.

»Das ist streng genommen eine Umkleide!«, sagte sie, ohne mit dem Cremen aufzuhören.

Fred hob die Schultern.

»Sie waren vorhin auch in meinem Badezimmer.«

Sie stellte die Tube zurück in den Spind.

»Na gut, Herr Berg. Steht Ihr Date mit Frau Rody?«

Fred maulte einen Moment tonlos vor sich hin. Dann steckte er ihr die Hand zum Shakehands hin.

»Sie kommen mit zum MyMoney-Abend«, bestimmte er im Senior-Manager-Ton, »und ich quatsche mit den Leuten hier. Deal?«

Die Altenpflegerin patschte ihren Spind zu und betrachtete einen Augenblick Frederiks Hand, die vorn aus seinem Bademantelärmel herausragte. Dann gab sie ihm einen cremigen Handschlag

»Deal. Und jetzt raus aus unsrem Personalraum.«

7 Partyeinladung mit Trauerrand

Abends saß Fred mit dem Notebook im Raucherhof des Altenheims und nippte an einem Glas Eierlikör. So machte die Heimarbeit doppelt Spaß! Der Raucherhof war ein glasüberdachtes Karree, das den Qualm so richtig schön gefangen hielt. In der Mitte des Hofs plätscherte eine metallene Brunnenskulptur, aus deren Ärmeln Wasser floss. Wenn man den Kopf schräg legte, sah es so aus, als würde sie aus abgehackten Händen bluten …

Aber Fred konnte sich jetzt nicht mit Kunst beschäftigen. Zwei blaue Packungen Gauloises lagen neben ihm auf dem Plastiktisch, eine Zigarette steckte in seinem Mund, und auf dem Notebook war ein Fachartikel geöffnet. »Erfolgsfaktor Nachwuchskunde: Eine Studie zum Cross-Marketing im Segment …«

»Na, Jungchen?«, fragte eine feste alte Männerstimme, und Fred fuhr herum. Er hatte den massigen Mann gar nicht bemerkt, der am Tisch hinter ihm saß und jetzt zum Gruß seine Schiebermütze zog. Der Alte hatte rotgeäderte Backen, volle weiße Haare und vor sich einen diffusen Stapel mit Preistabellen, Infomappen und Broschüren. Abgesehen von dem Stock, der an seinem Stuhl lehnte, sah er genau so aus wie die Senioren in der »Aktiv-Rente«-Broschüre von Keener & Shark – oder wie jemand, der gerade vom Eisstockschießen mit Punsch hereinkam.

»Na, Alterchen«, fragte Fred zurück und wandte sich wieder seinem Notebook zu.

Aber der Alte ließ nicht locker. »Hausaufgaben, Jungchen? Ich bin übrigens der Gruber Georg.«

Fred ließ die Schultern sinken. Das Allerletzte, was jetzt auf seiner Agenda stand, war eine Unterhaltung mit Gruber Georg. Aber gerade als er sich ans Ohr tippen und mit den Schultern zucken wollte, kam jene Pflegerin in den Raucherhof, die morgen Abend seine Freundin mimen sollte. Agata Kaminska schob den Zankhahn von Freds Station im Rollstuhl vor sich her, seine Frau im Schlepptau, und hielt nach einem passenden Tisch für die beiden Ausschau. Ein feiner Waschmittelgeruch zog von ihnen herüber. Es musste dieses Paar mit der Reinigungsfirma sein: Seine Haare waren so sauber getrimmt wie ihre Duttfrisur, das Altherrenhemd saß frisch gestärkt. Mit einer flinken Bewegung wischte die Rentnerin noch schnell ihre Stühle ab, bevor sie sich setzten. Als Agata Fred neben Gruber Georg entdeckte, machte sie eine rollende Handbewegung in seine Richtung.

Da hatte er sich ja was eingebrockt. Widerwillig sah Fred den Rentner an und presste ein halbfreiwilliges »Jaja, Hausaufgaben!« hervor.

»Es geht um Cross-Marketing im Young-Potentials-Segment.«

So ähnliche Sätze hatte er auf Partys getestet. Sie beendeten eine unliebsame Unterhaltung im Keim. Immer.

Bei Georg Gruber war das offenbar anders. Er nickte anerkennend und sah gar nicht danach aus, als sei das Gespräch für ihn beendet.

»Schön, schön«, sagte er. »Du hast doch nichts gegen flotte Musik?«

Schunkelmusik knisterte los, und als Fred sich umsah, drehte Gruber vergnügt an den Knöpfen eines urigen Miniaturradios. Verdammt, Fred wollte jetzt kein schlageruntermaltes Gespräch mit dem alten Zausel, er wollte in Ruhe arbeiten! Aber seine potentielle Begleiterin für den MyMoney-Empfang hatte sich drüben aufgebaut und beobachtete das stockende Männergespräch. Und der Alte sah ihn so erwartungsfroh von der Seite an …

Jetzt summte auch noch Freds Diensthandy.

»Ja«, sagte er kurz und markig hinein.

»Wo sind Sie, Berg?«, schnarrte Oppermeier ins Telefon. »Kräftig feiern wahrscheinlich, immer dicht an der Zielgruppe?«

Fred sah sich um. Außer Gruber, ihm und den Wankels war nur das Faltenmädchen im Raucherhof und guckte mit ihrem Plüschhund den Brunnen an. Das klang nicht besonders hip. Vielleicht war es besser, die Wahrheit zu dehnen.

Mit einer schnellen Bewegung hielt er das Handy vor Grubers kleines Radio, drehte die Lautstärke voll auf und schrie »In einem Club! Was sagen Sie?« hinein, während »Wenn auf Capri die rote Sonne« aus dem kleinen Lautsprecher brüllte.

Er musste irgendwann mit dieser Lügerei aufhören.

»Sehr gut, Berg, sehr gut«, rief Oppermeier. »Work hard, play hard! Was ist das für ein Club?«

»Ein Retro-Club. So ein neuer Retro …««

»Willst du zur Beruhigung eine Ernte 23?«, unterbrach ihn Grubers Georg mit seiner kratzigen Altherrenstimme.

Verdammt, er stand ja direkt neben Frederik! Wie war er so schnell hier rübergekommen? Das hatte Oppermeier doch hundertpro gehört!

»Die Lady bei Ihnen«, schrie der Chefmacher aus dem

Handy, »Die Lady hat aber verdammt viele Zigaretten geraucht! Harhar.«

Fred riss das Handy samt Radio an sich, bevor der Rentner noch irgendetwas hineinsagen konnte, und ging ein gutes Stück zur Seite.

»Denken Sie an den MyMoney-Empfang morgen Abend, Berg!«, rief Oppermeier noch ins Telefon.

»Und bringen Sie sie mit!«

Als er aufgelegt hatte, guckte Fred zerknirscht auf das Display. Er drehte die furchtbare Musik leiser.

»Willst du jetzt eine Ernte 23, Jungchen?«, fragte der alte Mann. Fred nickte matt und fingerte eine Zigarette aus der kleinen Schachtel, die ihm hingestreckt wurde.

»Aber nennen Sie mich nicht Jungchen.«

»Bisschen altmodisch, was? Wir können auch ›Junior‹ sagen.«

Herr Gruber klopfte mit den Fingerknöcheln auf den Tisch, als habe Fred gerade einen neuen Namen ersteigert.

»Falls es dich interessiert, was ich so mache, Junior: Ich plane meine Beerdigung.«

Fred fiel beinahe die Zigarette aus dem Mund.

»Oh!«

Gruber hatte das etwa so gesagt wie »Ich plane eine Kreuzfahrt«, also bemühte sich Fred, auf optimistische Weise pietätvoll zu gucken.

»Ihre Beerdigung?«, wiederholte er, nur für den Fall, dass er sich verhört hatte.

»Schon toll, was es da für Angebote gibt«, sagte Gruber und deutete auf den dünnen Prospektstapel mit Kreuzen und Trauerrändern auf seinem Tischchen.

»Man kann *alles* vorab organisieren: Gästeliste, Musik, sogar die Häppchen für den Leichenschmaus. Da musst du keine Angst haben, dass irgendein Nachkomme das versaut.«

Er strahlte übers ganze rosige Gesicht.

»Das ist toll!«, entgegnete Frederik. War diese Reaktion zu euphorisch im Angesicht einer Beerdigung? Um Zeit zu gewinnen, steckte er sich die Ernte 23 an. Gleich beim ersten Zug hobelte Schleifpapier über seine Stimmbänder.

»Aber es gibt keinen konkreten Anlass«, fragte er hustend, »für Ihr ... ich meine ... für Ihr Ableben?«

Gruber lachte raubeinig.

»Ich bin 82 Jahre alt, Junior. Da kann es jeden Tag so weit sein, egal, wie jung man sich fühlt.«

Fred musste an diese vertrackten Rechnungen mit Sterbetafeln an der Uni denken, während seines kurzen Exkurses in die Versicherungsmathematik, und an Fachbegriffe wie »vorschüssige Zeitrente« und »ewige Rente«, die seiner Meinung nach etwas Philosophisches hatten.

»Und wenn man dann weiß und starr daliegt«, fuhr Georg Gruber fort, »dann möchte man eben, dass die Koffer gepackt sind, wenn du verstehst, was ich meine. Dann soll keine schmutzige Wäsche herumliegen, die deine Kinder unter Tränen wegräumen müssen. Und man möchte, dass sie wissen, was für die große Trauersause zu tun ist. Dass sie eine angemessene Musik aussuchen und am Schluss nicht so eine Happy-Metal-Kapelle an deinem Grab spielt.«

Gruber lachte, stolz darauf, sich mit den modernen Dingen so gut auszukennen.

»Wenn ich sterbe, werden meine Kinder nicht in diesem Internet nach Papas alten Freunden suchen müssen. Weil es nämlich schon eine Liste *gibt* mit Telefonnummern und Adressen. Für die Einladungen.«

Er deutete auf ein mit altmodischer Handschrift bemaltes Blatt.

»Briefpapier mit hübschem Trauerrand hab ich auch schon besorgt.«

»Sehr vorausschauend«, sagte Frederik.

»Du solltest dir auch deine Gedanken machen«, entgegnete Gruber altväterlich.

»Wegen der Beerdigung und so.«

»Ich bin erst 34 und habe gerade mit Gesundheitssport angefangen: Sitztanzen. Wassergymnastik!«

»Das schützt dich nicht vor einer schlimmen Krankheit – Lungenkrebs vielleicht? Du bist Raucher.«

Gruber deutete auf die Ernte 23 in Freds Hand, die er ihm gerade selbst gegeben hatte, und zog mahnend seine buschigen grauen Augenbrauen hoch.

»Oder vor einem Wagen, der um die Ecke schießt und dich umbügelt.«

Er stellte das tragische Geschehen mit seiner wettergegerbten Hand nach.

»Patsch! Dein jugendliches Alter schützt dich auch nicht vor einem Ziegelstein, der noch heute vom Dach dieses Altenheims auf deinen Kopf ...«

»Jaja«, unterbrach Frederik, »ich habe Ihren Punkt verstanden.«

Sie schwiegen eine Weile, und Fred dachte an seinen dauergereizten Blinddarm.

Eigentlich wollte er sich wieder diesem Fachartikel zuwenden, aber man konnte schlecht jemanden ignorieren, der wie nebenbei sagte: »Ich möchte in einem lackschwarzen Sarg liegen. Schwarz wie ein Klavier, mit blutroten Rosen drauf.«

Gruber zog genüsslich an seiner Zigarette.

»Weiße Tauben sollen dazu hochfliegen. Und jemand muss ›Ave Maria‹ singen.«

Mit inbrünstiger, tiefer Stimme stimmte er ein paar Takte »Ave Maria« an. Schließlich hustete er und zog wieder an seiner Zigarette. Das hörte sich nach einer ziemlichen Kitsch-Beerdigung an – und Fred musste an Susannahs Hochzeit zurückdenken. Wie sich sein Leben verändert hatte in diesen paar Wochen! Ob Leni jetzt so morbide Gespräche führte wie er?

Das alte Ehepaar, das von Agata in den Hof eskortiert worden war, hatte ihr Gesprächsthema offenbar aufgeschnappt und diskutierte erhitzt.

»Und ich sage dir, ich werde mich *doch* in Cuxhaven bestatten lassen, du Luder.«

Seine Frau schnaubte durch die Nase.

»Was willst du denn in Cuxhaven?«

»Nichts Bestimmtes«, gab er zurück, »Es ist eine schöne Stadt am Meer. Und ich hätte dort meinen Frieden – das ist mehr, als ich im Moment behaupten kann.«

Mit dem Oberkörper rutschte er ein paar Zentimeter von ihr weg, so viel Spielraum sein Rollstuhl eben hergab, um aus der sicheren Entfernung ihre Reaktion abzuwarten.

»Du weißt genau, dass meine Schwester dann jedes Mal mit dem Zug anreisen muss, du böser alter Mann. Weißt du überhaupt, was das kostet?«

Er sah zur Decke und lachte ein heiseres Lachen.

»Deine Schwester wird dein Grab doch eh nicht besuchen, Therese!«

»Das nimmst du jetzt zurück!«

Fred versuchte, sich trotz aller Widrigkeiten auf die Arbeit zu konzentrieren. Aber aus anderer Richtung phantasierte Gruber weiter.

»Und die Kirche muss voll sein. Ich will keine leeren Reihen auf meiner Beerdigung!«

Er war aufgestanden und schwankte näher. Dabei hielt er sich mal hier fest und mal dort und sagte: »Jeder Gang macht schlank!«

Schließlich erreichte er Freds Tischchen und hielt sich so unauffällig wie möglich daran fest.

»Zur Not sollen sie eben Leute von der Straße holen. Es gibt 15 Mark für jede Fürbitte, die mich in einem sympathischen Licht darstellt …«

»Für 15 Mark verlässt heute niemand mehr das Haus«, sagte Fred trocken. »Außerdem gibt es ja jetzt diesen Euro …«

»Ach, der!«

Gruber wischte den Euro mit einer verächtlichen Handbewegung weg.

»Der ist doch nur eine Modeerscheinung. Der hält sich nicht lang, Junior, und dann haben wir wieder die Mark.«

»Hm.«

Fred hätte einiges zu diesem Thema sagen können.

Gruber machte ein paar Versuche, selbständig zu seinem Tischchen zurückzukommen, scheiterte diesmal aber an der Balance.

»Ich hab diese Sache mit dem Gleichgewicht, Junior. Wenn die nicht wär, dann könnte ich zu Hause im Kirchenreuther Weg wohnen wie früher.«

Fred stand auf und führte Gruber die zwei Meter zurück.

»Was ist das für eine Sache«, fragte er und zog an einer neuen Zigarette.

Gruber machte eine Handbewegung, als würde er nach einer besonders widerlichen Stechmücke schlagen.

»Ach. Eine Krankheit mit einem französischen Namen. Am besten man ignoriert sie! Mal helfen die Tabletten, mal nicht. An manchen Tagen schwankt der Boden weniger. Aber heute ist es schlimm …«

An seinem Tischchen stopfte er das Blanko-Gedenkblatt zurück in den Stapel und ließ sich in den Plastikstuhl sinken.

So verharrte er kurz, bevor er Fred mit einem Mal unverwandt ansah.

»Würdest du mir eine große Ehre erweisen, Junior?«, fragte er ernst.

Fred setzte ein Teflon-Gesicht auf. Humanismus hin oder her: Wem sollte er eigentlich noch alles einen Gefallen tun? Er konnte nicht die ganze Welt retten!

»Würdest du auf meine Beerdigung kommen, Junior?«

Fred geriet ins Stammeln.

»Also ich weiß nicht …«

»Na los, Junior. Gib dir einen Ruck. Das wird spitze, wie ihr heute sagt. Einen lebensfrohen jungen Burschen wie dich könnte ich auf meiner Trauerfeier gebrauchen. Der da Stimmung macht.«

Schon jetzt nagte an Fred das Gefühl, dass er furchtbar versagen würde, und er nuschelte etwas Unverfängliches.

»Hast du eine feste Stellung, Junior?«

»Ich bin Bankmanager – bei MyMoney.«

Georg Gruber machte ein Gesicht, als wäre MyMoney ein eingebildetes Huhn.

Sie führten noch eine Debatte über Banken im Allgemeinen, über die Jungen, die den Alten die Rente nicht finanzieren wollten, über die Krankenkassen und über die Pflegeversicherung im Besonderen. Gruber war sehr gut informiert, und hatte sehr leidenschaftliche Ansichten.

Zweimal kam Agata mit dem Telefon herein, weil Gruber Anrufe von einem seiner Kinder bekam.

»Grubers Georg?«, sagte der Rentner jedes Mal zur Begrüßung, und jedes Mal wurde seine Stimme gereizter. »Mir geht's gut. Ja. Das Gleichgewicht ist bestens«, sagte er knapp und rollte mit den Augen.

»Meine Kinder sind sehr lieb«, sagte er später zu Frederik. »Aber sie haben keinerlei Verständnis dafür, dass ein Mann mit 82 sein Ende *einigermaßen ordentlich* geregelt haben möchte. Die halten sich die Ohren zu, wenn ich davon anfange!«

Kurz nach Mitternacht steckten dreizehn Zigaretten in ihrem gemeinsamen Aschenbecher im Raucherhof, und Fred versprach hoch und heilig, eines schönen Tages zu Grubers Beerdigung zu kommen. Er würde rüstige Freunde mitbringen, Blumen bestellen und eine superunterhaltsame Fürbitte halten.

»Versprochen.«

»Nicht wahr, Junior?«, sagte Gruber und zwinkerte ihm zu. »15 Mark sind schließlich ein hübsches Taschengeld.«

8 Pantoprazol und Champagner

Für Human Resources hatte Fred eigentlich ein Händchen. Aber als er an diesem eiskalten Abend vor dem Finanztower wartete und seine Kollegen und Geschäftspartner mit ihren monotonen Banker-Uniformen und feinziselierten Frisuren durch die Spiegelglastür verschwinden sah, da zweifelte er doch ein wenig an seiner Idee, eine Rentner-Gesellschafterin mit auf das MyMoney-Event zu nehmen.

Als Agata pünktlich vor dem spiegelverglasten Büroturm auftauchte, erkannte er sie zuerst nicht: Ihre rosaroten Haare waren zu einem welligen Rockabilly-Pferdeschwanz zusammengezurrt, so dass man am Kopf fast keinen Unterschied zwischen dem blonden und dem pinken Part sah.

Ihre Frisur saß also einigermaßen dezent, ihr schwarzes Wollmäntelchen lag schmal über den Nylons, selbst ihre Fünfziger-Jahre-Augenbalken waren heute einmal fein und filigran. Fred war erleichtert.

»Sie sehen sehr … branchenüblich aus«, sagte er zur Begrüßung.

»Oh danke!«, entgegnete sie zuckersüß. »Das ist ein bezauberndes Kompliment!«

Im Aufzug zum 23. Stock wurden sie noch schnell per Du – wichtig, wenn man eine Beziehung führen wollte –, und

Fred fiel ein, dass sie noch gar keine niedlichen Kosenamen hatten.

»Vorschläge?«

»Du bist schon mal Purzel«, befand die Altenpflegerin kategorisch.

»Hm, na gut«, grummelte Fred. »Dann nenne ich dich, meinen ›kleinen Personal Assistant‹? Das geht mir leicht über die Lippen, weil ...«

»Bist du verrückt? Nein! Ich bin doch nicht deine Assistentin.«

Ein leiser Glockenschlag der Aufzugtür, und sie standen mitten auf der Party, im cremefarben getünchten My-Money-Loft.

Durch Schwärme mattgrauer Anzüge und streng gebügelter Kostüme bahnten sie sich den Weg zur Garderobe. Fred wurde von ein paar Kollegen respektvoll gegrüßt, ansonsten fielen er und Agata nicht weiter in der Menge auf – und seit dem Flowergate-Skandal wusste Fred das wirklich zu schätzen. Sie würden hier kein großes Aufhebens machen, kurz mit Dr. Oppermeier plänkeln, an entsprechender Stelle des Small Talks Agatas brennenden Kinderwunsch einfließen lassen – und wieder verschwinden. Nicht weniger, aber vor allem nicht mehr.

Fred drückte der Garderobiere seinen Mantel in die Hand, drehte sich nach Agata um – und schnell wieder weg. Er war regelrecht geblendet – vom gleißenden Kanariengelb des Petticoats, der unter ihrem Mantel zum Vorschein kam. Mit ihrem Fifties-Make-up, dem weit ausgestellten Rock und natürlich dem Pferdeschwanz sah die Altenpflegerin aus wie ein angezogenes Pin-up-Girl!

Fred sah sich hektisch um.

»Wollen Sie den hübschen Mantel nicht wieder anziehen?«, flötete er mit gedämpfter Stimme und versuchte, ihr den Stoff mit sanfter Gewalt zurück auf die Schultern zu legen. »Es ist doch recht frisch hier.«

Aber genauso gut konnte man versuchen, einen Suchscheinwerfer zu verstecken: Das Kleid schien durch alles hindurchzustrahlen, und Agata wehrte sich mit den Kräften einer Altenpflegerin.

»Frisch? Die Scheiben sind beschlagen!«

Agata zupfte sich gerade den weit ausgestellten Rock zurecht. »Ich glaube eher, MyMoney hat ein Problem mit einer hyperaktiven Heizungsanlage.«

Eine Pranke legte sich auf Freds Schulter.

»Da ist ja mein Lieblingskollege!«

Es war Dr. Oppermeier, der direkt hinter ihm stand und sein Panzerknackerlachen lachte. Als er jedoch Freds Begleiterin wahrnahm, geriet er ein bisschen ins Schwanken und fasste hilfesuchend nach dem Stehtischchen. Er musterte Agata vom pinkfarbenen Schopf, dessen Farbe im Kunstlicht grell herausstach, bis zum quietschgelben Kleidsaum hinab. Sein Champagner schäumte nervös.

»Willst du uns nicht vorstellen, Purzel?«, fragte sie.

O. drehte sich starren Blickes nach Fred um.

»Ist *das* Ihre Freundin, Berg?«

»Na ja«, stammelte Fred, »so genau würde ich es nicht …«

Der Chefmacher griff sich leidend hinter den Hals und wendete seinen Kopf ein paar Mal hin und her, bis es knackte.

»Geht es Ihnen nicht gut?«, fragte Agata.

»Nein. Nein.«

Oppermeier sah sie mit schiefem Kopf an.

»Ist nur der Nacken. Wenn ich schnell nach unten sehe … Oh damn it! Jetzt kann ich hier den ganzen Abend …«

Agata öffnete den Metallbügel ihrer riesigen mintfarbenen Tasche, die zwar nicht hässlich war, aber doch hervorstach zwischen den winzigen Clutches und Theatertäschchen. Zur Hälfte war sie von einem orangefarbenen Erste-Hilfe-Paket belegt. Agata riss den Klettverschluss auf und nestelte darin herum, zwischen Blutdruckmanschette, Zuckergel und jeder Menge Verbandsmaterial. Schließlich zog sie ein handtellergroßes Wärmepflaster heraus und schälte es vorsichtig aus dem wattierten Umschlag.

»So«, sagte sie schließlich. »Versuchen Sie das mal. Am Nacken.«

Vielleicht lag es an seiner eingeschränkten Beweglichkeit, aber Dr. Oppermeier ließ sich das Pflaster unter einigem Fluchen von ihr in den Nacken kleben.

Er schloss die Augen und streckte sich langsam.

»Puh. Das ist … angenehm.«

Als er Agata aus halbgeöffneten Lidern ansah, saß sein Kopf fast wieder gerade. Er nickte ihr zu, aber nur ganz vorsichtig.

»Ich weiß nicht, ob es an Ihrer bezaubernden neuen Freundin liegt, Berg …«

»Ja, öh«, nuschelte Fred, »meine Freundin.«

»… Aber Ihre Performance im Office hat sich in den letzten Wochen sogar noch mals optimiert.«

Fred lächelte dankbar und versuchte, seiner karrierefördernden Freundin ein Küsschen zu geben. Er näherte sich ihr dazu ganz leger von der Seite, aber irgendwie kriegten sie die Choreographie nicht synchron: Agata hatte sich ausgerechnet in diesem Moment auch zu ihm umgedreht und wollte etwas sagen. Dabei knallten sie so schmerzhaft mit den Köpfen aneinander, dass Fred einen Moment lang fürchtete, von ihrem verhinderten Kuss eine Gehirnerschütterung davonzutragen.

Er kicherte verschämt. As er ihr ersatzweise die Hüfte tätscheln wollte, drängte sie ihre Tablettentasche zwischen sich und ihn wie einen Puffer. Und dummerweise stand Fred ja nun ohne abgesegnetes Kosewort da, während Agata ihn beharrlich »Purzel« nannte.

»In langen Sitzungen bleibt Ihr Purzel hellwach bis zum Schluss«, lobte Oppermeier weiter. Die Pflegerin lächelte frostig, und Fred stand ein wenig klamm daneben, während man in der dritten Person von ihm sprach.

»Beleidigungen steckt er fast emotionslos weg. Und er fasst sich zwischendurch nicht mehr so leise stöhnend an den Bauch. Ich habe das immer als Schwäche empfunden.«

Fred nickte schuldbewusst.

»Außerdem kneift er nicht mehr so die Augen zusammen, wenn er abends um elf noch am Bildschirm sitzt.«

Angelockt von Agatas strahlend gelbem Kleid, kam jetzt auch noch dieser betagte Finanzminister a. D. zu ihnen herüber.

»Mein lieber Dr. Oppermeier!«, sagte er mit hoher, brüchiger Stimme, ohne die Augen von Agatas Petticoat zu nehmen. »Ich habe da drüben gerade Ihre seltsamen neuen Kreditkarten ausprobiert.«

»Die CuddlyCards in unserem Showcase?«, fragte Oppemeier. »Sind unser neuestes Incentive für die Young-Potential-Zielgruppe.«

»Diese hellblaue fühlt sich aber irgendwie glitschig an«, sagte der Finanzminister a. D. und sah angewidert herum, als verfolge ihn die eklige Karte.

Der Chefmacher begann, mit Wärmepflaster im Nacken, über die CuddlyCard-Kollektion zu schwadronieren – mit ihrer wahlweise rauen, glibberigen oder kuschelweichen Oberfläche.

»Glitschig«, wiederholte der Finanzminister a. D.

Er sah auf das Champagnerglas in seiner Hand.

»Und das hier vertrag ich auch nicht mehr. Alles, was Spaß macht, macht mir in letzter Zeit Magenschmerzen.«

Agata lächelte mildtätig, griff in ihre Mary-Poppins-Tasche und holte eine Packung Pantoprazol daraus hervor.

»Vertragen Sie so was?«

Der alte Mann nickte.

»Dann nehmen wir die jetzt schön ein«, sagte die Altenpflegerin und konnte sich, während er die Tablette schluckte, ein routiniertes »Das klappt ja super!« nicht verkneifen.

Offensichtlich konnte Agata ihren Beruf nicht so leicht abstreifen wie ihren Pflegekittel, dachte Fred. Wo immer an diesem Abend ein grauer Schopf in ihre Sichtweite rückte, eine größere Ansammlung von Falten oder ein gebeugter Rücken, eilte Agata zu Hilfe. Sie schien sich für alles verantwortlich zu fühlen, was gebrechlich war, nahm Gläser ab, stieß Dachterrassentüren auf, reichte Servietten und stützte instabile Körper – etwa während Dr. Oppermeiers Begrüßungsrede zum Thema »Banking für alle Sinne«.

Im Laufe dieses Abends bei MyMoney sollten auch noch ihr Blutzuckermessgerät, das Glucosegel und die Blutdruckmanschette zum Einsatz kommen. Unter anderen Umständen wäre ihr Helferreflex Fred entsetzlich auf die Nerven gegangen. Beim MyMoney-Empfang aber waren die Alten nun mal diejenigen in den *richtig* einflussreichen Positionen: Vorstandsmitglieder, Investoren, steinreiche Kunden des Bankhauses, die MyMoney-Beiratsriege, der ehemalige Finanzminister. Und sie alle wussten zu schätzen, dass die junge Frau im Petticoat sich in kleinen Notlagen ohne Scheu um sie kümmerte – und es auch nicht krummnahm, wenn ältere Herren ihr ein paar Sekunden zu lange selbstvergessen auf den gelb verhüllten Busen sahen. Selbst als die ministerielle Hand a. D. sich von Agatas Hüfte abwärts bewegte, quittierte sie es nicht etwa mit einer Ohrfeige, sondern mit einem mitleidigen Blick und einer geschickten Abwehrbewegung, die den betagten Arm an andere Stelle führte und für niemanden peinlich war.

So kannte bald jeder der einflussreichen Gäste Agata Kaminska, die aufmerksame, hübsche und vor allem gelbe Freundin dieses aufstrebenden jungen Bankmanagers – Frederik Berg, oder wie er gleich hieß? Fred sah die Pflegerin von der Seite an. Yes! Da hatte er eine am Boden schrammende, völlig unterschätzte Aktie gekauft – und sah nun zu, wie sie hochschoss und hoch und hoch. Sein Herz polterte ein bisschen los.

Ganz offenbar hatten sie hier eine klassische Win-win-Situation: Agata würde Fred bei der Karriere supporten – und tat sich selbst dabei einen Gefallen. Fred arbeitete gern mit solchen Leuten zusammen.

»Amüsierst du dich gut, Purzel«, fragte sie ihn mit ihrer durchdringenden Altenheim-Stimme, als der Chefmacher sie zwischendurch allein gelassen hatte, um Bilder von Jochen herumzuzeigen – und sie fragte so laut, dass selbst die Zwerghaie drüben es noch mitkriegen mussten. Dazu packte sie ihn fürsorglich am Arm.

Er nickte.

»Und selbst?«

»Hm, lass mich mal überlegen ... An der Bar gibt es

Champagner und getrüffeltes Popcorn – und ich muss weder volkstümliche Komödien ertragen noch Attacken schlechtgelaunter Enten an irgendeinem Teich. Ich glaub, ich hab mich schon schlechter amüsiert!«

»Warum machst du das mit dem Begleitdienst?«, fragte Fred eher aus Ver- denn aus Bewunderung.

Agata verdrehte die Augen, als dürfe man sie in dieser Sache nicht für voll nehmen.

»Ach, manchmal tauchen diese freiwilligen Begleiter einfach nicht auf. Unsere Senioren sitzen dann stundenlang im Foyer und fragen alle fünf Minuten, wann ihr Besuch denn nun kommt. Also bin ich ein paar Mal eingesprungen. Und da wohl irgendwie reingerutscht.«

Sie winkte ab und wechselte das Thema.

»Und, was verdient man so als Senior Manager?«

»100 000 im Jahr.«

Herrje, die Summe war ihm einfach so rausgerutscht. Er hatte sie schon so lang im Kopf und war endlich einmal direkt danach gefragt worden, und schon: flupp!

Agata spülte ihren Champagner im Mund von einer Backe in die andere und guckte unbeeindruckt.

»Gemessen daran, dass du dafür ins Seniorenheim ziehen musstest – und eine Pflegerin als Freundin engagieren –, finde ich das nicht besonders viel Geld«, sagte sie nachdenklich.

»Was willst du davon kaufen – 1000 Rheumadecken?«

Fred versuchte, weiterhin freundlich zu schauen.

Der Chefmacher kam, den kleinen Jochen wegklickend, zu ihrem Stehtisch zurück. Er warf Agata einen verschwörerischen Blick zu.

»Ich mag Sie«, bellte er unverwandt. »Und deshalb zeige ich Ihnen jetzt etwas ganz Besonderes.«

Agata machte einen vorsichtigen Schritt zurück, aber er knipste nur sein Smartphone wieder an.

»Das allererste Bild von meinem Sohn!«

Freds Seniorenbegleiterin hatte die Ehre, den verschmierten Jochen zu betrachten. Bei seinem Anblick musste sie ein bisschen würgen, kaschierte es aber, indem sie eine Hand vor den Mund nahm und Erstaunen simulierte.

»Bah. Unglaublich. Ist der süß.«

Sie nahm noch einen tüchtigen Schluck.

»Und Sie selbst?«, fragte Oppermeier, als sie die Backen voll Champagner hatte. »Kinder?«

Sie musste so heftig husten, als habe Oppermeier ihr ein unanständiges Angebot gemacht.

»Bitte?«

Sie wischte sich Champagner vom Kleid. O. sah sie verwundert an.

»Na: Kinder!«, wiederholte er.

Fred sah seine Seniorenbegleiterin flehend an.

»Ach: *Kinder!*«, sagte Agata endlich und schlug sich leicht auf die Stirn. »Ich hatte erst nicht kapiert, welche Spezies Sie genau ... Aber wenn Sie *Kinder* meinen. Die sind gut! Sehr gut!«

Sie streckte beide Daumen hoch, so weit das mit dem Sektglas in der einen Hand ging, und sagte blechern: »Möcht – ich – auch.«

Oppermeier lächelte zufrieden und zeigte ihr noch mal den kleinen Jochen auf seinem Handy.

Als sie sich wenig später durch die graue Menge hinausstahlen, den gelben Scheinwerfer gut unterm Mantel versteckt, guckte Agata noch immer ein bisschen starr.

»Mann, war der hässlich«, raunte sie Fred zu.

»Welchen von beiden meinen Sie?«, flüsterte er zurück, und sie kicherte.

Shit, er versündigte sich hier gegen den Chef. Warum machte er das?

9 Überraschungsbesuch

Als Fred am Morgen nach dem Empfang erwachte, grinste er minutenlang den Triangelgriff über seinem Bett an. Der Abend mit Agata war hocherfolgreich verlaufen. Er würde sich dafür belohnen – mit Wellness auf Altenheim-Art an diesem Home-Office-Monday. Nach dem Tablett-Frühstück marschierte er zunächst in den zitronengelb gestrichenen Anbau hinüber und legte sich auf das glucksende, warme Klang-Wasserbett. Eigentlich sollte es die verschütteten Sinne Demenzkranker anregen – Frederik aber half es, neuen Anzeichen von Burn-out zu trotzen: mit seinem flauschigen Aqua-Surround-System, aus dessen Menü er am liebsten »zirpende Grille« wählte, den süß-pudrigen Düften und einer ziemlich abgefahrenen Lichtinstallation. Im Takt der Musik änderten sich die Farben – es war wie eine Diskonacht im Liegen.

Anschließend fuhr er in den Souterrain und machte es sich neben dem kleinen Wellness-Schwimmbecken auf einer Liege bequem.

Es war nicht die Art Spa, die Frederik aus den Business-Hotels kannte, mit Sugar Scrub und Seidenhandschuhen. Im Wellness-Bereich von St. Ambrosius platzten schon ein paar Kacheln von der Wand, und es roch unmissverständlich nach Chlor. Trotzdem konnte Fred sich hier besser entspannen als in den Resorts. Erstens gab es im Souterrain des Altenheims jetzt eine lauwarme Dampfzelle, die sich »Eukalyptusgrotte« nannte. Und zweitens musste man hier nicht befürchten, irgendeinen Kollegen oder Geschäftspartner im Handtuch oder gar nackend anzutreffen. Auch heute saß neben dem Becken nur, gut verhüllt in einen gestreiften Bademantel, Queen Mum und grüßte ihn mit den Worten: »Sind Sie der Doktor?«

In ihrem Kurzzeitgedächtnis schien eine große graue Lücke zu klaffen, und Fred hatte sich damit abgefunden, dass die alte Frau seine Bekanntschaft jeden Tag aufs Neue machte. Es lief immer nach dem gleichen Zeremoniell ab: Sie hielt ihn für den Arzt, er erklärte, dass er ihr Mitbewohner war, sie klatschte in die Hände und sagte etwas wie: »Nein, hab ich ein Glück!«

So lernte sie Fred ständig neu kennen – und war jedes Mal wieder begeistert von ihm.

Heute las er, mit Croissant und Kaffeebecher neben sich auf der Nachbarliege, einen Fachartikel über Devisengeschäfte.

»Purzel«, hörte er hinter sich. »Gönnst du dir etwas leichte Lektüre?«

Es war nicht Queen Mum, sondern Agata, die ein paar Handtücher in den Schrank faltete.

»Mit Fachliteratur kann ich eben am besten relaxen«, entgegnete er – und das auch im Hinblick auf den kleinen Stapel Unterlagen, die neben ihm auf einem Rattanhocker warteten, darunter ein paar Jahresabschlüsse und Bewertungsberichte.

»Ehrlich, ich entspanne mich hier so gut wie schon lange nicht mehr«, erklärte er und ruckte seinen Handtuch-Turban zurecht. »Mit etwas Arbeit im Gepäck hat man einfach den Eindruck, nicht so viel zu verpassen.«

»Was kommt als Nächstes?«, fragte die Pflegerin.

»Stellst du dir hier einen Schreibtisch ans Schwimmbecken?«

Eine sündige Sekunde lang dachte Fred, dass das tatsächlich eine gute Sache wäre. Aber dann stand er auf und verschwand – empört lachend – mit seinem Diensthandy in der Eukalyptusgrotte.

Am Nachmittag arbeitete er im Wohnbüro noch mal ein Portfolio durch. Seine nackten Füße steckten in dem Fußsprudelbecken, das er im Seniorenkatalog »Goldene Zeiten« bestellt hatte.

Er hatte gerade die Reflexzonen-Funktion des Geräts eingeschaltet und etwas Latschenkieferessenz nachgekippt, als es bei ihm an der Tür klingelte.

Etwas unschlüssig stand Fred in dem ätherisch duftenden Wasser auf. Hm. Besuch kam ihm grade sehr ungelegen. Er zog seine nassen Füße aus dem Becken, rubbelte sie ausführlich mit einem Handtuch ab und ging zum Fenster. Durch das romantische Webmuster des Vorhangs warf er einen perfekt getarnten Blick hinunter auf die Glaspforte. Und dort stand, natürlich: niemand.

Er atmete etwas auf, wartete noch ein paar Minuten am Vorhang und tapste schließlich auf dem Linoleumboden zurück zum Wasserbecken, um seine Füße abermals im Latschenkieferbad zu versenken. Nein, kein Mensch würde jemals seine Geheimadresse hier ausfindig …

»Fred?«

Fred drehte sich so hektisch um, dass er das Fußbad mitriss.

Im rollstuhlbreiten Türrahmen standen zwei Besucher im Fröhliche-Frührentner-Aufzug – mit beigen Steppmänteln, Fleece-Ohrenschützern und erdnussbraunem Urlaubs-Teint. Während die Damen-Ausführung einen entsetzten kleinen Schritt zurück machte, packte das Herrenmodell seine Digicam weg.

»Werde ich alles löschen«, sagte er matt. »Das kann man ja niemandem zumuten.«

»Damn it, damn it, damn it!«, rief Fred, und es war ihm selbst nicht klar, ob er die grünliche Latschenkiefer-Fuß-Suppe verfluchte, die sich unter dem Schreibtisch Richtung Mehrfachsteckdose ausbreitete, oder das plötzliche Aufscheinen seiner Eltern.

Ihre Augen waren sperrangelweit geöffnet. Furchtsam betrachteten sie die gerahmten Fotos von regionalen Naherholungsgebieten an der Raufasertapete, den Triangelgriff über Frederiks Bett und das »extra sanfte« Mineralwasser auf seinem eschenhölzernen Nachttisch und machten leere Gesichter.

»Kommt doch rein«, rief Fred. Er hatte die gestrige *Financial Times* auf die Latschenkieferflut geworfen und begann mit nackten Füßen darin herum zu waten.

Wie konnte es überhaupt sein, dass seine Eltern hier waren? Ihr Freizeitprogramm war eng, eine bunte und sehr dichte Kette aus Grillpartys, Fernreisen und Karaoke-Abenden. Sie hatten für so einen Überraschungsbesuch doch gar keine freien Kapazitäten!

Wenig später saßen Erich und Gisela klamm und mit sehr geraden Rücken auf seiner königsblauen Alpaka-Couch und wurden aus jedem Winkel der Wohnung von Senioren-Accessoires angestarrt. Erichs wutrotes Gesicht färbte sich von Minute zu Minute dunkler, und Giselas

Augen sprangen zwischen Spitzendeckchen, Notglocke und Freds Haarnetz hin und her. Fred bemerkte ihren Blick. Er angelte sich das Geflecht vom Kopf und ließ es in der Notebook-Tasche verschwinden.

»Oh, hast du wieder mit dem Schwimmen angefangen?«, fragte sie hinsichtlich einer nassen Badehose, die über dem Fußgitter des Betts trocknete, und lächelte hoffnungsvoll.

»Nein, nicht mit dem Schwimmen«, erklärte Fred und guckte treuherzig, »mit Wassergymnastik. Die Bewegung im Wasser fördert das Herz-Kreislauf-System und die Verdauung – und schont dabei Rücken und Gelenke.«

Gisela nickte betreten

»So, vielen Dank!«, murmelte ihr Mann. »Jetzt habe ich für immer und ewig das Bild meines erwachsenen Sohnes mit Schwimmflügeln im Kopf.«

»Aber die hard facts, Papa, sind nun mal, dass sich meine Gelenke viel ... geschmeidiger anfühlen, seit ich statt zum Laufen zur Wassergymnastik gehe. Obwohl das Sitztanzen auch sehr hilft ...«

»Es ist also wirklich dein Ernst«, fiel ihm Gisela ins Wort. »Du wohnst in einem Altenheim.«

»Nun, es ist weniger ein Altenheim«, entgegnete er und machte eine schnörkelige Geste, »es ist eher eine *Seniorenresidenz*!«

Fred hörte ein schweres Schlucken seiner Mutter.

»Altenheim, Seniorenresidenz, Irrenanstalt ...«, polterte Erich los. »Das ist doch schnurzegal, wie es heißt. Warum ziehst du in so was?«

Fred schnaufte.

»Es ist ein bisschen unorthodox, mit 34 in die Seniorenresidenz, ich weiß. Aber ich hab nach der Trennung dringend eine Wohnung gebraucht. Und wenn man es mal genauer betrachtet, ist hier alles perfekt auf mich zugeschnitten: Ein Arbeitstag, der im Morgengrauen anfängt und in der Nacht endet, lässt sich mit diesen Tageslicht-Therapielampen gegen Altersdepression viel besser ertragen – bestimmt leuchten mir die Dinger in Zukunft auch mal einen Jetlag weg! Und meine paar Minuten Freizeit am Tag muss ich nicht mit Sprudeleinschenken verschwenden, sondern drücke einen Knopf. Für mich ist das hier ein Luxushotel mit Premium-All-inclusive-Service für Manager … Hört ihr mir überhaupt zu?«

Sein Vater studierte den Speisezettel für die Woche.

»Wirsingrouladen mit Kartoffelpüree«, murmelte er. »Schweinerollbraten. Leipziger Allerlei.«

Gisela sah Fred vorwurfsvoll an.

»Ach«, sagte sie verschnupft. »Bei mir rührst du das Leipziger Allerlei nicht mal an!«

»Es ist nicht so, dass die Küche hier immer eine Top-Performance zeigt, Mama. Aber im Vergleich zu unseren Business Lunches muss ich wenigstens nicht den weitgereisten Feinschmecker raushängen lassen.«

Nein, hier sah keiner zu, wenn Fred die heftig zerkochte Nicht-Bio-Kost in sich hineinschlang. Nur die kleinen Zahnstocher in Plastikfolie waren Zeuge, wenn er blasses Hühnerfrikassee oder sumpfigen Jägertopf vertilgte. Und hier brauchte er auch nicht ständig Weine zurück in die Küche zu schicken, obwohl sie ganz okay schmeckten.

»Und daneben legen sie mir die *Financial Times* – und manchmal die *Senioren heute*.«

Letzteres allerdings war Agata geschuldet und ein reiner Akt der Boshaftigkeit. Fred nahm seinem Vater den Speiseplan aus der Hand und tippte auf die Spalte »Diabetikerkost«.

»Und dank dieser hier hab ich auch mein Gewicht im Griff.«

Er patschte sich auf den Bauch.

»Armani mit Wampe – das sah einfach nicht aus. Und bei der Wassergymnastik will ich auch nicht wie der letzte Heuler aussehen.«

Sie schwiegen. So lange, bis mit einem seniorengerecht lauten Klopfen ein Pfleger hereinkam. In seiner Hand schwang eine beigefarbene Plastikkanne, auf der in Kringelbuchstaben »Station 4« stand.

»Ihr Tee, Herr Berg!«, rief er, und zwar so laut, dass Erich und Gisela vor Schreck einige Zentimeter von ihrer Couch hopsten.

»Wieder in Ihre Schnabeltasse? Na, dann lassen Sie sich's gut schmecken mit Ihrem Besuch.«

Als der junge Kittelträger verschwunden war, holte Fred zwei zusätzliche Schnabeltassen aus seiner Kochnische, schraubte mit geübtem Griff ihre Aufsätze ab und verteilte die Plastikgefäße an seine Eltern.

Mit himbeerrotem Kopf sah Erich zu den abgeschraubten Gummiaufsätzen hinüber.

»Was sind das für Schnuller auf deinen Tassen!«

»Das sind Schnabeltassen, Papa. Die sind beim Arbeiten unheimlich praktisch! Man verschüttet nie mehr Kaffee auf der Tastatur ...«

»Mein lieber Freund«, brach es endlich aus seinem Vater heraus, und Fred fragte sich, ob er wegen Erichs Gesichtsfarbe langsam die Notklingel drücken sollte.

»Was müssen deine Eltern eigentlich noch aushalten!«

Er schüttelte sich Giselas beschwichtigende Hand vom Leib.

»Schau dich doch mal um: Du trinkst aus Kindertassen! Dein Zimmer hat überall Haltegriffe. Und du lebst hier mit Leuten zusammen, die dreimal so alt sind wie du! Was ist denn das für ein Umgang!«

»Ihr wart doch noch nie mit meinen Freunden einverstanden!«

Erich wischte Freds Kommentar mit einer schnellen Handbewegung weg.

»Bah, überhaupt, diese ganzen Alten hier an jeder Ecke«, raunzte er. »Hast du die alte Schachtel gesehen, die draußen im Flur rumtappt? Die hat sich gerade so eine … so eine Windel aus der Hose gezogen, als wir bei dir geklopft haben!«

Er verzog sein 68-jähriges Gesicht.

»Es liegt so ein … ein Geruch von Verwesung in dieser Anstalt!«

»Wir sind auch alt, Erich«, sagte seine Frau zögernd.

»Ja, wir sind alt«, entgegnete er. »Zugegeben. Aber wenigstens reißen wir uns zusammen und sitzen nicht faul in Rollstühlen herum! Und schau dir allein mal die Bilder an der Wand an! Biederer geht's ja wohl nicht!«

Gisela schloss beim Anblick der oberbayerischen Wiesen kurz die Augen.

»Ich hätte jetzt gern ein Gläschen Sekt oder so was«, sagte sie unter ihrem beigen Lidschatten hervor.

Fred sah sich suchend um, ein wenig ertappt, keinen Alkohol vorrätig zu haben – außer einer Flasche Veuve Cliquot. Schließlich griff er noch mal zum Schalter.

»Station 4«, knackste eine Männerstimme aus dem Lautsprecher.

»Bringen Sie uns doch eine Flasche Sekt«, orderte Fred. »Oder noch besser: Cocktails. Können Sie Moscow Mule?«

Er zwinkerte seinen Eltern gönnerhaft zu.

»Nein«, antwortete die Stimme.

»No worries. Ich sag es Ihnen.«

In Gekkos Bar in Frankfurt, an einem Tresen im Kreditkartenlook, hatte er x-mal zugeguckt.

»Also alles, was Sie brauchen, ist Ingwerbier, Wodka, eine Salatgurke, Angostura, eine Limettenspalte, scharfe Ingwerlimonade …«

»Nein«, unterbrach ihn die knacksende Stimme am anderen Ende. »Wir servieren gern einen schönen Früchtetee oder stilles Wasser. Aber wir liefern keinen Alkohol aufs Zimmer.«

»Hören Sie, das weiß ich, aber ich bin nicht Ihr Null-Acht-Fuffzehn-Pflegerentner, sondern der junge Bewohner auf 411. Sozusagen Ihr Premium-Gast.«

Er hörte ein Glucksen am anderen Ende.

»Hallo? Verdammt noch mal!«

Fred switchte in seinen Keener & Shark-Manager-Ton.

»Ich gebe Ihnen 50 Euro, wenn Sie zur Tanke nebenan gehen und die Zutaten holen!«

Kurz darauf ging er selbst zur Tankstelle. Dort entschied er sich allerdings für Danziger Goldwasser – das hatte er neulich beim Quizabend probiert.

Seine Mutter ließ die feinen Goldplättchen, die durch die Schnapsflasche schwebten, unkommentiert. Wortlos nahm sie die Schnabelaufsätze von drei neuen Tassen und bedeckte ihre Böden mit Goldwasser. Erich kippte seinen Becherinhalt in einem Rutsch runter.

»Oh nein«, entschuldigte sich Fred dagegen und wedelte abwehrend mit den Händen. »Den hab ich für euch geholt. Ich selber trinke zurzeit nichts. Das minimiert meine Performance … meine Leistung im Office!«

Seine Mutter nahm einen tiefen Schluck und atmete gründlich ein, als habe sie Goldwasser im Blut gerade so dringend nötig wie Sauerstoff.

»Du trinkst nicht«, hob sie an, sehr gefasst und ohne

Frederik anzuschauen. »Du hast keine Freundin. Du verbringst das Wochenende mit irgendwelchen Tabellen«, sie sah kurz zu seinen Unterlagen hinüber. »Und: Du wohnst in einem Altenheim. Mit alten Leuten. Was, um Himmels willen, haben wir falsch gemacht!«

Sie schnäuzte schuldig in ein Taschentuch.

»Ist es, weil du damals Blockflöte lernen musstest?«

Sie schenkte einen weiteren Schluck Goldwasser in ihren Becher, vielleicht, um sich seelisch für seine Antwort zu polstern. Dabei bedeutete sie Fred mit hochgezogenen Brauen, wenigstens seine erste Schnabeltasse zu leeren.

Er nippte artig daran.

»Nein, Mama, es ist … Ach.«

»Ich will dir einmal was sagen, mein Junge«, sagte seine Mutter. »Deine Lebensweise ist ein Schlag ins Gesicht unserer ganzen Generation. Doch, doch, du brauchst gar nicht wieder so genervt zu gucken! Dass ihr Kinder Drogen nehmt, damit haben wir uns vielleicht abgefunden. Dass ihr euch irgendwann mit den falschen Freunden einlasst, na gut. Und dass ihr die Enkelwünsche eurer Eltern torpediert – auch vergeben. Aber dass du jetzt in einem Altenheim leben musst!« – Sie schlug die Hände vor der Stirn zusammen und schüttelte den Kopf. – »Das kann man beim besten Willen auf keiner Grillparty erzählen.«

Etwas leiser sagte sie: »Besonders meine Freundin Gitti darf *niemals* etwas davon erfahren.«

Sie sah Fred streng an.

»Ist dir nicht klar, dass deine Eltern mit Mitte sechzig praktisch ungebremst auf genau so ein Seniorenheim zurasen? Noch spielen wir Golf und feiern Motto-Partys! Aber jederzeit …« – sie schnippte pathetisch mit dem Finger – »kann uns irgendeine Diagnose außer Gefecht setzen, und dann enden wir in genau *so* einer Kulisse wie hier.«

Sie sah sich um.

»Zwischen Triangel-Handgriffen, Katheter-Haltern und Spitzendeckchen, gegen deren Scheußlichkeit wir uns nicht mal mehr wehren können.«

Erich sah das nächste Spitzendeckchen an, als sei es irgendwie gefährlich, doch sein Sohn schnitt Giselas düstere Prophezeiungen ab.

»Dieses Altenheim hilft mir bei der Karriere. Ich meine, ich bin 34 und ...«

»Associate, ich weiß«, sagte Gisela und zerkaute den Titel wie einen graugebissenen Kaugummi, »das erzählst du uns bei jedem Anruf.«

»... und ich will nicht immer Associate bleiben. Bei K&S wird gerade eine neue Position im Senior Management available – und es deutet alles darauf hin, dass ich ...«

Mit einem lauten, langgezogenen Stöhnen ließ sich sein Vater auf einen Gesundheitshocker sacken.

»Und was«, schnaubte er mit rundem Rücken und langem Gesicht, »was willst du machen, wenn du die Stellung bekommst? Dich zur Feier des Tages auch noch künstlich beatmen lassen?«

Fred nahm jetzt doch mal einen Schluck.

»Aber ihr wolltet doch unbedingt, dass ich zur Bank gehe! Ihr wolltet, dass ich in einem schönen Büro sitze und diese Seidenmalerei-Krawatten trage, wie es bei eurer Sparkasse im Dorf üblich ist.«

Mit freundlicher Unterstützung des Goldwassers war Fred drauf und dran, ein lange fälliges Gespräch zu führen.

»Dabei wollte ich eigentlich zum Zirkus!«

»Zum Zirkus!«

Seine Mutter bekreuzigte sich zur Zimmerdecke.

»Du konntest nicht mal ein Rad schlagen, ohne dir blaue Flecken zu holen. Keine ruhige Minute hätte ich gehabt, mit dir da oben auf dem Trapez.«

Fred hockte sich an seinen Schreibtisch und schmollte.

»Es hätte ja nichts im Trapez sein müssen. In der Manege gibt es ein weites Berufsspektrum. Die bieten Stellen im Management, in der Logistik …«

Gisela lachte, und es klang schon wieder ein bisschen schrill. »Löwenbändiger vielleicht? So wie du damals immer Angst vor Minka hattest?«

Auch sein Vater schüttelte den Kopf.

»Keine Bisse und keine Knochenbrüche in all den Jahren. Und wem hast du das zu verdanken? Deiner Mutter.«

Vor Aufregung war Gisela mittlerweile aufgestanden und gab Fred ein Küsschen auf die Stirn. Er lächelte etwas gezwungen.

»Und nachdem ihr mir den Zirkus erfolgreich ausgeredet habt, seid ihr jetzt in der Mission Enkel unterwegs, ja?«

»Na gut, wenn du das Thema unbedingt anschneiden willst«, Gisela sah strafend auf das Gitterbett.

»Es ist wieder *genau so* wie damals vor dem großen Blockflötenkonzert in der Grundschule!«

Beim Wort »Konzert« machte sie eine elegante Handbewegung.

»Wenn es ernst wird, kneift mein Herr Sohn.«

»Es war kein großes Konzert, Mama. Es war das jährliche Zweitklässler-Vorflöten in der Aula.«

»Sie hatten die Aula mit Girlanden geschmückt«, rief seine Mutter. »Und wir mussten den anderen Kindern applaudieren, während unser eigenes beschlossen hat, nicht mitzumachen und in seinen Cordlatzhosen lieber nur danebenzustehen!«

Sie schlug sich mit der Faust auf das Brustbein.

»Und jetzt, 25 Jahre später, stehst du in deinem überkandidelten Anzug wieder nur daneben, wenn's drauf ankommt. Gerade jetzt, natürlich, wenn in unserem Bekanntenkreis das Enkelfieber entflammt. Und das alles nur, um Senior irgendwas Manager zu werden …«

Sie strich ein Spitzendeckchen glatt.

»In diesem Altenheim wird nie unser Enkelkind gezeugt werden, das spür ich doch instinktiv! Keine junge Frau, die ihre sieben Sinne noch bei sich hat, wird sich jemals hier mit dir zusammentun wollen, Fred, keine! Das ganze Gebäude ist ein einziges gigantisches Verhütungsmittel.«

Sie kramte eine Packung Kamillenduft-Taschentücher aus der Handtasche und bearbeitete umständlich ihre Nase.

»Wir mischen uns da nicht ein, das weißt du, aber in der Enkelsache bist du nun mal unsere einzige Hoffnung.«

»Vielleicht hättet ihr das damals bedenken sollen«, sagte Fred, »und eben selbst ein paar mehr Kinder haben sollen. Das hätte eure Chancen auf Enkel von vornherein optimiert …«

»So«, rief Erich und packte seinen Steppmantel. »Das reicht.«

Er stand auf und stürzte aus dem Zimmer, so schnell es mit seiner Arthrose eben ging an einem feuchtkalten Märztag.

Giselas Gesicht wurde nass.

»Wir können die Zeit eben nicht mehr zurückdrehen«, schluchzte sie. »Wir sind über 60. Wir sind alt.«

»Aber Mama!«

»Und wenn du dich dann doch irgendwann entschließt … na ja, dann kapieren Erich und ich doch überhaupt nicht mehr, dass es unsere Enkel sind. Im Demenz-Nebel ist auch der hübscheste Nachkomme wertlos!«

Fred setzte sich neben sie auf die Alpaka-Couch, schenkte noch mal zwei großzügige Schlucken Goldwasser in die Schnabeltassen und fasste nach Giselas Hand. Er sagte, dass 60 doch heute die neuen 45 wären, dass Gisela und Erich ja noch superaktiv seien und sie sicher hundert Jahre alt werden würden.

»Jaja«, erwiderte sie und schniefte in das Papiertuch, »das ist das Übliche, was man sich mit über 60 so anhören muss.«

»Was habt ihr überhaupt gegens Altsein«, sagte Fred und beobachtete die Goldplättchen in seiner Tasse. »Omima war gern alt. Glaube ich. Sie hat zwar immer gesagt: ›Eine alte Frau ist doch kein D-Zug‹. Aber sie war zufrieden. Bis zu dieser Kaffeefahrt natürlich.«

Seine Mutter nippte verlegen an der Plastiktasse.

»Warum habt ihr damals …?« hob Fred an – aber Giselas jüngster Schluck Goldwasser rächte sich.

Ein scheußliches sternförmiges Spitzendeckchen vor den Mund gepresst, stürzte sie hustend zur Toilette. Fred hatte schon die Hand am Notschalter, um einen Pfleger zu Hilfe zu holen. Doch schließlich folgte er seiner Mutter selbst ins Bad.

10 Krach im Mercedes

Nach ihrem Überraschungsbesuch in seiner vermeintlichen WG lag der Skype-Kontakt zwischen Fred und seinen Eltern nun seit geschlagenen zwei Wochen brach. Mit Agata dagegen lief es umso besser; er war mit ihren Gesellschafterdiensten höchst zufrieden. Die Altenpflegerin hatte ihn inzwischen zu einem Empfang im Haus der Finanzwirtschaft begleitet, zur K&S Platinum Card Relaunch Party und zu einem Geschäftsessen, bei dem geeiste Jakobsmuscheln in der Wasabisuppe schwammen und kerzengerade Kellner sie mit »Messieurs dames« ansprachen.

Auch bei der Benefizveranstaltung an diesem Donnerstagabend hatte sie sich zwischen den Canapés charmant, fürsorglich und eloquent gezeigt und jede Menge Kniffe gegen Kopf-, Rücken- und Nackenschmerzen angewandt – und war in ihrem grasgrünen gepunkteten Fünfziger-Kleid wieder stark aus der Menge hervorgestochen.

»Ein Banker und eine Altenpflegerin?«, hatte Oppermeiers Frau gefragt, und Fred war schon wieder dabei, sich in Widersprüche zu verstricken, als Agata ihm mit einer Notlüge zur Seite sprang.

»Purzels Großmutter war bei uns im Heim«, log sie für ihn und legte den Kopf schief.

Die Köpfe der Umstehenden klappten daraufhin wie

Dominosteine zur Seite und machten geschlossen »Oo-och!«.

Es war spät, als Agata ihr schwarzes Mäntelchen überzog und sie Richtung Parkhaus liefen. Fred schlief irgendwie schlecht, wenn sie nachts in eine dunkle U-Bahn hinunterging, also fuhr er sie direkt nach Hause. Und bei der Benefizparty hatte Agata wirklich ein paar Schörlchen zu viel gehabt.

Als sie in den Mercedes stiegen, forderten die Schorlen ihren Tribut: Die Pflegerin war positiv angeschickert, und Fred musste sich noch mal von seinem Multifunktionslenkrad losreißen, das er damals als Bonus in der Holz-Leder-Ausführung bekommen hatte, und ihr beim Anschnallen helfen.

»Dir ist aber nicht … schlecht?«, fragte er, um das Auto besorgt.

Nicht dass seine Entscheidung für das »Elegance«-Interieur damals – in Elfenbein und Mandelbeige – jetzt eine späte Rache nahm.

»Soll ich das Fenster auftauchen, für den Fall dass du …?«

Aber die Pflegerin winkte ab und verhedderte sich dafür im Gurtgefüge. Fred versuchte, ihr beim Sortieren des cremefarbenen Gewirrs zu helfen. Er lehnte sich weit zu ihr hinüber, verklemmte den Gurt dabei aber erst recht und berührte versehentlich ihren Rippenbogen. Und er war ja viel zu nah an ihrem Gesicht!

»Ups«, sagte er mit einer Stimme, die mit einem Mal viel zu hoch saß.

Aber ihr störrischer Gurt gab endlich nach, und Fred zog sich auf den Fahrersitz zurück. Er räusperte sich kräftig.

»Dr. Oppermeier«, sagte er mit klarerer Stimme, »also er meinte heute, wir beide würden verliebt wirken, aber irgendwie unvertraut.«

»Verliebt? Ist ein echter Menschenkenner, dein Oppermeier!«

»Das ist er.«

Frederik lächelte anerkennend durch die Windschutzscheibe, die die Putzkolonne im Altenheim ihm blitzblank gewischt hatte, und startete den Wagen. Später in der Nacht wollte er noch ein paar Stunden arbeiten, also hatte er auch im Auto keine Zeit zu verlieren: Er riss das Lenkrad einmal nach links, einmal nach rechts, um sich aus der Parklücke zu kurbeln, und trat das Gaspedal durch, dass es quietschte.

»Aber was die Vertrautheit angeht, könnten wir noch perfektionieren«, erklärte Fred, während die Stadt hinter den Scheiben Fahrt aufnahm und immer schneller an ihnen vorbei rauschte. »Sagt Dr. Oppermeier. Vorschläge?«

»Hm …«

Sie hob den Arm wie in der Schule, und ihre Hand vibrierte im beschleunigenden Mercedes.

»Ja«, machte Fred knapp. »Kaminska!«

»Also. Wenn du vor deinem Chef an meinen Haaren spielst und mich ›Honey‹ nennst, solltest du das vielleicht nicht mit ausgestrecktem Arm tun, sondern so, als würden wir uns *kennen*.«

»Guter Punkt«, sagte er und räusperte sich ärgerlich. »Ich bin für konstruktive Kritik immer offen.«

»Und vielleicht würde es helfen, wenn du mir nicht wie ein Roboter an den Hintern fasst. Versteh mich nicht falsch, ich bin anzügliche Gesten ja gewöhnt. Ein paar von unseren Senioren haben das wirklich nicht mehr …«

Empört schlug Fred gegen das vibrierende Lenkrad.

»Das war *ein Mal* – und ich habe die Hüfte berührt!«

Er sägte durch eine Linkskurve, und Agata stemmte sich gegen die Beifahrertür. Bedauernd schüttelte sie den Kopf.

»Wusstest du, dass man das Alter eines Mannes an seinen zotigen Witzen erkennt? Ich meine, ich bin Altenpflegerin und kenne jeden Prostatawitz *ever.*«

»Es war die Hüfte!«

In Anfahrt auf eine gelb leuchtende Ampel gab er noch mal richtig Gas und stieg, als es Rot wurde, wütend in die Bremse. Es roch dezent nach Gummi.

»Also wenn du mir schon an die Hüfte fassen musst«, Agata malte beim Wort »Hüfte« zwei große Anführungszeichen in die Luft, »dann doch bitte richtig. Ungefähr so.«

Liebevoll tätschelte sie das Handschuhfach.

»Ich wollte dir eben nicht wie irgendein Penner an den Hintern fassen, sondern wie ein Gentleman«, sagte Fred gereizt. »Ich meine an die Hüfte.«

Die Ampel schaltete auf Grün, und er kickte das Gaspedal, dass die Reifen nur so kreischten und bei der Anfahrt ausscherten. Das Auto wollte losrasen – da machte es einen Satz, und noch einen, und blieb schief auf der Fahrbahn stehen. Es stank nach Gummi wie auf einem Schrottplatz – Agata hatte mit beiden Händen die Handbremse hochgerissen.

Fred war fassungslos, gelinde gesagt.

»Du ruinierst mir hier gerade die Bremsen!«, empörte er sich.

Mit einer Hand versuchte er, Agata zurück auf den Beifahrersitz zu schieben. Aber die Altenpflegerin hatte Kraft.

»Und du riskierst hier mein Leben«, sagte sie ruhig. »Wenn du nicht weißt, wo die Bremse ist: Ich weiß es.«

Sie deutete auf den Hebel unter sich.

»Wovor bist du denn auf der Flucht?«

»Okay, okay.«

Fred machte eine deeskalierende Handbewegung.

»Okay, ich fahr langsamer. Ich tu alles. Nur bitte nicht dieses Psychologen-Gequassel!«

Damit konnte sie ihn wirklich erpressen.

»Wie du willst.«

Agata gab die Handbremse frei, und er fuhr so langsam an, dass es fast schon theatralisch war.

»So recht?«, fragte er, übertrieben höflich.

Sie nickte. Fred dagegen war es eigentlich gar nicht recht, so angepasst zu fahren: Es machte ihn ganz hibbelig. Normalerweise schöpfte er das Potential seines Autos gerne aus, und wo es eine Überholspur gab, da nahm er sie natürlich. Wie im Beruf.

Er dachte an die prachtvolle Senior-Manager-Stelle. Aber solange es keine Aussicht auf Babybildchen im Handy gab, war überhaupt nichts sicher, und Smithi blieb mit im Rennen. Scheiße, vielleicht hatte der sogar irgendeine schwangere Freundin in der Hinterhand, von der Fred nichts wusste, und die er im entscheidenden Moment auf den Tisch knallen konnte.

»Kannst du nicht irgendeinen niedlichen Ersatz finden?«, fragte Agata, als habe sie seine Gedanken erkannt. »Gibt's ein Haustier in eurer Familie, von dem du ein Handyfoto mit dir herumtragen kannst?«

Fred ging kurz vom Gas und sah die Pflegerin von der Seite an.

»Wie es der Zufall so will: Ja. Ich halte ... Stabheuschrecken. Also, ich *habe* welche gehalten, bis ...«

Agata prustete los.

»Das ist nicht dein Ernst!«

Angesichts dieser Offenbarung stemmte sie sich mit beiden Händen gegen das Handschuhfach.

»Das ist ja …«

Sie sah hinaus in die Dunkelheit und kicherte weißweinselig. Fred ging zur Strafe aufs Gas, aber nur kurz.

»Es ist ein sehr schönes und zeitsparendes Hobby. Ein Low-Maintenance-Hobby, wenn du so willst, in das man trotzdem viel Herzblut stecken kann.«

»Du hältst *Heuschrecken*?«

Frederik sah sie strafend von der Seite an.

»Ich *habe* welche gehalten, ja.«

Fred wollte das Thema Colt und Howie jetzt eigentlich beenden. Als Halter hatte er nicht gerade brilliert und die beiden sogar in den Fängen seiner skrupellosen Exfreundin zurückgelassen. Ohne Pflegeinstruktionen. Er liebte die beiden Stabheuschrecken, wirklich. Aber ein Gespräch mit Leni wäre so unangenehm gewesen, so anstrengend …

Die Pflegerin kicherte.

»Oje, ich glaube, das ist zu freakig für eure Banktermine. Du kannst unmöglich Fotos von deinen Stabheuschrecken zeigen, wenn Oppi seinen Sohn anpreist. Das ist zu schräg!«

»Du hast natürlich nicht so schräge Hobbys, was?«, sagte Fred beleidigt. »Du hast wahrscheinlich einen Durchschnitts-Golden-Retriever und spielst Tennis.«

»Machst du Witze? Ich sammle schräges Zeug wie andere Leute Setzkastenfiguren. Pff. Dinge können gar nicht absurd oder unnütz genug sein für meine Sammlung. Ich habe A: Einen Tequila-Lutscher mit echtem Wurm drin. B: einen gehäkelten Aschenbecher.«

Sie ahmte Dr. Oppermeier nach und bog einen Finger

nach dem anderen zurück. Fred wusste nicht, ob er das gut finden sollte

»C: einen Sicherheitsgurt aus einer Boeing 747 als Hosengürtel. D: eine Plastikkugel mit der Zeichentrick-Heidi darin – sie leuchtet auf Knopfdruck, und das Titellied spielt. Ich habe E: eine dreiäugige Barbie.«

Sie versuchte, dreiäugig zu schauen, aber es geriet eher wie ein leichtes Schielen.

»Ach ja: Und natürlich habe ich noch eine selbständige Zahnbürste. Man schnallt sie über den Kopf. Sauteuer in der Herstellung, irrsinnig schwer und zerschlägt einem fast den Kiefer beim Putzen. Aber dafür hat man während der Zahnpflege die Hände frei!«

Die Hände frei zum Krawattenbinden, Haarestylen oder Texten – das gefiel Fred. Morgens fünf Minuten gespart, abends gleich noch mal ...

»Ja, Purzel, und jetzt hab ich auch noch dich in meiner Sammlung.«

Agata setzte sich gerade auf.

»Aber mal ehrlich: Manche Leute wundern sich schon, wenn sie in meine Wohnung kommen.«

Fred grinste bittersüß.

»Geht mir genauso bei Howie und Colt. Knien sich vors Terrarium und sagen: Ist da irgendwo ein Hamster zwischen den Ästen? Und dann dreht sich einer der Äste um und schaut sie mit dicken grünen Augen an.«

Fred drehte seinen Kopf mit riesig geweiteten Augen und dünnem Mund zu ihr.

»Soll das eine Heuschrecke sein?«

Agata lachte in die gespreizte Hand.

»Apropos schräg, Purzel: Wir zwei haben nächsten Monat ein Kaffeefahrt-Date!«

Beim Wort »Kaffeefahrt« begann Freds Bauch im Stakkato zu stechen.

»Was?«

»Dein Chef hat mich gefragt, was wir zwei Turteltauben an den Wochenenden so machen – und ich sagte, wir gehen mit meinen Senioren auf Kaffeefahrt.«

»Oh nein.«

»Oh doch. Und er sagt: Das ist ja süß, dass Ihr Freund Sie bei der Arbeit begleitet.«

Fred lächelte verschämt.

»Na ja, das ist schon irgendwie süß von mir, ja ... Aber am Sonntag hab ich Sitztanz. Und samstags Seidenmalerei.«

»Natürlich«, sagte die Altenpflegerin.

Sie sah wissend durchs Beifahrerfenster und zog sich mit dem Finger ein Lid herunter. Dabei sah sie aus wie ein augenkranker Bernhardiner – ein recht hübscher augenkranker Bernhardiner, irgendwie. Fred öffnete das Fenster; kühle Luft konnte er grade gut gebrauchen.

»Die Sitztanzgruppe bekommt meinem Rücken«, entgegnete er fest. »Und die Seidenmalerei brauche ich, wenn du so willst, für meine Arbeit. Dieser Kreativtrainer bei Keener & Shark hat uns das mal erklärt.«

Frederik zerpflückte den Ansatz für Agata in einfache Worte. Sie unterbrach ihn an der Stelle mit den Synapsen.

»Dann kannst du aber wirklich genauso gut mal mit auf unsere Kaffeefahrt kommen.«

Fred überlegte.

»Ist das eine richtige Kaffeefahrt? So eine, auf der Heizdecken und Fußmassagerollen verkauft werden? Und solche Elektroschocker, die die Muskeln anregen?«

Trotz seiner Vorbehalte gegen Kaffeefahrten: Ein wenig frohlockte er schon bei dem Gedanken an allerlei Gerätschaften, mit denen sein Privatleben noch bequemer, schlanker und reibungsloser verlaufen könnte. Und eine Busfahrt mit Kaffeepause war vielleicht eine stimulierende Abwechslung zu den vielen Businessreisen im Flieger, mit endlosen Zwischenstopps in der Senator-Lounge. Aber Agata sah ihn so entgeistert an, als hätte gerade jemand das Bankgeheimnis getwittert.

»Nein! Nein, da werden keine Elektrostimulationsgeräte verkauft!«

Sie lachte.

»Auf solche Abzocke-Touren würden wir unsere Senioren auch niemals schicken. Nein, es ist eine Kaffeefahrt *ohne* Verkauf: Wir fahren hin. Wir trinken Kaffee. Wir fahren wieder nach Hause. Eine klassische Kaffeefahrt.«

Sie hackte eine kurze abschließende Bewegung ins Wageninnere.

»Mhm«, machte Frederik. »Das hört sich ziemlich straight forward an. Nicht sehr innovativ.«

Agata schüttelte bestätigend den Kopf.

»Nein, innovativ ist das Café Lotti in Batzing nicht.«

»Vielleicht komme ich trotzdem mit«, sagte er großzügig. »Für die Sache.«

»Das wäre bezaubernd.«

Fred parkte seinen Mercedes vor ihrem Apartmentblock, ließ den Motor jedoch demonstrativ laufen. Draußen war es vollkommen still, allein sein Wagen röhrte dezent. Aber die Altenpflegerin machte keine Anstalten auszusteigen.

»Du hattest wirklich mal eine Oma im Altenheim, oder?«

Der Jungmanager schwieg.

»Warst du oft bei ihr?«

Merkte die Pflegerin nicht, dass noch immer der Motor lief? Es schien ja ihr ganz großer Ehrgeiz zu sein, im Alleingang die Erdatmosphäre zu verschmutzen …

»Na gut, okay, schon verstanden.«

Agata löste den Gurt.

»Aber falls du jemals vorhaben solltest, auf eigene Faust doch an so einer Abzocke-Sache teilzunehmen: Lass es. Die versprechen heute vielleicht Handys und Navigationsgeräte, aber keine Heizdecken.«

11 Kümmeltee im Glaspalast

Monday, 8 am, Central European Time. In dem Glaspalast, den Fred seinen Arbeitsplatz nennen durfte, konferierten sie über die »Customer-centric Bank of the Future«. Das Wasserfläschchen auf dem Eichentisch vor ihm war so winzig wie teuer, das umsitzende Bankerdutzend von den erlesensten Business-Schools der westlichen Hemisphäre und das MyMoney-Zettelblöckchen an seinem Platz reine Dekoration – man tippte ja doch alles irgendwo ein.

Smithi, gegenüber, hatte schon drei Espressi intus und wirkte trotz Maßanzugs und Selbstbräunungscreme wie aus dem Tiefschlaf gekippt. Gerade gähnte er hinter geschlossenen Zähnen. Die »Customer-centric Bank of the Future« war eine uralte Bekannte, bei deren schierer Erwähnung auch Fred gewöhnlich gähnen musste: So oft diskutierten sie über die Zukunft, dass sie ihm fast schon altbacken vorkam. Aber heute war das anders. Fred verkniff sich die Müdigkeit und klickte hellwach mit dem Premium-Kuli. Letzte Nacht war er auf seinem neuen schlaffördernden Zirbenholzkissen schon um 22 Uhr weggedämmert, hatte unglaubliche acht Stunden geruht – ganz ohne nächtliches Gegrübel über Strategien und Excel-Tabellen – und hatte bei Sonnenaufgang die Tokioter Börsennachrichten gecheckt. Jetzt saß er wie eine Eins mit Stern im Meeting, badete einen Beutel Kümmeltee in seiner Designertasse und sah am dynamischsten von allen drein.

O.s Ledersessel knirschte hochwertig, als er sich für seine Präsentation erhob. Die erste Folie zeigte keinen Geringeren als Jochen, mit Strampler und dem Titel »Future Client«.

Fred ließ diese Karrieregelegenheit nicht verstreichen: Er legte den Kopf schräg und produzierte ein »O-oh«.

Mit zusammengekniffenen Lidern scannte Oppermeier die Reaktionen ringsum. Grace aus dem Marketing schürzte die Lippen und machte »Mönsch!«. Smithi legte sich sogar eine Hand an die Backe und nuschelte etwas Uninspiriertes wie »Ach, schau, süß die Kleine!«. Und Juan, der Kinder nicht mal mit der Kneifzange anfasste, fälschte ein begeistertes Glucksen.

Der Chefmacher grinste und fuhr mit dem Leuchtpunkt über Jochens Schnuller.

»Ladies and Gentlemen: Unser Kunde der Zukunft ist ein Digital Native. Wir alle wissen, dass er sein Banking A: mehr noch als heute ›on the go‹ erledigt. Dass er B: das Omnikanal-Banking favorisiert, und C: …«

Er machte seine Sache mit den Fingern.

Fred konnte nicht fassen, wie wach er bei alldem blieb. Er hatte sein Banker-Gesicht angeknipst, mit respektvoll verkniffenen Mundwinkeln, und nickte im Takt von O.s Worten.

»… Crowd-Funding oder Peer-to-Peer-Kredite sind schon heute ein Beispiel für …«

Dank des elastischen Lendengurts, den Fred auf Empfehlung von Frau Zöllner unterm Anzug trug, sackte er im Laufe der Konferenz nicht mehr Bandscheibe um Bandscheibe in sich zusammen.

»… und dafür werden Banken zum Beispiel ›Digital Assistants‹ zur Verfügung stellen und sie mit den individuellen Finanzdaten des Customers füttern.«

Oppermeiers Daumen klickte auf den Presenter; ein neues Bild von Jochen fiel auf die Leinwand: Mit Tränen und wutrotem Gesicht patschte der Säugling nach einem Schnuller in der Ecke der Präsentation.

»Aber was wird dem Bankkunden der Zukunft gar nicht gefallen, Ladies and Gentlemen?«

Fred lächelte. Für einen Eyecatcher hatte O. das Baby zum Weinen gebracht; der Mann hatte einfach Stil. Er und Smithi reckten synchron die Daumen, und der Chefmacher nickte wohlwollend zu Ihnen herüber.

Nach dem Meeting eilten sie, die Touchpads unter den Armen, durchs Foyer. Ihr Tempo suggerierte das Anstehen sehr wichtiger Termine. Schultern hängen lassen, Augen reiben – das konnte man auch heimlich auf dem Klo.

Smithi kippte den Kopf Richtung Smoke Lounge und warf Fred einen entschlossenen Blick zu. Packen wir's an. Rauchen wir eine. Die vollverglaste Raucherkabine mit Filtersystem war laut Konzernleitung eine Investition in den Nichtraucherschutz, blabla, half aber vor allem den Rauchern, keine Zeit mit Trips an die frische Luft zu verschwenden. »Pranger« nannten ein paar Kollegen die Kabine, weil man darin zu besichtigen war wie eine gefährdete Spezies im Zoo, aber immerhin konnte man ungestört reden. Smithi stieß die Tür mit dem Zigaretten-Piktogramm auf, und Fred folgte ihm.

Sein Kollege entzündete eine Davidoff und grinste O., der eben das Foyer betrat, kumpelhaft zu. Die Tür hatte sich geschlossen.

»Was meinst du«, sagte Smithi kühl. »Tickt der Alte langsam aus? Zeigt seinen Sohn in der PowerPoint.« Er schnaubte den Rauch durch die Nase. »Und wann kommt der Bus mit denen, die's interessiert?«

Fred steckte sich eine Ernte 23 an.

»Hohe Auflösung kann auch was Schlechtes sein, oder?«, setzte Smithi nach und grunzte. »Wie lange gibst du Oppermeier noch?«

Fred zuckte mit den Schultern. Einer Kollegenherde hinter der Glaswand schenkten sie ein lautloses »Hi«. Als der Glasflur sie verschluckt hatte, ließ Smithi seinen Zeigefinger neben der Schläfe rotieren.

»Der wird doch langsam Rrrrrrrt, oder?«

Er begann ein verhaltenes Tänzchen um seine Edelzigarette und säuselte dazu: »Wird da etwa eine Stelle in der zweiten Führungsebene frei?«

Fred machte ein Multizweck-Gesicht, mit schnurgeradem Mund und zusammengeschobenen Brauen, und ein mehrdeutiges »Mhm«. Nur für den Fall, dass etwas mit dem Rauchabzug nicht stimmte, und ihr Gespräch mit abgesaugt und direkt in O.s Office abgespielt wurde. Er sah den Rauchschwaden nach, die an der Decke in die Lamellen des Filters krochen.

Smithi grinste. »Warte, bis das einer der CEOs mitkriegt.«

Fred drückte die Ernte 23 in den Edelstahlaschenbecher. Er ruckte seinen Anzug zurecht, stieß gegen das Zigaretten-Piktogramm und verließ im Stechschritt die Kabine.

»Danke für das Zahlen-Update.«

12 All Time High im Altenheim

Es *geschah* etwas mit Frederik, wenn er abends durch die automatische Glasschiebetür trat und in sein Altenheim zurückkehrte, es geschah eine Verwandlung. Kurz zuvor saß ihm noch der zielstrebige Blick aus dem Office im Gesicht. Sein Kinn war kampfbereit gestreckt, seine Hand lässig in der Hosentasche, und seine Schultern ruhten breit wie ein Umzugskarton auf dem Rumpf. Aber schon im Foyer ging Fred nicht mehr im Manager-Stechschritt, sondern höchstens noch schwungvoll, zog das Jackett von den Schultern und löste seine Krawatte. Üblicherweise schenkte er der Wachsfigur des heiligen Ambrosius noch ein komplizenhaftes Lächeln.

Die vollständige Metamorphose vollzog sich während der Fahrt in den vierten Stock, vielleicht beim Lesen des Terminkalenders:

Donnerstag, 3. April: »Schneekugel-Basteln mit Herrn Käs«

*

Sonntag, 6. April: »Der Enkel-Trick – Die Polizei informiert«

*

Freitag, 11. April: »Brettspielnachmittag«

*

Samstag, 12. April: »Singen mit Herrn Käs«

Wenn Frederik oben vor seiner rollstuhlbreiten Zimmertür ankam, hatte er jeglichen Office-Drill abgelegt und sich vollständig in eine Art altbackenen Freizeitmodus begeben – mit lockeren Gesichtsmuskeln, gemütlich schlurfendem Gang und Fingern, die verspielt nach dem Handlauf angelten.

Über zwei Monate waren seit seinem Einzug vergangen. Manchmal fühlte sich der junge Bankmanager jetzt wie ein Mann mit einem Doppelleben, wie diese Leute, die tagsüber auf dem Amt arbeiteten und nachts in einem Stripclub. Fast kam er sich verrucht vor, wenn er spätabends seinen Anzug ablegte und in den hellbraunen Bademantel aus dem Sanitätshaus schlüpfte. Ja, er führte ein Doppelleben – und es bescherte ihm ein fast unanständiges Gefühl der Freiheit.

Endlich steckte er nicht mehr im Alltag fest, eingeklemmt zwischen belastenden Supermarktbesuchen, Putzsamstagen und Gesprächen mit seiner Freundin. Sein Leben war vollständig von Erledigungspflichten bereinigt, jedes Privatleben outgesourct, und übrig blieb nur noch die süße Arbeit.

Die Abende begoss Frederik jetzt zuweilen mit einem Schluck Klosterfrau Melissengeist. Dazu setzte er sich in den neuen rückengerechten Sessel und legte seine Füße auf den Gesundheitshocker. Er sah dann nur so die Raufasertapete an, schluckte den überraschend alkoholhaltigen Melissengeist und freute sich auf den nächsten Tag im Office. An solchen Abenden labte er sich daran, dass niemand mit ihm sprach oder ihn erwartungsvoll ansah – von Sankt Ambrosius an der Wand einmal abgesehen.

Manchmal, wenn es doch eine Schnabeltasse Klosterfrau zu viel gewesen war, begann er Zwiegespräche mit dem Heiligen.

»Alle sprechen sie immer von Work-Life-Balance«, dozierte er eines Abends, und das L geriet schon ein wenig schwer.

»Pausen planen und Reserven auftanken und Äpfel essen, trarara. Dabei ist das *eigentliche* Problem die Freizeit, nicht die Arbeit. Merkt das keiner, bei dem ganzen Gerede über Burn-out und Workaholism?«

Er schlenkerte, von seiner Rede überzeugt, mit dem Arm, und der Heilige sah verständnisvoll auf ihn herab.

»Aber ich brauch doch kein Sabbatjahr«, faselte Fred weiter, »Und ich brauch auch kein' Kurs im Neinsagen.«

Er zog das Gesicht lang und richtete einen Finger mahnend auf das Gemälde.

»Weil ich die perfekte Balance zwischen Leben und Karriere nämlich schon gefunden hab. Und zwar hier – in meinem Altenheim. Cheers!«

Zwischendurch ging er, berauscht vom Melissengeist, für eine von Gruber geschenkte Ernte 23 auf den Balkon mit den Plastikmöbeln. Wenn er jetzt so in trauter Einsamkeit die orangerote Packung mit der altbackenen Schrift anstarrte, wenn sich in seinem Mund der Geschmack von Zigarette und Klosterfrau Melissengeist vermischte und er nicht mal das Verlangen hatte, die Notklingel zu betätigen, dann war er beinahe wunschlos glücklich.

Die MMS, die ihm seinen letzten Wunsch erfüllen und ihn zu 360 Grad, wirklich rundherum glücklich machen sollte, kam an einem milden Samstagabend und verhinderte weitere Wochenendarbeit. Frederik las gerade einen *Financial-Times*-Artikel. Edelholzinvestment – konnte man Gold und Aktien damit schlagen? Er saß mit dem

Schmöker auf seiner Power-Napping-Couch, als das Dienst-Smartphone einen Lichtkegel an die Wand warf und dem heiligen Ambrosius einen schiefen neongrünen Heiligenschein verlieh. Dazu piepste dieser elegante kleine Signalton: Nachricht von Oppermeier!

»Congrats«, vermeldete das Display, »Du wirst Senior Manager. Noch nicht offiziell, aber …«

Frederik ließ sich, das Handy noch in der Hand, rücklings aufs Sofa fallen und schrie wirre Laute. Er schloss die Augen und versuchte, diesen schönsten Moment seines Lebens auszukosten.

Finally! Sein All time High war endlich da. Er würde diesen unglaublichen Posten haben, einen größeren Mercedes, ein riesiges Büro – wahrscheinlich die Eckvitrine mit En-suite-Bad und Haifischbecken – und endlich, ee-endlich 100 000 Euro im Jahr verdienen. Sein Bauch kribbelte wie am höchsten Punkt der Schiffschaukel. Er war Senior Manager!

Er tippte Lenis Nummer von Hand ein – das Privattelefon, auf dem er sie gespeichert hatte, lag wer weiß wo – und drückte das kleine grüne Hörersymbol.

Seine Freude steigerte sich mit jedem Klingeln – und es klingelte sehr lange.

Schließlich erschien auf dem Display eine Stabheuschrecke, das Foto, das er Leni zugeordnet hatte, und ihm wurde schwindlig.

»Ja?«, fragte sie knapp, als wolle sie am Telefon nicht mehr von sich preisgeben.

»Leni!«

Freds Stimme schnappte über.

»Mein kleiner Personal Ass…«

»Fred, bist das du?«

Süße naive Leni!

»Natürlich bin ich's! Aber ich bin jetzt nicht mehr nur Fred – ich bin *Senior Manager* Fred!«

Er machte eine Kunstpause – der Satz war ja doch ziemlich inhaltsschwer – und öffnete den Medikamenten-Kühlschrank.

»Ja, und?«, machte Leni.

»Also ...«

Hatte sie nicht verstanden?

»Ja, und da wollt ich fragen, Leni ...«

»Die Antwort ist nein, Fred.«

Sie schnaufte ärgerlich.

»Bitte?«

»Ach Fred. Es wär doch wie nach jeder deiner Beförderungen: Du bist einen Tag lang bester Dinge, schäumst mit superteurem Champagner die Wohnung voll – pardon, dein neues Zimmer im Seniorenstift – und wir haben Beförderungs-Sex.«

Fred lachte fistelig.

»Aber Leni ...«

»Und am nächsten Tag schuftest du weiter, als wär nichts gewesen. Wir hatten das – und ich bin nicht mehr Teil deines Festkomitees.«

»Ich wollte weder Champagner mit dir trinken noch Beförderungs-Sex«, rief Fred empört und stellte die Veuve-Cliquot-Flasche zurück in den Medikamenten-Kühlschrank.

»Warum rufst du dann an?«

»Ich ...« Frederik sah den heiligen Ambrosius an, aber der wusste auch nicht weiter, also sagte er pampig: »Ich wollte nach Colt und Howie fragen.«

»Oh, ich glaube, die sind ausgegangen. Ich wünsch dir noch ein schönes Leben, Fred.«

Der frischgekürte Senior Manager hörte ein Piepsen. Er betrachtete das Telefon, schüttelte es, nur für den Fall, und horchte noch mal daran. Nichts. Hatte sie nicht begriffen? Er war Senior Manager! Es würde sich lohnen, ihm zu verzeihen!

Er sah noch mal das Telefon an. Na gut, sie hatten ja Schluss gemacht. Warum noch mal? Fred streckte den Rücken durch und verlor für einen Moment den Faden. Unfassbar, dass sie Glanz und Gloria seines neuen Titels nicht mit ihm teilen wollte. 100 000 Euro im Jahr – hatte sie daran irgendetwas nicht verstanden? Sie konnte einem ja leidtun mit ihrer Naivität!

Fred war aufgesprungen und schlug so kräftig gegen den Triangelgriff, dass dieser über seinem Bett rotierte und sich ein paar Mal um den Pfosten schlang. Im Stehen tippte er die Dorf-Nummer seiner Eltern ins Cell – mit ellenlanger Vorwahl und drei einsamen Ziffern danach.

Gisela konnte die frohe Kunde im Moment auch nicht recht würdigen – sie hatte Gitti (Enkel-Score: 3) und Rosi (Enkel-Score: 4) zu Besuch.

»Es ist Fred«, sagte sie zu ihren Freundinnen. »Er ruft aus seiner ... WG an.«

»Was ist das denn für eine WG«, fragte eine der beiden.

»Also es ...«

Dummerweise konnte seine Mutter nicht lügen. Oder nur sehr, sehr schlecht.

»Es ist eine ganz – normale – WG. Mit Gleichaltrigen. Nichts Seltsames oder so.«

Ihre Stimme flackerte vor Aufregung.

»Mama!«, rief Fred, »Ich rufe an, um zu sagen, dass ich Senior Manager bin!«

»Das wird schon, Kind ... »

An ihrem Ende der Leitung wurde getuschelt.

»Ach, es gibt irgendein Problem mit seiner Arbeit.«

»Hörst du mir zu, Mama?«, rief Fred ins Telefon. »Es gibt kein Problem! Im Gegenteil: Ich hab diese coole Stelle, von der ich euch erzählt habe!«

»Na, dann bin ich ja beruhigt, Schatz«, murmelte Gisela geistesabwesend, »das hast du suuuper gemacht …?«

»Das sagst du, als wäre ich fünf und hätte zum ersten Mal Schnürsenkel gebunden.«

Sein Hals war ganz rau vor Ärger.

»Jetzt schlag nicht wieder diesen Ton mit mir an, Fred!«

»Ich spreche ganz normal, Mutter«, rief er, obwohl sein Hals mittlerweile so brannte wie vor einer Erkältung. »Ich will verdammt noch mal nur, dass du mir zuhörst. Ich bin Senior … Mama? »

Im elterlichen Wohnzimmer wurde abermals getuschelt.

»Rosi findet das auch, mit deinem Tonfall.«

»Was? Hören Rosi und Gitti etwa mit?«

Betretenes Schweigen.

»Lass uns vielleicht ein andermal weiter telefonieren, ja, Schatz? Bussi!«

Fred schleuderte das Smartphone in die Ecke, wo es an einem »Home-Sweet-Home«-Stickbild abprallte und in mehreren Teilen zu Boden fiel.

Aber okay. Beruhigend tippte er sich selbst auf die Schultern. Adopt, adapt and improve. Er schob die Nachttisch-Schublade auf und fingerte nach seinem Privathandy. Es musste da sein, irgendwo weit hinten … Ja! Er wischte ein wenig darauf herum. Waren lausig wenige Kontakte drin, mal ehrlich. Aber seine Satellitenfreunde aus der Schule wollte er jetzt genauso wenig anrufen wie die Leute von der Uni. Fred das Brot. Haha! Diese Versager.

Aber bei Susannah konnte er es versuchen. Wenn er

nicht gerade ihren Brautstrauß verbrannte, hatten sie eigentlich ein sehr gutes Verhältnis. Sie und ihr Mann, dessen Namen Fred grade nicht präsent hatte, wohnten doch auch wieder hier in der Stadt?

»Oh, Fred!«, rief Susannah. »Das ist aber schön, dass du dich gleich meldest.«

Gleich? Shit, wieso gleich? Ihm blieb nichts anderes übrig, als erst mal höflich im Dunkeln zu stochern.

»Ja. Also. Genau«, sagte er. »Und außerdem bin ich befördert worden, Susannah. Ist überraschend, ich weiß, aber kommst du auf ein Gläschen Sekt vorbei?«

Susannah räusperte sich. Es war ein beleidigtes Räuspern.

»Du hast die Mail gar nicht gelesen, Fred, oder? Ich hatte dir geschrieben, dass ich schwanger bin. Matti und ich werden Eltern.«

»Oje, das tut mir leid.«

Fred merkte, dass das »Tut mir leid« an einer ganz unguten Stelle des Satzes saß, und versuchte, seine Worte zu entwirren.

»Also, es tut mir nicht leid, dass ihr ein Kind bekommt, Susannah, sondern dass ich nicht ... Ach damn it. Ich war ungeheuer beschäftigt, weißt du, der Job hatte in letzter Zeit einfach Top-Priorität ... Aber jetzt, wie schaut's aus. Kommst du rüber? Auf ein Fläschchen Champagner?«

»Tolle Idee«, sagte sie spitz, »aber ich habe einen ganz wichtigen Termin – mit dem Joghurt in meinem Kühlschrank. Das Haltbarkeitsdatum läuft heute ab. Er muss dringend gegessen werden, das verstehst du doch ...«

Nach dem Gespräch drückte Fred dreimal gewaltsam das rote Telefonsymbol, so heftig es mit dem Daumen ging. Matti und ich, schwanger, blablabla! Es reichte ihm langsam – solche Frechheiten sollte im Office mal einer bei ihm versuchen!

Trotzdem: Die Nachricht musste jetzt bald aus ihm raus, sonst würde er noch daran ersticken. Gruber war nach dem Rollator-Training früh zu Bett gegangen, und Smithi saß im Flieger – so viel Spaß es auch gemacht hätte, ihn leiden zu sehen.

Dann mussten sich eben die Alten das anhören. Im Wohnflur saß ein kleiner Pulk schweigend in den Samtsesseln beisammen, während Agata dem Würger den Blutdruck nahm. Fred ging, mit seiner Neuigkeit und der Veuve-Clicquot-Flasche, auf die Polstergruppe zu.

»So, jetzt wird hier mal gefeiert«, rief er und schüttelte die Champagnerflasche so durch, dass sie beim Aufmachen gleich schäumen würde wie bei der Formel 1.

»Big News. Es gibt Neuigkeiten!«

Die schweigsame kleine Runde sah geschlossen zu ihm hoch.

»Peterle hat es mir schon ins Ohr geflüstert«, sagte Frau Rody dabei und guckte ein wenig blass unter ihren bunten Haarspangen hervor.

»Ja, schön … Also mein Chef hat mir gerade getextet, und es wird Sie alle freuen zu hören, dass …«

»Jemand wird sterben. Sagt der Peter.«

Die Gruppe hatte ihren Blick auf das Plüschtier gesenkt: Wie ein Orakel hockte es auf Frau Rodys Schoß und starrte aus trüben Glasaugen in die Zukunft.

»Wie bitte? Nein … Ich werde Senior …«

Aber Peterles Weissagung hatte doch einen ziemlichen Schatten auf den Samstagabend geworfen – niemand interessierte sich für Fred und sein berufliches Vorankommen.

»Wer von uns wird sterben«, fragte Paul-Anton Wankel.

Frau Rody hob bedeutungsvoll ihre Brauen.

»Das sagt der Peter nicht.«

Verdammt, Fred wollte jetzt endlich auf seine Beförderung anstoßen!

»Das ist doch absurd!«

Er verdrehte die Augen.

»Ich will Ihrem Hund ja wirklich nicht an den Karren fahren, Frau Rody. Er hat bestimmt seine Qualitäten – aber wer soll denn hier bitte sterben! Wir sind doch alle pumperlgesund!«

Die Alten guckten betreten drein: So ganz schienen sie davon nicht überzeugt. Queen Mum betrachtete misstrauisch ihr böses Bein. Jemand hustete. Und der Würger rieb sich beunruhigt den Oberarm, an dem Agata ihm gerade den Blutdruck gemessen hatte.

Ja musste man seinen Champagner denn hier wie Sauerbier anbieten? Immerhin versuchte Agata, Frau Rodys Halluzinationen in vernünftige Bahnen zu lenken.

»Macht er solche düsteren Prophezeiungen öfter?«, fragte sie freundlich und deutete auf den Plüschhund.

Frau Rody sah Peterle durchdringend an.

»Letztes Jahr hat er mir die Thrombose vorausgesagt. Und als meine Tochter vom Fahrrad gefallen ist – da kamen vorher auch solche Andeutungen.«

»Das beweist eigentlich alles«, sagte Fred bitter.

Er setzte seine Champagnerflasche auf den Tisch, damit sie hier nicht umsonst aufging.

»Damn it, und jetzt behauptet das Vieh, dass hier jemand stirbt?«

Der Plüschhund nickte, und Frau Rody gab ihm einen Nasenstüber.

»Ja, er sagt schlimme Sachen voraus, mein Peterle. Aber

die meiste Zeit sitzt ihm der Schalk im Nacken, nicht wahr, du Racker?«

»Ich glaube, es braucht sich niemand von uns zu beunruhigen«, sagte Agata fest. »Und Herr Böhmisch, Ihr Blutdruck war auch nicht so schlecht.«

Aber die Station 4 blieb lieber dabei, sich unheilvoll anzusehen.

»Na dann«, machte Fred, und ging samt Champagnerflasche zurück in sein Zimmer.

Dann musste er sich eben noch mal durch die Adressliste des Business-Cells klicken. Unter dem Stickbild las er dessen Einzelteile vom Boden auf, setzte das Telefon wieder zusammen und startete es neu. Erstaunlich viele Mobilnummern erstaunlich wichtiger Leute leuchteten darin. Seit der Platinum Card Relaunch Party war sogar die Privatnummer eines K&S-Vorstands darunter – Agata sei Dank, die diesem so diskret wie möglich den Trigeminus gelockert hatte. Aber Frederik wollte jetzt nicht den Vorstand anrufen, sondern jemanden aus dem eigenen Lager!

Er setzte sich schnell aufs Bett. Wer genau war sein eigenes Lager? Fred betrachtete das Kreuz mit den Strohblumen über dem Eschenholzbett und fühlte ein Wallen im Brustkorb. Dammit, er wollte doch einfach nur jemanden hier haben, der ihn in den Arm nahm und sagte, dass er es gut gemacht hatte!

Er schnaufte durch. An dem allen war nur Leni schuld. Wäre sie noch bei ihm, dann wäre sein eigenes Lager leicht zu finden. Sein Lager würde zu Hause auf dem alten Sofa sitzen, ohne große Aufforderung einen Sekt köpfen und sich ehrlich und von Herzen mit ihm freuen. Einen Sekt hatte er hier auch. Aber das mit dem ehrlichen

Freuen war ein Service, den es selbst in St. Ambrosius nicht gab. Er setzte sich geschlagen aufs Bett.

Ein Klopfen an der Tür, und Fred maulte: »Jaa!«

Agata kam herein.

»Fred, ich wollt dir noch gratulieren. Das hast du gut hingekriegt. Und ich weiß, wie wichtig dir das war.«

Er schnappte auf eine Weise nach Luft, die ihm sofort peinlich war.

»Danke«, sagte er und hasste das Vibrieren in seiner Stimme.

Sie zog ein kleines gestricktes Bündel hervor.

»Zur Feier des Tages … tadadaaaa! Stoppersocken.«

Sie legte das Paar neben Frederik aufs Pflegebett.

»War das Einzige, was ich auf die Schnelle finden konnte – wir schenken die unseren Bewohnern sonst zum Geburtstag oder zu Weinachten. Beförderungen haben wir seltener. Sind eine super Sturzprophylaxe!«

Etwas piepste in der Tasche ihres Kittels.

»Und ich würde auch liebend gern mit dir anstoßen – aber ich hab Spätdienst.«

Sie lief bereits rückwärts zur Tür.

»Leider. Aber wir holen das nach, okay? Und noch mal: Glückwunsch!«

Die Tür ging zu, und Fred betrachtete sein Geschenk. Immerhin hatte er jetzt einen gestrickten Beförderungs-Bonus. An der Sohle reihten sich kleine herzförmige Gumminoppen.

Dafür rumorte plötzlich etwas anderes in seinem Magen: Was sollte das vorhin heißen, bitte schön, Colt und Howie seien ausgegangen? Hatte Leni sie am Ende rausgeworfen? Fred musste sich setzen. Wie hatte er sie nur auf feindlichem Terrain zurücklassen können, die zwei hilflosen grünen, ahnungslos durchs Gehege kletternden Kreaturen?

Und schon wieder dieses Wallen. Wie gern hätte er Colt und Howie jetzt über den Chitinpanzer gestreichelt und ihnen gesagt, dass er sie liebhatte. Dann hätte er an diesem glorreichen Tag, am Höhepunkt seiner Karriere, wenigstens ein Mindestmaß an Gesellschaft gehabt.

13 Liebe im Lifta

Vielleicht konnte Frederik sein Karriere-Hoch besser genießen, wenn er sich mitten hinein setzte. Am Montagmorgen um sieben thronte er also an einem monströsen schwarzen Schreibtisch, drehte sich ein bisschen im neuen Chefsessel und ließ die Massivholz-Schubladen lautlos auf und zu ploppen. Über ihm hingen die Ölporträts der beiden Bankgründer Keener und Shark, von denen Tobias Lloyd Shark einen ganz schönen Überbiss hatte und seinem Namen alle Ehre machte. Auf dem Schreibtisch stand eine Plakette für die Gravur seines Namens bereit; dahinter schwammen die Zwerghaie durchs deckenhohe Bassin.

Noch vor ein paar Tagen waren die Haifische für ihn beißwütige Maskottchen des Mutterhauses Keener & Shark gewesen, kaltblütige Symbole für Erfolg, Macht und Geld. Jetzt waren sie nur noch … Fische. Aus der Nähe roch das Aquarium ein bisschen, ehrlich gesagt. Fred musste an die Goldfische im Bingosaal denken, mit ihren aufgedunsenen Bäuchen und zerfaserten Schleierflossen. Einmal hatte Agata ein totes Tierchen mit der Hand herausgezogen und schnell in eine Mülltüte gesteckt. Zu Frederik, der während der Beerdigung hereingeplatzt war, hatte sie gesagt: »Unsere Senioren müssen ja nicht ständig daran erinnert werden, dass … na ja.«

Jetzt betrachtete er die Haie, die Gemälde, die Flussschleife, die sich unten blaugrau an den Bürotürmen vorbeischlängelte – und hätte zu gern jemandem von dieser exklusiven Aussicht berichtet. Jemand Vertrautem. Wie Leni.

Er ging zu dem neuen Kaffeeautomaten hinüber, der schon für ihn bereitstand, packte die Schutzfolie und riss sie vom verchromten Edelstahlgehäuse. Vielleicht sollte er gleich mal einen »Lungo« oder »Ristretto« probieren? Aber Fred ließ die Folie sinken. Am meisten Lust hatte er auf einen althergebrachten Brühkaffee aus dem Heim.

Hinter den Haifischen tauchte Smithi auf und knipste, als er Fred in seinem Chefsessel sah, ein eisiges Lächeln an. Ob er ihn hereinbitten ... Ach nein. Kollegenneid bescherte einem dieses zuckerwattige Gefühl, aber es wurde auch schnell schal.

Smithi formte zwei Finger zu einem Exzellent-Zeichen und verschwand.

Nein, Fred fühlte sich keineswegs exzellent, sondern, wenn überhaupt, lauwarm.

»Berg?«

Scheiße, wo kam O. plötzlich her? Er hatte sich direkt vor Freds Schreibtisch aufgebaut.

»Und, genießen Sie Ihren Upgrade?«, schnarrte er.

Fred hob den Daumen; sein Lächeln war wohl ein bisschen overdone.

»Dann feiern wir heute – Sky Bar mit der Gang? Work hard, play hard! 9 p.m.?«

Fred schleppte sich durch den Tag, von einer Kaffeespezialität zur nächsten und von einem Meeting zum anderen, bis die Kollegen zum rituellen Drinkie in die Sky Bar wechselten. Der Club über den Dächern der Stadt war gut besucht für einen Montagabend; mit lauter bekannten Kollegengesichtern, die sich durch die Musik hinweg anbrüllten. O. hatte es wohl doch nicht geschafft, und Smithi schien Freds Gruß zu übersehen. Also drückte er sich erst mal allein an der Bar herum und orderte einen Eierlikör.

»Einen Doppelten.«

»Pur?«, fragte der Barmann und taxierte Fred mit steil gewölbten Augenbrauen. Auf sein Nicken hin füllte er einen zierlichen Kelch und setzte ihn grinsend auf den Tresen.

»Wohl bekomm's!«, sagte er in Großvater-Manier.

Fred nippte an seinem Eierlikör und betrachtete die erleuchteten Bürotürme. Nachts erinnerten sie an gigantische Handys oder Remote Controls, die nebeneinander im Asphalt steckten, mit aufgeregt leuchtenden Tasten und Displays.

»Bekomme ich auch so einen?«

Mit dem Gläschen in der Hand fuhr Frederik herum. Die mitteljunge Frau im Kostüm hatte ein puppenhaftes Gesicht, sauber getrimmte Stirnfransen und Klimperaugen. Sie deutete auf seinen Eierlikör.

»Ganz sicher?«, fragte er und betrachtete das Glas.

»Das knallt mehr, als man glaubt!«

Sie lächelte, und Fred wandte sich zum Barmann.

»Vanessa«, sagte sie kurz darauf beim Anstoßen.

»Frederik.«

Sie arbeitete als Analystin im Risk-Department der Konkurrenz. Nach dem Eierlikör tranken sie noch etwas Knallbuntes auf Freds neuen Job und ließen sich auf dieser Basis so kostspielig volllaufen, wie ihre Zunft es verlangte.

»Und deine Kollegen wollen das nicht mit dir feiern?«, fragte Vanessa, als schon ein kleiner Gläserwald zwischen ihnen stand, und sah sich in der Bar um.

»Nein.«

Fred führte Daumen und Zeigefinger so weit zusammen, dass sie sich fast berührten.

»Vielleicht hassen meine Kollegen mich ein klitzekleines bisschen wegen der Promotion.«

Sie drückte ihren Ellenbogen gegen seinen und zog ein übertrieben ernstes Gesicht: »Aber Mama und Papa sind sicher sehr stolz.«

Fred zuckte mit den Schultern und sagte, eher zu seinem aktuellen Cocktail als zu ihr: »Meine Eltern haben zurzeit andere Pläne mit mir.«

Vanessas Stirn wellte sich. »Hm. Freunde?«

Fred schnaufte.

»Mein bester Freund ist der Meinung, dass ich lieber zu einer anständigen Bank wechseln sollte. Sparkasse, Raiffeisen, so was. Wo man ein schönes rotes Sparbuch bekommt und am Weltspartag Kugelschreiber.«

Sie kicherte.

»Wie alt ist dein Freund?«

»Schon etwas älter als ich. Aber was bringt's mir, vom coolsten Bankhaus der Welt befördert zu werden, wenn es keiner kapiert? Das ist irgendwie … pointless.«

Sie rückte ein wenig näher an sein Ohr.

»Und was sagt deine Freundin?«

»Meine Exfreundin? Die will nicht mal einen Satz drüber hören.«

Vanessas Mund straffte sich zu einem Lächeln. Sie kam noch etwas näher.

»Mir kannst du alles über den Upgrade erzählen. Und ich kenne mich sogar aus in der Branche – Vorteil!«

Sie prostete ihm zu, und Fred lächelte gequält.
»Danke.«

Er sollte später nicht mehr wissen, wie, aber von hier aus lenkte Vanessa das Gespräch erst auf den Euro und dann auf das Thema Sex. Zwischendurch bestellte sie noch ein Quartett Eierliköre an der Bar.

Zu mir oder zu dir? Fred war ein wenig aus der Übung und schlug unvorsichtigerweise sein Apartment vor.

»Es ist hundertprozentig komfortabler als deins.«
»Uhuuu! Wohnst du in so einer Art James-Bond-Wohnung? Mit Bett, das aus der Wand fährt?«
Sie setzte ihren Eierlikör in den Gläserwald.
»So ungefähr«, erklärte er.
Jedenfalls würde man bequem zusammen ins höhenverstellbare Bett steigen können, dachte er, und sich dabei nicht den Rücken ruinieren. Man würde das Gitter hochklappen können, damit keiner von beiden herauspurzelte, wenn es heiß herging. Und vermutlich könnte man sich von der Nachtschwester Kondome liefern lassen, nur damit sich aus dieser Sache nicht doch noch Enkel ergaben.

Smithi und Juan bemerkten auch Freds Abschiedsgruß nicht – bestimmt hatten sie ihn nur übersehen. Auf dem kalten nächtlichen Heimweg von der Sky Bar hakte Vanessa sich bei ihm ein. Im Minutentakt machte sie ihm Komplimente, pries mal MyMoney, mal Fred selbst.
»Du siehst aus, als ob du viel Sport treibst …«
»Nur ab und zu Wassergymnastik.«
Sie runzelte die Stirn, setzte ihren Komplimente-Reigen aber fort. Seit langem hatte Fred nicht so viele angenehme Dinge gehört wie an diesem Abend. Und auch an

die Vorwürfe seiner Mutter dachte er mit Genugtuung – von wegen in so ein Haus brachte man keine anständige junge Frau.

Alles super, aber als hinter dem Betonteich der vertraute Flachbau auftauchte, kam ihm etwas in den Sinn. Seine Master-of-Finance-Urkunde – Scheiße, die hing mitten im Apartment. Vielleicht hätte Fred sie doch abhängen sollen, bevor er Kollegen einlud ... Aber da war noch ein anderer Zweifel, der sich dick und fett in seinem Kopf breitmachte: Aus der eigenen Wohnung konnte man nicht abhauen, wenn einem die Sache zu lang wurde.

Er sah Vanessa von der Seite an und musste schlucken. Was, wenn sie sein Zeitbudget heute Nacht total überstrapazierte? Er überschlug das mal: Im Zimmer angekommen, würden sie es sich auf dem Sofa unterm Heiligenbild bequem machen. Wechsel aufs Pflegebett. Dann Sex. Danach bestimmt reden. Frischmachen in seinem Bad, das dauerte bei Frauen generell, aber hier waren auch noch die vielen Haltegriffe im Weg. Anziehen ...

Vanessa hob den Kopf und atmete angestrengt durch die Nase.

»Was ist das für ein interessantes Aftershave? Riecht wie Kamille ...«

»Tabac Original«, erklärte Fred wahrheitsgemäß. »Hat mir dieser Freund empfohlen. ›Der Duft des Wirtschaftswunders‹ sagt er immer.«

Er beugte sich im Gehen zu ihr hinab und säuselte: »Warte nur, bis ich mein Jackett ausziehe. Dann kommt die Bergamotte erst so richtig zur Geltung – und erst der Moschus.«

Mit angezogenen Schultern hielt Vanessa sich eine Hand vor den Mund.

»Ist dir schlecht?«, fragte er hoffnungsvoll.

»Nein, nein.«

Sie setzte ihren Weg an seinem Arm fort. Ihm blieben noch geschätzt hundert Meter bis zur Rollstuhl-kompatiblen Eingangstür. Wenn er richtig Pech hatte, würde sie, OMG!, sogar über Nacht bleiben wollen. Kuscheln, stundenlang reden, Rücken kraulen, das volle Programm. Fred wurde heiß vor Schreck, und der Bauch stach.

Okay, wenn die »Tabac Original«-Wolke nicht reichte, blieb zur Abschreckung noch die orthopädische Rückenbandage. Er trug das sperrige Ding jetzt, zum Schutz seiner Bandscheiben, fast täglich unter dem Business-Suit. Beim Anblick des hautfarbenen Korsetts würde sie ja hoffentlich die Segel streichen.

»Ho, ho, ho!«

Vanessa war abrupt stehen geblieben und richtete einen dezent lackierten Fingernagel auf die Schiebeglastür des Altenheims. Hinter der geschwungenen Aufschrift »St. Ambrosius« huschte gerade ein Nachtpfleger vorbei.

»Haben wir uns verlaufen? Du wohnst ja nicht in einem … Krankenhaus. Oder?«

Wenn sie schockiert war, war sie noch schöner.

»Das ist doch kein Krankenhaus«, sagte Frederik und patschte lässig auf den Türöffner mit dem Rollstuhl-Piktogramm. Das Glas schob sich leise vor ihnen auf.

»Dummerchen! Das ist eine Seniorenresidenz!«

Vanessa machte einen Schritt zurück und klammerte sich ans Handtäschchen. Ihr Blick wanderte an dunklen

Fenstern vorbei und an Balkonen, die wie längliche Legosteine hervorstanden. Schließlich betrachtete sie den Kleinbus mit Altenheim-Logo, der neben Freds Mercedes parkte.

Sie schlug ihr Handtäschchen gegen das Geländer der Rollstuhl-Rampe.

»Ist ja wieder klar! Wenn ich *einmal* Zeit hab, einen Kerl abzuschleppen, dann wohnt er natürlich im Altenheim …«

Fred hob korrigierend den Zeigefinger.

»In einer *Seniorenresidenz*.«

Ihr Fuß bekam einen kleinen Wutanfall und trat gegen das Rollstuhlsymbol, das blau in den Asphalt gemalt war.

»Hier wohnt also mein feuriger Liebhaber«, rief sie mit starren Augen, »um mich mit Eierlikör, Bergamotte und Sparkassencharme zu verführen!«

Wenn Fred das recht interpretierte, sanken seine Aktien. Glücklicherweise.

»Ist ein wenig unkonventionell, ich weiß …«

Sie hob eine gespreizte Hand.

»Das ist jetzt echt nicht persönlich gemeint, aber: Ich zieh die Idioten doch an wie Scheiße die Fliegen!«

Fred räusperte sich.

»Doch!«, rief sie. »Meine letzte Eroberung hatte zu Hause Meerschweinchen. Mit dem Quieken im Hintergrund kann sich doch kein Mensch aufs Ausziehen konzentrieren!«

Fred fragte sich, was sie zu einem Terrarium mit riesigen Heuschrecken gesagt hätte. Aber er schwieg und guckte so schuldbewusst, wie es sich in Beziehungstiefs bewährt hatte.

Ihr Schuh traktierte abermals den Asphalt.

»Der davor lebt in einer gaaanz seltsamen WG mit seiner Mutter.«

Vanessa schlenkerte mit der Hand.

»Zwischendurch kommt sie ohne zu klopfen rein und fragt, ob wir Kinder einen Happen essen wollen ...«

»Mit dem kannst du mich jetzt aber nicht vergleichen!«

Fred hob erneut den Finger.

»Bei mir kommt höchstens die Putzfrau rein – oder eine Nachtschwester mit Tabletten.«

Vanessa schnaufte.

»Es reicht mir langsam!«

Sie schien drauf und dran, unverrichteter Dinge zu gehen, und Fred schöpfte Hoffnung auf eine einsame, ruhige Nacht.

»Aber wann kommt so eine Gelegenheit wieder«, murmelte die Analystin, eher zu sich selbst, »in einem Ochsenjob wie meinem?«

Giftig sah sie auf ein Beetlämpchen, das inmitten von Kieselsteinen und Bodendeckern leuchtete, und ihr Blick erklomm abermals die Seniorenresidenz.

»Also was soll's«, sagte sie schließlich und schloss einen Moment die Augen. »Geh'n wir rein.«

Beim Betreten des Altenheims starrte sie auf die Spitzen ihrer Halbschuhe. Nur nicht die Rollstuhlrampe anschauen! Nicht zu viel von dem Desinfektionsmittel einatmen! Und auf keinen Fall den Blick des Wachsheiligen erwidern, der auf sie und ihren Lover starrte! Vanessa wandelte durchs Foyer wie durch eine Geisterbahn.

Fred folgte ihr zögernd, eins seiner Handys hervorkramend.

»Ich kann jederzeit ein Taxi rufen – so traurig mich dein Aufbruch auch machen würde ... Wir könnten draußen neben der Rollstuhlrampe noch eine rauchen, und …«

Aber sie schüttelte den Kopf.

»Oh nein. Wir ziehen das jetzt durch.«

Sie waren jetzt fast beim Lift. Fred dachte an die Master-of-Finance-Urkunde und eine bevorstehende schlaflose Nacht. Wenn er sein Pflegebett doch noch für sich allein wollte, dann musste ihm schleunigst etwas einfallen. Sie passierten zwei Windelwägen und eine ihm unbekannte Pflegerin, die irritiert guckte, sich dann aber wieder den Einlagen zuwandte. Ein Opa trat in Frotteeschlafanzug und Karojackett aus einer Tür, die nicht seine war, und graste Vanessa von oben bis unten ab.

»Na, Herr Berg!«, rasselte er. »Wollen Sie mich der flotten Biene nicht vorstellen?«

Fred faselte etwas von »Kollegin« und »Unterlagen«, die es noch gemeinsam durchzuarbeiten gälte, und der Opa lachte keckernd. Eher zufällig, durch ein Türfenster, fiel Freds Blick ins Treppenhaus. Der Ansatz eines Lächelns zeichnete sich auf seinem Gesicht ab.

»Bitte hier entlang«, sagte er höflich und stieß die Brandschutztüre für Vanessa auf. Ein Kompliment des Großväterchens hallte ihr hinterher. Am Fuß der Treppe wartete ein gelblicher Ledersitz mit Hebeln und Armstützen. Fred nahm wie selbstverständlich auf dem Treppenlift Platz, der zu Übungszwecken für Kurzzeit-Bewohner installiert worden war, und tätschelte sich einladend die Knie.

»Na, komm!«

Er versuchte, heiser zu klingen.

»Es ist Platz genug für zwei!«

Vanessa war am Fuß der Treppe stehen geblieben und starrte abwechselnd Fred und das Gefährt an. Die Tasche in ihrer Hand zitterte. Fred stupste, bereit zum Take-off, einen kleinen Hebel – und sah Vanessas Schultern heruntersacken.

»Fred, das ist bizarr!«

Sie schüttelte den Kopf und schwieg ein paar lange Sekunden.

»Ich könnte jetzt sagen: Es liegt nicht an dir«, erklärte sie schließlich. »Aber das wäre gelogen.«

Sie ging zwei hastige Schritte zurück, stieß gegen die Tür und öffnete sie, ohne den Treppenlift je aus den Augen zu lassen, mit dem Ellbogen. Im Gang hörte Fred einen genuschelten Abschiedsgruß und den schneller werdenden Takt ihrer Halbschuhsohlen. Er seufzte schicksalsergeben. Aber als er den Hebel in Fahrtrichtung drückte, spannten ihm vom Grinsen die Wangen. Seine Zeit gehörte wieder ihm, und er würde in dieser Nacht bestimmt keine Enkel zeugen. Wieder einmal hatte das Altenheim ihm den Hintern gerettet.

14 Minigolf und Rollstuhl-Kegeln

Als der Manager am nächsten Morgen unter seinem Triangelgriff erwachte, war er allein und ausgeschlafen. Ging doch! Sein Bett wäre für zwei eh viel zu eng gewesen – von dieser Nacht hätte er sich bestimmt tagelang nicht erholt. Er brauchte auch gar keinen Beifall. Ab jetzt, das schwor er dem heiligen Ambrosius an der Wand, gab es kein Gegrübel mehr, keine melancholischen Ausreißer. Ab jetzt war er superglücklich, so wie es sich für einen frischgekürten Senior Manager gehörte. Als Prophylaxe würde er die Abschnitte zwischen Bett und Büro bis obenhin mit seniorengerechten Zerstreuungen füllen. Wozu wohnte er denn in einem Altenheim? Wenn man irgendwo ein mittleres Tief in den Griff kriegte, dann ja wohl hier. Gestärkt von seinem Schonkost-Frühstück – die Platte hätte niemals für zwei gereicht –, startete er in den Arbeitstag.

Noch am selben Abend grub Fred in wildem Aktionismus den Therapiegarten hinterm Haus um und spickte ihn, seine Hände tief in der Blumenerde, mit Tulpenzwiebeln. Danach fühlte er sich nicht spitze, aber zumindest ertüchtigt. Am nächsten Morgen setzte er sich im Souterrain dicht vor die Tageslichtlampen, die den Alten gegen Depressionen und wer weiß was helfen sollten. So war er frisch fürs Haifischbüro.

Die ganze Arbeitswoche über wurde er morgens mit den Tageslichtlampen wach und buddelte sich abends im Therapiegarten müde.

Am Wochenende versuchte er es mit den Angeboten von Herrn Käs. »Sozialarbeiter J. Käs«, wie er per Namenschildchen hieß, war der vermutlich langweiligste Mann zwischen hier und der Tokioter Börse: Er musste irgendwo zwischen 40 und 50 sein, trug spektakuläre Geheimratsecken zur Lederweste und näherte sich anderen Menschen, als bitte er um ein Autogramm. Am Samstagmorgen sang Fred »Danke für diesen guten Morgen« im Käs'schen Singkreis. Nachmittags besuchte er mit Herrn Käs und einem Pulk Senioren die benachbarte Grundschule – und musste sich eine Menge vorwitziger Kinderfragen anhören.

»Es geht dich nichts an, ob das schon meine Dritten sind, Rotzlöffel«, antwortete er gereizt.

...

»Natürlich ziehe ich mich noch selbst an.«

...

»Nein, keine Angst, ich werde in eurem Klassenzimmer nicht tot aus den Latschen kippen!«

Fred musste das Projekt »Generationentreff« vorzeitig verlassen, um im Pausenhof vier oder fünf Altherren-Zigaretten zu rauchen und leise vor sich hin zu keifen.

Am Sonntag blieb er lieber wieder im Heim. Leiser Regen klopfte gegen die Scheiben der Seniorenresidenz – und Fred lieferte sich beim Brettspielnachmittag eine Partie Mensch-ärgere-dich-nicht mit den Alten. Während der zweiten Partie ließ er noch mal dezent fallen, dass er auf der Bank befördert worden war. Wieder sprangen sie nicht so darauf an wie erhofft, blieben aber immerhin grob beim Thema.

»Hast du schon mal einen richtigen Banküberfall erlebt, Bub?«, fragte eine Perückenträgerin, seine Promotion ignorierend.

Fred überlegte. Es hatte beim Onlinebanking dieses Sicherheitsproblem Stufe 3 gegeben, über das er per Unterschrift bis an sein Lebensende stillschweigen musste. Aber einen klassischen Banküberfall?

»Eigentlich nicht.«

Enttäuscht drückte die Dame mit der Perücke ihr Kinn hervor. »Das ist schade. Aber du bist ja noch jung.«

»Können wir jetzt endlich weiterspielen?«, rief Frau Wankel und würfelte. »Ich habe so selten die Gelegenheit. Mein Mann spielt ja nicht mit mir.«

Auch heute schwänzte Paul-Anton. Seine Frau hüpfte fünfmal mit dem gelben Kegel voran.

»Und allein spielen kann ich schlecht.«

Fred betrachtete sein blaues Männchen, das gerade überholt worden war. Alleine Spielen war seine Spezialität. Es kostete weniger Zeit und entspannte ebenso.

»Sie könnten online spielen«, sagte er vor sich hin.

»Pardon?«, fragte Frau Wankel.

»Sie könnten ... Ach nichts.«

»Pardon?«

Scheiße, warum hatte er nur damit angefangen.

»Sie könnten am Computer spielen. Wenn Sie einen hätten.«

»Pardon?«

Ihr »Pardon« wurde bohrender.

»Ich ... ach, passen Sie auf, ich hol meins.«

Während die anderen weiterwürfelten, holte Fred sein

Nice-to-Have-Tablet, das er eh nur für Games benutzte, und suchte im Internet ein Online-Mensch-ärgere-dich-nicht. Frau Wankel musste erst ihre Brille justieren und ein wenig die Augen zusammenkneifen, um das Spielfeld am Bildschirm scharf zu kriegen.

»Und wenn ich hier über das blanke Brettchen streiche, bewegt sich der Kegel?«

Sie probierte es mit zitternden Fingern – und merkte vor Aufregung nicht, dass ihr der Dutt verrutschte.

»Du liebe Güte!«

Sie ließ sich gegen die Stuhllehne fallen.

»Kann das Gerätchen sonst noch ein Spiel?«

»Also, genau genommen«, sagte Fred, »kann das Gerätchen eigentlich alles.«

Sie schürzte die Lippen.

»Sogar Kegeln?«

»Na, jetzt hör aber auf, Therese!«, rief Paul-Anton, der gerade hereinrollte. »Kegeln kann man auf einer Kegelbahn. Und sonst nirgendwo!«

»Das ist ja wieder typisch«, entgegnete seine Frau. »Dass du mir immer alles madig machst ...«

»Ich könnte schnell meine Wii holen«, warf Fred ein, um den heraufziehenden Streit zu stoppen.

Das Ehepaar sah ihn ratlos an.

»Na bitte«, machte Frau Wankel, »dann holen Sie eben ihr ... Dingelchen.«

Es dauerte eine Weile, bis er in seinem Kellerabteil den Karton mit der Aufschrift »Nice to have« und dem Dingelchen gefunden hatte. Unter den Augen seiner Mitbewohner richtete er die virtuelle Kegelbahn im Bingosaal ein.

Es war abermals ein Win-win-Geschäft: Selbst Paul-Anton Wankel konnte in seinem Rollstuhl mitspielen. Und Fred blühte heimlich auf, wenn er sämtliche Kegel auf dem Bildschirm abräumte, während die Rentner noch mit ihren Fernbedienungen übten.

»Dass ich auf meine alten Tage noch mal kegeln gehen würde«, rief Queen Mum und patschte in die Hände. »Wie ein junges Ding!«

Streng genommen sah sie nicht aus wie ein junges Ding, wenn sie in Zeitlupe auf den Bildschirm zuging und sich die Remote Control beim Ausholen aus der Hand flutschen ließ. Fred stand auf und gab ihr beim nächsten Wurf Hilfestellung.

Er musste an Leni denken. Sie hatte solche Spielkonsolen immer belächelt. Na, das hatte sie jetzt davon: Er amüsierte sich hier bestens – und dachte bereits im Plusquamperfekt an sie.

Die Partie Mensch-ärgere-dich-nicht und das Kegeln stabilisierten Frederiks Laune, und während die Rentner im kunstblumenbewehrten Speisesaal ihren Sonntagskaffee einnahmen, nahm er seine neuen Hobbies schnell ins Xing-Profil auf. Neben Skiing, Networking und Golf.

Am frühen Abend spielte er mit Georg Gruber noch eine Partie Minigolf auf der nahen Anlage. Fred genoss Grubers Gesellschaft. Auch wenn er alt war und beim Gehen gestützt werden musste: Er war ein Mann mit einer Mission, genau wie Fred. Und der 82-Jährige hatte selbst eine Target Vision: die rauschende Trauerfeier zu seinen Ehren.

Auch beim Minigolf sahnte Fred ab – wahrscheinlich durch seine jahrelange, wenn auch widerwillige Erfahrung im Golfen mit Kollegen und Geschäftspartnern. Aber um wie viel angenehmer war eine Runde Minigolf, verglichen mit den nie enden wollenden Tagen zwischen Abschlägen und Greens! Die stundenlangen Märsche von

Loch zu Loch, die Ballsuche im Gestrüpp, das Ausbessern der Pitchmarks auf dem Fairway – und natürlich das ganze gesellschaftliche Tralala.

Beim Minigolf musste man nicht weit gehen und aß anschließend nonchalant Pommes rot-weiß an »Inge's Kiosk«. An den Betonbahnen galt keine unsinnige Etikette, die einem das Rauchen oder Fluchen vergällte, und Fred durfte seine drei Handys auf Empfang lassen, ohne dass Inge oder irgendwer die Nase rümpfte.

Auf dem Heimweg vom Minigolf pausierten sie noch, mit Wolldecken über den Knien, auf einer Parkbank und fütterten Tauben. Fred steckte in einem von Grubers grauen Wolljacken; neben ihnen an der Bank lehnte ein karierter Einkaufstrolley. Schorsch hielt das Smartphone in der Hand, das Fred ihm vorhin samt frisch heruntergeladener Pedometer-App geliehen hatte, und las seine Schrittzahl ab.

»1255« stand in großen Zahlen auf dem Startbildschirm.

Gruber brummte zufrieden und steckte das Handy unter seine Hosenträgerklemme. Aus der Trolleytasche kramte er ein mintfarbenes Gedenkblättchen mit Schnörkelbuchstaben hervor, das er Frederik unter die Nase schob.

»Weißt du, was interessant ist, Junior? Das Blatt kann man vorab von dem Pfaffen entwerfen lassen – und kriegt einen hübschen Frühbucherrabatt.«

Fred nickte anerkennend. In der Mitte des Blättchens prangte ein kleiner goldener Rahmen, aus dem Grubers Konterfei lächelte, in der Hand ein Glas Wein. Daneben standen sein Geburtsdatum und allerlei Schmeichelhaftes über den Verblichenen in spe. Allein der Todestag war noch frei.

»Ist ein Probeausdruck.«

Gruber strich liebevoll über das glänzende Papier.

»Es gibt Mengenrabatt, wenn man in der Gruppe bucht«, sagte er und sah Fred forschend von der Seite an.

Aus dem Wald hinter dem Minigolfplatz joggte ein Mann in Funktionskleidung heran, und zu spät merkte Fred, dass es ein Kollege aus dem Marketing war.

»Thomas Schley«, murmelte er und setzte sich aufrechter. Du liebe Güte, der war zu Fuß ja schneller als Fred auf seinem neuen E-Bike!

Schley riss sich im Laufen die Kopfhörer vom Haar und blieb breitbeinig und schwitzend vor der Parkbank stehen. Er roch dezent nach irgendeinem Jungeleute-Parfüm, sein Teint war professionell gebräunt, und unter der Funktionshose zeichnete sich eine Muskulatur wie bei einem Brathähnchen ab. Einem Brathähnchen aus Freilandhaltung!

»Fred Berg? Ich hatte Sie gar nicht erkannt!«

Schley sah auf die Wolldecken und die Brottüte in Freds Hand hinab.

»Äh, alles gut bei Ihnen?«

»Alles *extrem* gut«, sagte Fred routiniert und warf den Tauben ein paar Brösel hin.

Schley wischte sich den Schweiß von der Stirn. Er sah zu den Vögeln, dann zu Georg Gruber, auf dessen Schoß das Sterbebildchen mit seinem Konterfei lag. Der Rentner hatte die Hände an den Hosenträgern und die Augen geschlossen und widmete sich, ohne der Unterhaltung Beachtung zu schenken, der Sonne.

»Geht's Ihrem Großvater gut?«, fragte der Marketing-Kollege.

Fred sah Georg Gruber von der Seite an. In der Abendsonne wirkte sein knittriges Gesicht besonders blass, fast wie superweißes Officepapier.

»Nein, nein«, entgegnete er, »Meinem Mitbewohner geht's gut. Er ist nur im … Ruhezustand.«

Schleys Blick sprang von Frederik zu Georg Gruber und zurück.

»Oh«, machte er. »Der Mitbewohner! Great!«

Der Kollege sah noch mal zu den Tauben, die zwischen den Kieseln Freds Brotkrumen aufpickten. Er sagte abermals, dass das alles great sei, stellte keine weiteren Fragen und starrte wieder auf die Tauben. Georg Gruber öffnete die Augen und musterte Freds Kollegen ausführlich – vom verschwitzten Haar bis zu den Laufschuhen. Er ließ einen Hosenträger schnalzen.

»Ist das einer von deinen Kameraden, Junior? Vielleicht hat er Lust, auf meine Beerdigung zu kommen.«

Er zog einen speckigen Geldbeutel aus seinem Einkaufstrolley, faltete einen Fünf-Euro-Schein hervor und winkte Schley damit verführerisch zu.

»Schau mal, Kleiner! Und es wird auch einen Schokoladenbrunnen in angemessenem Zartbitter geben!«

Schley starrte das Geld an, stammelte etwas Ausweichendes und machte ein paar unbehagliche Hüpfer. Mit hastigen Abschiedsgrüßen joggte er weiter. Sie sahen ihm, die Hände im Schoß, noch eine Weile nach.

»Phhh!«, machte Gruber und fädelte den Schein wieder in seinen Geldbeutel.

»Dann eben nicht.«

Er begann, seine Wolldecke zu einem Paket zu falten.

»Bist du Montagabend beim Blockflötenkonzert, Junior?«

Gruber steckte seine Decke in die Tasche und brachte den Stock in Position.

»Vielleicht buch ich die Kinder schon mal für meine Feier. Falls sie sich hier gut anstellen. Also, kommst du mit?«

Frederik zupfte seine Strickjacke zurecht. Ein Blockflötenkonzert war wohl das Schrecklichste, was er sich vorstellen konnte.

»Da muss ich bestimmt noch arbeiten.«

Umständlich versuchte Gruber, von der Parkbank aufzustehen. Er stützte sich auf seinen Stock, strauchelte, und sank zurück auf die Bretter.

»Du arbeitest zu viel, Junior. Glaub mir, auf seinem Sterbebett hat noch keiner gesagt: Hätt' ich nur mehr Zeit im Büro verbracht!«

Fred stöhnte leise.

»Schon gut«, sagte er und half Gruber hoch. »Ich komm ja mit zu dem dämlichen Konzert.«

Hinten, am Minigolfzaun, stand ein Klops von einem Mann und sah durch getönte Brillengläser zu ihnen herüber. Als Fred seinem Blick für einen Moment standhielt, verschwand er harmlos pfeifend im Wald.

15 Flöten und Skypen

Das Blockflötenkonzert war genauso schlimm wie befürchtet: Saubere Töne musste man bei der Darbietung der Schüler der benachbarten Grundschule erst suchen, und aus mindestens einer der sechs Flöten tropfte unten Spucke heraus. Der Senior Manager saß in seinem Maßanzug in hinterster Reihe und schüttelte ungläubig den Kopf. Er hatte seine *Financial Times* mit in den Bingosaal gebracht, nur für den Fall, dass ihm langweilig werden sollte, und Grubers Georg neben sich.

Aber er musste einfach dringend unter Leute: Wenn er allein war, prasselten jetzt lauter üble Gedanken auf ihn ein. Sogar sein neues Gehalt machte er sich dann madig. 100 000 Euro Jahresgehalt hin oder her: Sollte er sich selbst davon zum Eisessen einladen? Oder damit auf Reisen gehen – als der schräge Einzelgänger, der im Speisesaal mit sich selbst spricht und den Dom Pérignon auf sein Wohl erhebt?

Fred hatte so ein zugiges, kaltes Einsiedlergefühl im Bauch. Und das, obwohl er ja ständig Menschen um sich hatte, und seine Freizeit gespickt war mit rückengerechten und magenschonenden Gruppen-Aktivitäten. Aber langsam dämmerte ihm, wer schuld war an seinem Einsiedlergefühl: Leni.

Doch bevor es mit solchen Gedanken wieder anfangen konnte, ging er lieber zum Blockflötenkonzert. Queen

Mum und die anderen wippten vergnügt im Takt zu »Grün, grün, grün sind alle meine Kleider«, ein paar Senioren hoben zu »Zeigt her eure Füße« so gut es ging die Beine, und Georg Gruber machte sich mit professionellem Gesicht Notizen.

»Die kannst du vergessen«, raunte Fred ihm zu, und die Lehrerin, die am Rand des Konzerts wachte, schickte ihm einen stechenden Blick.

»Auf *meiner* Beerdigung«, schob er leiser nach, »wollte ich die jedenfalls nicht haben.«

Er hatte nichts gegen Musik – schließlich war er als Kind selbst ein talentierter Blockflötenspieler gewesen. Aber das musikalische Niveau dieses Konzerts ließ doch zu wünschen übrig.

»Es sind eben noch Kinder«, entgegnete Gruber.

»Ja, sicher. Aber darauf können sie sich nicht ewig rausreden!«

Vielleicht würde Fred wegen des Konzerts einen Hinweis in den Beschwerdekasten werfen. Die Holzbox unten im Foyer, mit den ausgefrästen Worten »Wenn's mal zwickt« auf dem Deckel, hatte er schon mehrfach mit Input gefüttert: Anfangs, als er wegen Übereifers beim Bingo rausgeflogen war. Dann, als man ihm das Behindertenmobil nicht mal für die kurze Fahrt hinüber zu K&S zur Verfügung stellte. Und natürlich erst kürzlich, als sie seinen neuen Titel »Senior Manager« partout nicht auf der Namensplakette neben seiner Zimmertür berücksichtigen wollten.

Die Alten applaudierten gerade semi-wild, und weil Queen Mum ihn so nett aus ihrer zitronengelben Kombi anlächelte, klatschte Fred eben mit.

»Meine Enkelin spielt auch die Blockflöte«, sagte sie in einer Kekspause. »Aber ich habe sie ja schon ewig nicht mehr gesehen!«

Wenn diese Enkelin noch die Blockflöte spielt, dachte Fred bei sich, dann hat sie ein Problem – sie musste mindestens so alt sein wie er.

»Ich wünschte, meine Urenkelin Lily wäre jetzt hier«, sagte die 103-Jährige, die winzig klein auf dem Stuhl neben Georg Gruber saß. Im Hintergrund stimmte ein ziemlich schrilles »Fuchs, du hast die Gans gestohlen« an.

In die schmerzvollsten Blockflötentöne sinnierte die uralte Frau: »Ich glaube, es war im letzten Herbst, als sie mich das letzte Mal besucht hat.«

Mit einem Seufzer strich sie den graubraunen Rock über ihren Knien glatt.

»Und meine im Frühling«, mischte sich der Würger ein, der wahrscheinlich gar keine Urenkelin hatte, aber tatsächlich nicht allzu viel Besuch bekam.

Von den Disputen der Wankels einmal abgesehen, war das die erste echte Unterhaltung, die Fred zwischen seinen Mitbewohnern erlebte. Enkel – zu diesem Thema schien hier jeder eine Meinung zu haben. Und der anwesende Pulk Kindergartenkinder inspirierte sie obendrein. Als die Pflege-Praktikantin Sylvie jedenfalls nach einer Weile vorbeikam, um aus Thermoskannen Kaffee und Tee in zitternde Tassen zu füllen, Stützkissen zurecht zu rutschen und Sahnetupfer auf Porzellanteller zu spritzen, da wunderte sie sich über die fast schon rege Unterhaltung. Die 103-Jährige erzählte von Lilys flachsblonden Zöpfen, die Wankels schwärmten von der schaukelnden Urenkelschar in ihrem früheren Garten, und die Grundschüler guckten einander beim Flöten an: Normalerweise war das Publikum aufmerksamer.

Die Zeitspannen, in denen die Senioren ihr eigen Fleisch und Blut nicht mehr gesehen und in die Wange gekniffen hatten, wurden im Lauf des Konzerts länger und länger.

»Mein Theo«, lamentierte Herr Weirauch, »ist mit den Kindern schon eine ganze *Dekade* lang nicht mehr da gewesen.«

Eigentlich hatte Fred Theo erst vor ein paar Tagen im Heim gesehen; aber der Jackettklauer ärgerte sich noch ein ganzes »Häschen in der Grube« lang über seinen treulosen Sohn.

»Margot war mit den Kindern schon seit ... seit Jahren nicht mehr hier«, sagte Queen Mum und schlug die Hände in den Schoß.

»Ich bin jetzt 79. Manchmal frage ich mich, wie oft ich Katharina und den kleinen Michel noch sehen werde im Leben! Fünfmal? Oder keinmal?«

Sie tupfte sich die Augenwinkel mit einem zerknautschten Stofftaschentuch aus, und das war mehr, als Fred ertragen konnte.

»Also ich *skype* mit meinen Eltern, wenn ich sie sehen will«, sagte Frederik. »Man muss doch niemanden umständlich treffen!«

Die Alten sahen ihn ratlos an.

»Skype«, wiederholte Fred.

»Ist das etwas Schlimmes?«, fragte Queen Mum und schlug sich sacht vor die Brust.

»Nein, nein. Das ist etwas Gutes. Man spart viel Zeit dabei und kann sich trotzdem sehen.«

Sein Einwurf blieb zunächst unkommentiert, und die Kuchenrunde hörte noch ein paar Blockflötenstücke, darunter »Kommt ein Vogel geflogen« und »C-A-F-F-E-E«, die Fred früher selbst mit Verve gespielt hatte.

»Können die jungen Herrschaften auch ein ›Ave Maria‹?«, fragte Gruber zwischendurch, aber die jungen Herrschaften schüttelten synchron ihre Köpfe.

Das Konzert endete mit einer Art Blockflöten-Freestyle, in dem die Kinder ihre Lieblingslieder zum Besten gaben, darunter einen Rihanna-Titel und etwas, das wohl ein Kanon sein sollte.

»Der perfekte Rausschmeißer«, raunte Fred Georg Gruber zu und schlug endgültig seine *Financial Times* auf.

Als der letzte schiefe Ton verklungen war, wurden die jungen Flötisten noch geherzt und mit Keksen beschenkt – obwohl ein Junge mit Sommersprossen wohl lieber Georg Grubers Zigarettenschachtel gehabt hätte – und von der Lehrerin in den Lift gezählt.

Dann ging unter den Alten wieder das Genöle um die Enkel los.

»Ich glaube, meine kleine Catarina spielt die Blockflöte sogar recht gut«, sagte Queen Mum, und die anderen nickten, als habe sich der moderate Ruhm der jungen Musikerin bis ins Altenheim herumgesprochen.

»Ich wünschte«, sagte die alte Frau und legte den Kopf schräg, »ich wünschte wirklich, Margot wäre öfter hier mit den Kindern.«

Fred faltete langsam die Zeitung zusammen.

»Vielleicht kann ich sie Ihnen ja schnell herholen«, sagte er und stand auf.

Queen Mum öffnete den Mund und schloss ihn wieder. Sie beobachtete den jungen Mitbewohner, wie er den Bingosaal verließ und wenig später wieder durch den eschenhölzernen Türrahmen trat – mit einem Notebook unter dem Arm.

»Wie heißt Ihre Tochter denn«, fragte er Queen Mum, während er sich an den rustikalen Ecktisch setzte. »Und Sie selbst?«

Die alte Frau wurde noch blasser.

»Elsa Beerendonk. Und meine Tochter heißt Margot. Warum willst du das wissen, mein Bub?«

In der Kontaktliste versuchte Frederik, Lenis Bild nicht anzusehen, und scrollte nach einer Margot Beerendonk. Er fand sie in Portugal, fragte den Kontakt an und klickte schließlich das Symbol mit dem grünen Hörer. Getting things done!

Die Tochter hatte das Programm gerade geöffnet, trotzdem musste Fred es ein paarmal versuchen, bis die Verbindung sauber saß und er ihr Gesicht auf den Bildschirm bekam.

Queen Mum Slash Elsa Beerendonk sah aus, als hätte sie den Leibhaftigen gesehen – aber sie war nur halb so überrascht wie ihre Tochter.

»Estou?«, rief Margot auf der anderen Seite des Bildschirms, »Mama, bist *tatsächlich* du das?«

»Du liebes Bisschen, das grenzt ja an Zauberei!«, flüsterte Elsa Beerendonk. Sie hielt sich die Hände an die geröteten Backen und lachte.

»Oder sind wir schon so weit in der Zukunft? Bin ich wirklich sooo alt?«

Fred machte eine rollende Handbewegung. Na los!

Queen Mum betrachtete die Notebook-Tastatur, als gelte es, ein Raumschiff zu starten.

»Wo soll ich drücken?«

»Sie müssen nur reden.«

Schließlich holte sie tief Luft und sagte im »Houston, bitte kommen«-Tonfall: »Guten Abend, mein Kind. Hier ist deine Mutter!«

»Avó«, rief das ungefähr 50 Jahre alte Kind und schlug sich mit den Händen auf die Wangen. »É um milagre!«

Elsa Beerendonk verfolgte ihre zweidimensionale Tochter wie eine wundersame Fernsehsendung.

»Hier ist alles in Ordnung«, sagte sie mit fester Stimme, während Margot aufgeregt durchs Bild sprang.

»Catarina! Miguel! É para já. …«

Die Enkel, die ihn nun ebenfalls aus dem Bildschirm anschauten, mussten mindestens schon an der Uni sein, und sie kifften wahrscheinlich lieber, als Blockflöte zu spielen. Aber Frau Beerendonk rief immer wieder: »Meine Süßen, meine Süßen!«, als wären es kleine Kinder, und hopste dabei ein paar Millimeter auf ihrem Stuhl auf und ab.

»Wer ist denn der junge Typ hinter dir?«, wollte die Enkelin Catarina wissen.

Frau Beerendonk überlegte einen Moment, dann rief sie schrill: »Das ist mein neuer Freund«, woraufhin die Station 4 geschlossen in grenzhysterisches Gelächter ausbrach und Fred so dunkelrot anlief wie die Schattenmorellen in ihren Kuchen.

»Ihr Gspusi!«, rief der Würger, um noch einen draufzusetzen, »Feinsliebchen«, prustete jemand, und sie fanden noch eine ganze Reihe nostalgischer Synonyme für »Freund«.

»Jetzt mal im Ernst«, sagte Catarina schließlich.

»Wer ist das?«

»Das ist nur mein Mitbewohner, Liebes«, sagte ihre Oma.

»*Solche* Mitbewohner gibt's in deinem Altenheim?«, rief Catarina. »Ich glaub, ich komm dich mal wieder besuchen!«

»Herr Berg hat euch in seinem ... Apparat gefunden«, erklärte ihre Großmutter. »Er ist ein richtiger Engel.«

Fred musste so idiotisch lächeln, wie es ihm bei kitschiger Werbung zwischen den Wirtschaftsnews manchmal passierte. Er hatte in seinem Leben ja schon einiges an Komplimenten kassiert: Als harter Hund war er bezeichnet worden, als Highest Potential, und neulich erst hatte Oppermeier ihn liebevoll als sein »bestes Pferd im Stall« bezeichnet. Das war natürlich rührend von ihm gewesen. Aber *Engel* hatte ihn wirklich noch keiner genannt.

Er ging schnell eine rauchen. Auf dem Weg zu seinem Apartment machte es *Bing!*, und Fred sah zum Lift hinüber. In der Schiebetür stand der Mann vom Minigolfplatz und glotzte ihn an. Als ihn Freds Blick traf, schlug er panisch auf die Knöpfe, und die Metalltür schloss sich. Fred stach auf den Lift zu und drückte den »Notfall«-Knopf. Eine durchdringende Sirene heulte los, man hörte die Lifttür auf einem anderen Stockwerk aufgehen und eilige Schritte. Aus dem Treppenhaus tönte lautes Getrampel.

Scheiße. War das nur ein aggressiver, die Privatsphäre missachtender Headhunter – oder musste man sich Sorgen machen? Egal. Fred fühlte sich nicht in der Verfassung, das jetzt mit einer Verfolgungsjagd durch die Gänge des Altenheims herauszufinden.

Als Margot Beerendonk sich nicht nur bei ihrer Mutter verabschiedet hatte, sondern auch bei Fred, den anderen

Bewohnern von Station 4 und schließlich der Pflegepraktikantin Sylvie, die Georg Gruber seine Citalopram brachte, klappte Frederik das Notebook zusammen – und spürte die sehnsüchtigen Blicke der anderen Heimbewohner. Sie sahen seinen Computer an wie ein Schatzkästchen, das gerade vor ihrer Nase verschlossen worden war.

»Na gut«, seufzte er also. »Einer noch.«

Die 103-Jährige wusste ihren Nachnamen nicht auf Anhieb, weshalb Fred diskret auf dem Etikett ihrer Strickjacke nachsah. »Frau Mauerbier« stand dort in dünner Edding-Schrift. Der Vorname ihres Sohnes dagegen kam wie aus der Pistole geschossen, und Fred fand Hannos Kontakt ziemlich schnell. Allerdings war bei dieser Familienzusammenführung nicht alles nur Friede und Freude. Hanno, freilich selbst schon ein Opa, hatte heute Morgen einen alarmierenden Anruf vom Heimarzt Dr. Mankel bekommen.

»Mama, wie ich höre, hast du keinerlei Probleme mehr mit dem Laufen. Sagt euer Arzt.«

»Hab ich auch nicht«, rief sie stolz.

»Aber du bekommst kaum einen Fuß vor den anderen, wenn wir spazieren gehen!«, rief ihr Sohn aufgeregt.

»Und dann machst du ausgerechnet, wenn er dich wegen der Pflegestufe untersucht, auf junges Mädchen? Er sagt, du bist sogar gehüpft!«

Sie lachte stolz, und die anderen Senioren nickten anerkennend.

»Mama, kannst du dir so was nicht für unsere Spaziergänge aufheben – und bei der Untersuchung ein bisschen humpeln? Das machst du …«

Aber die Rentnerin hatte vorhin gut aufgepasst und klappte – mitten im Satz ihres Sohnes – das Notebook zu.

»Ach hör mir doch auf!«, schickte sie trotzig hinterher.

Wenig später streichelte Frau Rody über das Bildschirm-Gesicht ihrer kaugummikauenden Urenkelin, und die Familie des Würgers war während der fernmündlichen Kommunikation mit ihrem Großvater sichtlich entspannter als beim letzten Besuch vor Ort. Auf beiden Seiten des Bildschirms flossen ein paar Tränen, und der Bankmanager ging noch zwei Mal verschämt zum Rauchen auf seinen Balkon. Den Laptop ließ er solange einfach bei den Alten zurück: In der Seniorenresidenz brauchte man wenigstens keine Angst zu haben, dass jemand sich in sein Internetbanking hackte oder in Onlineshops irgendwas bestellte. Beim Rauchen dachte Fred, dass er sich gar nicht mehr so jammerlappig fühlte.

Sie skypten noch so lange, bis alle Bewohner von Station 4 ihre Familien gesehen hatten. Ausgerechnet Georg Gruber musste Fred erst überreden, sich an den Bildschirm zu setzen: Seine Kinder gingen ihm manchmal auf die Nerven mit ihren dauernden Besuchen und ihren Anrufen rund um die Uhr, und offenbar wollte er keinen neuen Kanal für ihre Fürsorglichkeit.

Seine jüngste Tochter war außer sich vor Freude.

»Papa, das ist phantastisch. Da können wir uns jetzt jeden Tag mehrfach sehen!«

Gruber rollte mit den Augen.

»Laangsam, Marliss. Ihr wisst doch, dass ich sehr beschäftigt bin.«

»Planst du etwa wieder die ganze Zeit deine Beerdigung? Wir hatten doch darüber gesprochen, Papa.«

»Es macht mir eben Freude«, brummte Gruber.

»Wer ist denn dieser junge Mann im Hintergrund?«

Fred straffte seinen Rücken, bevor er sich vorstellte.

»Frederik Berg, Senior Manager MyMoney. Alles gut bei Ihnen?«

»Das ist mein Mitbewohner«, unterbrach ihn Gruber und rückte den Laptop zu sich.

Seine Tochter guckte misstrauisch vom Bildschirm.

»Dein Mitbewohner?«

»Genau. Er ist hier, weil er ein bisschen …«

Gruber strich sich diskret mit einem Finger über die Stirn.

»Eigentlich sieht der ganz fit aus«, entgegnete Marliss.

Fred fühlte sich beäugt wie auf dem Pferdemarkt. Aber Georg Gruber klappte bereits den Laptop zu und winkte seiner Tochter zum Abschied wie durch eine sich schließende Tür.

Als Fred etwas später seine Zimmertür öffnete, hörte er neben sich ein ganz ähnliches Klackern: Eine Pflegerin machte für Queen Mum die Tür auf. Sein Wohnbüro lag ja direkt neben ihrem Apartment.

»Sie sind also nicht der Doktor, oder?«, fragte Elsa Beerendonk von der Seite.

Fred schüttelte den Kopf.

»Darf ich Sie trotzdem auf ein Schlückchen Eierlikör zu mir einladen?«

Die Pflegerin grinste, und Fred betrachtete angestrengt seine Schuhe. Hoffentlich war ihr das nicht zu Kopf gestiegen, was ihre Enkelin da vorhin gesagt hatte …

»Tja, ich weiß nicht«, murmelte er. »Ich hab noch einen Haufen …«

Er deutete vage auf seine Zimmertür, wusste aber selbst nicht, worauf er hinauswollte.

»Na«, flötete seine weißhaarige Mitbewohnerin, »ein Schlückchen können Sie mir doch nicht verwehren!«

Fred deutete abermals auf die Tür des Wohnbüros.

»Also es …« Doch der Rest seines Satzes verpuffte.

»Na gut, aber nur ein Schlückchen.«

Ein Schritt in ihr Apartment – und Fred schrumpfte um zwei Köpfe und hatte wieder seine blaue Nickelbrille auf der Nase. Er war der Grundschüler Fred, der in das mit schweren weichen Stoffen und Nippes beladene Wohnzimmer seiner Omima trat. Auf einem Rosenmuster-Teppich standen sich ein altrosa Samtsofa und ein einsamer blauer Ohrensessel gegenüber, die samt Kissen und Troddeln schon ein wenig abgewetzt waren, dazwischen ein Kaffeetischchen aus dunkler Eiche. Auf der Tapete rankte schnörkeliges Regencymuster. Nicht nur der heilige Ambrosius schien ihn hier anzusehen: Aus einem silbernen Rahmen am Fensterbrett guckte ein junger Mann in Schwarzweiß, mit Hornbrille und schnurgeradem Seitenscheitel; von den Wänden strahlte ein Pulk nachkolorierter junger Frauen in Kragenkleidern; und von der Fensterbank glotzten ihn zwei Porzellanhunde an, als warteten sie auf Input.

Am liebsten wollte Fred seinen Schulranzen abstellen und sofort einen Keks essen. Aber er war nun mal kein Grundschüler mehr, sondern 34 Jahre alt und Senior Manager. Also deutete er mit zukunftsweisender Attitüde zum Fensterbrett und bemerkte: »Schöne Schneekugel haben Sie da.«

»Oh!«, machte sie und nahm die Kugel vorsichtig in die Hand. »Die ist aus Bad Gastein. Alfons hat sie mir damals kurz nach der Hochzeit geschenkt.«

Unter der kleinen Glaskuppel hielt sich ein Puppenpärchen in Salzburger Tracht an den Händen und sah durch die Scheibe zu Fred und Elsa Beerendonk heraus. Queen Mums Augen wurden glasig.

»Mal schneit es darin, mal nicht, wissen Sie?«

Fred nickte.

»Aber die zwei stehen immer beisammen, nie geht einer von ihnen einfach weg, fuhr sie fort.«

In der Schneekugel gab es ein kleines Gestöber, und Elsa Beerendonk lächelte hinein.

»Du liebes Bisschen«, sagte sie, und stellte die Kugel weg.

»In dem Spiegelbild seh ich ja aus wie meine eigene Großmutter!«

Empört schüttelte sie den Kopf – und Fred fiel auch nichts Tröstendes dazu ein. Sie war eben uralt! Aber das sagte er jetzt lieber nicht.

»Und ich törichtes altes Ding habe Ihnen noch gar nichts angeboten.«

Freds Mitbewohnerin drückte ihm die Schneekugel in die Hand und sah sich unschlüssig um.

»Ja, wo hab ich sie denn hin, diese kleinen Gläschen.«

Langsam ging sie hinüber ins Schlafzimmer und kam eine ganze Weile nicht heraus.

»Vielleicht in der Küche?«, rief Fred vorsichtig hinüber.

Der Omima-Lookalike suchte noch in der Kochnische, im Flur und im Bad und ging dann auf die Klingel zu.

»Am besten, ich rufe einen Pfleger. Dieser nette Micha ist wieder aus seinem Urlaub zurück. Der soll uns zwei Gläschen bringen.«

Fred ließ beinah die Schneekugel fallen.

»Micha?«, rief er hektisch. »Micha mit Locken?«

Mit dem Finger machte er kleine Kreise über seinem Kopf. Frau Beerendonk nickte treuherzig und streckte ihren Arm nach der Klingel.

»Nein, niiicht!«, rief Fred.

Er war aufgesprungen und sah sich hektisch um.

»Wir finden schon was! Wir brauchen Micha gar nicht!«

Warum hatte er nicht einkalkuliert, dass das hier möglicherweise Michas Altenheim war? Ja, es musste sein alter Mitschüler sein – so viele Michas, die im Altenheim lebten, Locken hatten und monatelang Urlaub machten, konnte es rein statistisch gar nicht geben, das hatte Fred kurz überschlagen.

Auf gar keinen Fall durfte Micha ihn hier erwischen. Ach du Scheiße, würde ihm das beim Jahrgangstreffen auf die Füße fallen …

In einem Setzkasten hinter der Tür entdeckte Fred zwei alte Fingerhüte, die seit einem Jahrhundert dort stehen mussten und bereits fluffige Staubkappen gesammelt hatten.

»Wir brauchen Micha nicht«, rief er noch mal und riss die Fingerhüte samt Spinnweben aus ihrem Miniatur-Verschlag.

»Wir können doch *daraus* trinken!«

Frau Beerendonk klatschte in die Hände: »Sie sind mir einer, junger Mann! Das ist ja eine ganz bezaubernde Idee!«

Dann drückte sie den roten Knopf.

Fred ließ die Fingerhüte auf den Teppich fallen. Er überschlug seine Fluchtmöglichkeiten, aber es dauerte nicht mal eine Minute, bis die vertraut beschwingten Schritte im Flur zu hören waren. Er saß in der Falle. Ein Klopfen: Fred sprang in den nächstbesten Ohrensessel und machte sich flach.

Mit einem Quietschen ging die Tür auf, aber nur halb, und Micha streckte seinen gutgelaunten Lockenkopf herein.

»Alles klar, Frau Beerendonk?«

Frau Beerendonk lächelte den Pfleger selig an.

»Micha, wir bräuchten hier zwei Schnapsgläschen.«

Fred saß gerade noch in Michas totem Winkel hinter der Tür und atmete unauffällig. Mit eingezogenem Bauch, die Beine seitlich über der Armlehne, stemmte er sich rücklings ins Polster und verzichtete vorübergehend auf das Atmen. Es konnten nur wenige Zentimeter sein, die er außerhalb von Michas Sichtfeld war. Die Lockenspitzen wippten schon gefährlich hinter der Tür hervor.

»Wir, Frau Beerendonk?«, scherzte Micha. »Haben Sie etwa Herrenbesuch?«

Fred versuchte nun, ganz im Sessel zu verschwinden.

»Der nette Herr Berg von nebenan ist hier«, flötete sie.

Die Tür flog vollständig auf, und sein Klassenkamerad stand im Zimmer. Mit riesigen runden Augen sah er ihn an.

»Fred?«

»Hey«, sagte Fred so lässig, wie es mit angewinkelten Armen, verrenkten Beinen und eingezogenem Bauch ging.

»Was geht ab?«

Micha legte den Kopf schräg und hob die Hände – zum Zeichen, dass bei ihm wie immer alles super war – und grinste.

Frau Beerendonk dagegen wirkte besorgt: »Was winden Sie sich denn so in Ihrem Sessel?«

»Ich schau mir den Setzkasten an«, entgegnete Fred und deutete auf die irre Schnörkel-Tapete neben sich.

»Sie sollten sich etwas gerader halten …«, sagte sie und

nahm selbst die Schultern zurück. »Schauen Sie, wie aufrecht Micha steht.«

In Freds Anspannung mischte sich Eifersucht: Während er selbst bei Queen Mum immer wieder bei null anfing, hatte Micha einen sicheren Platz in ihrem Gedächtnis, oder wie?

Sein ehemaliger Mitschüler grinste von einer Kotelette zur anderen.

»Fre-de-rik Berg«, sagte er und betonte jede Silbe. »So sieht man sich wieder – du wohnst in meinem Altenheim.«

»Der Bub und ich wollten gerade ein Gläschen Eierlikör nehmen«, sagte Frau Beerendonk. »Es war eine Frage des Anstands, ihn noch herein zu bitten. Er hat mir neulich Strümpfe geschenkt!«

Es sah mittlerweile ungesund aus, wie weit Micha die Augen aufgerissen hatte – Fred hatte seine Beute vom Quizabend völlig vergessen, die er ihr neulich überlassen hatte.

»Tja, aber die Gläser«, sagte Queen Mum und ging, erneut suchend, ins Bad.

Micha setzte sich auf die Armlehne der Couch. Er schien das Grinsen gar nicht mehr vom Gesicht zu bekommen.

»So sieht man sich wieder«, wiederholte er und tätschelte den Samtbezug. »Na hoffen wir, dass du lange fit bleibst und ich dich nie waschen muss. Oder dir die Bettpfanne bringen. Oder …«

»Ich fühl mich bestens«, presste Fred hervor und sprang aus dem Sessel.

Die Vision, wie Micha ihn beim Sitztanzen oder in der Wassergymnastik überraschte, war furchtbar genug.

»Und jetzt nimmst du hier einen Absacker mit einer Achtzigjährigen …«, bohrte Micha weiter.

»Einer *Fast*-Achtzigjährigen«, korrigierte Fred. »Frau Beerendonk ist 79.«

»Keine Sorge, ich sammle nur Futter für meinen Blog«, sagte Micha und lehnte sich zufrieden gegen das Sofa. Oh damn, es hätte Fred auch gewundert, wenn Micha nicht gebloggt hätte. Er konnte sich bildlich vorstellen, wie der Altenpfleger abends in seinem VW-Bus mit Peace-Zeichen saß, das Surfbrett noch unterm Arm, und an einem überholten Laptop Klischees über Wellen und Sonnenuntergänge bloggte. Vielleicht war das dräuende Jahrgangstreffen nur ein winzig kleines Kollateral-Übel, dachte Fred, gemessen an dem Schaden, den Micha im Netz anrichten konnte.

Er kniff die Augen zusammen und versuchte, den alten Schulfreund mit seinem Konferenzblick einzuschüchtern.

»Wenn ich ein Wort davon in deinem Blog lese …«

Micha wackelte mit dem Kopf, als könne er das nicht so leichtfertig entscheiden, nickte dann aber großzügig.

»Ich werde es so gut es geht aussparen«, sagte er. »Unter einer Bedingung: Du kommst zum Klassentreffen.«

Fred wackelte mit dem Kopf, als könne er das nicht so leichtfertig entscheiden.

»Und was diese Strumpfhosen angeht …«, murmelte er.

Micha kam näher und klopfte ihm auf den Rücken.

»Kenn ich doch. Das ist unser Standardgewinn beim Quiz.«

Standardgewinn?

»Also, eigentlich war das ja der erste Preis!«, sagte Fred gekränkt.

Micha lachte nachsichtig.

»Frau Beerendonk ist ein feiner Kerl«, sagte er, »und ich wünsch euch noch 'nen schönen Abend. Würd gern einen mittrinken – aber ich arbeite noch zwei Stunden ...«

Er verdrehte die Augen.

Als Micha die Gläschen gebracht und sie mit dem Eierlikör allein gelassen hatte, wurde Fred wieder ruhiger – und Frau Beerendonk melancholisch.

»Eins kann ich Ihnen sagen, junger Mann: Ein ganzer *Wasserfall* aus Eierlikör kann einen nicht dafür trösten, dass man alt wird. Furchtbar ist das! Furchtbar lästig!«

Mit wackliger Hand begann sie, ihrem Gast einzuschenken, doch Fred nahm ihr die Flasche ab und befüllte die Gläschen selbst.

»Aber es ist doch ein Privileg, alt zu werden«, sagte er nach dem ersten Likör. »Nicht jeder schafft das.«

Er schenkte sich noch mal ein.

»Meine Oma war sehr gern eine Oma. Glaube ich jedenfalls. Sie hat auch in einem Altenheim gelebt.«

Fred hatte damals öfter Stress gehabt – mit dem schulischen Workload, den Lehrern, den anderen Kindern, eigentlich mit allem. Aber wenn er auf dem Nachhauseweg seine Omima besuchte, wurde das Leben zu einem für ihn maßgeschneiderten Ponyhof – ohne Ponys, aber mit allen möglichen Annehmlichkeiten. Selbst wenn Fred rülpste, schwang Omima zwar mahnend den Zeigefinger, lachte aber dazu, als meinte sie eigentlich »Toll gemacht!«. Fred hatte schon damals als Grundschüler geahnt, dass das pädagogisch nicht besonders wertvoll war. Aber es bescherte ihm auch ein watteweiches Gefühl in der Magengegend. Dazu gab es Kekse, Orangenlimonade in braunen Glasflaschen und irre Geschichten aus Omimas Tanzcafé-Zeit.

»Omima hat mir sogar heimlich in der Schule geholfen«, erzählte er Frau Beerendonk.

Sie klatschte vor Freude in die Hände.

Scheiße, hoffentlich gab er hier nicht zu viel preis – am Schluss erkannte man ihm wegen Unterschleifs noch das Zeugnis der zweiten Klasse ab. Aber der Eierlikör schmierte seine Sätze, und Fred erzählte mittlerweile schneller, als er sich selbst zensieren konnte.

»Es hat mit so einem Topflappen für ›Textiles Werken‹ angefangen. Also, ein paar Schlaufen hab ich schon selbst gehäkelt – Ehrensache. Aber der Rest war von ihr. Sie hat extra ein paar typische Anfängerfehler reingemacht, damit's nicht so auffällt.«

Irgendwann hatte Omima auch kleinere Hausaufgaben für ihn übernommen, Aufsätze mit alten Worten und genauso einer krakeligen Schrift wie seiner, und lange Zeit hatte niemand auch nur den leisesten Schimmer von ihrem Arrangement. Das System klappte hervorragend – bis zu jener Kaffeefahrt …

»Das ist aber hübsch!«, rief Elsa Beerendonk mit glühenden Backen. »Ich wünschte, meine Enkel könnten mich auf dem Schulweg besuchen oder ich dürfte für sie Topflappen häkeln.«

Sie deutete zu der Eichenanrichte. Bunte Strand-Postkarten standen dort um Kinderfotos von Catarina und Miguel Spalier.

»Muss man denn heute so weit wegziehen von zu Haus, junger Mann?«

Die Porzellanhunde sahen sie fragend an.

Fred stellte sein Eierlikör-Glas ab.

»So viel weiß ich vom Leben heutzutage auch noch nicht. Aber wenn Sie möchten, können wir ja mal wieder mit Ihren Enkeln skypen, also: an diesem Apparat mit ihnen telefonieren, so wie vorhin.«

Omima strahlte.

16 Kaffeefahrt mit Männerstrip

Mit Agata, sechs Senioren und einer gelangweilten Schülerpraktikantin war Fred an einem dezent sonnigen Samstagnachmittag auf Kaffeefahrt, so wie er es Agata vor über einem Monat versprochen hatte. Aus der Bus-Stereoanlage brummte »Wir lagen vor Madagaskar«, draußen zog ein Mosaik grüngelber Felder vorbei. Aber Frederik verfolgte die Route des Kleinbusses – Zielort: Batzing – lieber auf seinem Smartphone.

Agata döste neben dem Senior Manager, und im Sitzpolster hinter ihnen spielte Herr Böhmisch auf seinem Tablet. Extra für die Kaffeefahrt hatte Fred ihm eine Fischteich-App installiert: Die Finger des Würgers klopften auf einen Schwarm schillernder Fische ein, die darauf lustig auseinanderstieben. Er lachte glucksend. Georg Gruber ließ seine Hände derweil in Zeitlupe durch die stickige Bus-Luft gleiten. Aus dem Tablet auf seinen Knien drangen die leisen Anweisungen eines chinesischen Lehrmeisters, denen er mit geschlossenen Augen folgte. Den virtuellen Kurs »Tai-Chi for Seniors« hatte Frederik ihm zur Verbesserung seiner Balance hochgeladen.

Überhaupt hatte Fred im Heim ein kleines Renommee als Flimmerkastengott erlangt: Er ließ die Senioren an seinen Smartphones und Tablets spielen, recherchierte am Computer günstige Rentenkonten und hatte für Elsa Beerendonk eine Demenz-App auf einem alten Handy installiert. Mit dem kleinen Gerät in der Bügeltasche konnte sie jetzt auch mal alleine hinüber zum Ententeich spazieren – und vom Pflegepersonal geortet werden, falls sie den Heimweg nicht mehr fand. Ihre Tochter hatte dafür eine Einwilligungserklärung aus Portugal schicken müssen.

Gerade reichte Elsa Beerendonk ihm von vorne einen Keks. Auch Frau Rody lehnte sich mit ihrem Peterle zu Fred herüber.

»Nicht wahr, unser junger Mitbewohner ist ein richtiges Schleckermäulchen?«

Sie kniff ihm sanft in die Wange, schüttelte sich vor Entzücken und rief: »Und du *bist* auch so ein netter Junge!«

Fred lächelte verschämt. Es war lange her, seit ihn jemand allen Ernstes als »nett« bezeichnet hatte. Vielleicht würde er doch noch eine Weile in St. Ambrosius wohnen bleiben – obwohl er seine Beförderung jetzt ja hatte.

Von ganz hinten hörte man die Wankels ein paar Takte zanken, bevor sie in vertrautes Getuschel verfielen. Fred sah sich zu ihnen um. Sie saßen dort neben Paul-Antons Rollstuhl und beugten sich gerade über das alte Smartphone, auf dem Fred ein Osteoporose-Tutorium für ihn installiert hatte: ein Dutzend Übungen vom »Armöffner« bis zum »Wanddrücker«, die Herr Wankel jetzt auch alleine oder unter Thereses Ägide üben konnte.

»In der *Adel aktuell* schreiben sie es übrigens auch«, sagte Queen Mum, die bei der Kaffeefahrt ein pastellblaues Hütchen mit Netz trug und heute besonders royal aussah.

»Mhm?«, machte Fred mit vollem Mund.

»Das, was der kleine Hund von Frau Rody prophezeit hat«, fuhr sie fort. »Dass einer von uns stirbt.«

Fred wunderte sich, dass sie das noch wusste. Sie kramte in ihrer Tasche und zog eine zerknitterte Zeitschrift heraus. Zunächst blätterte sie ein bisschen darin herum.

»Da.«

Mit zitterndem Finger deutete sie auf die Rubrik »Ihre Astrowoche«. Fred seufzte.

»Das ist doch Unsinn.«

Er überflog die Horoskop-Seite – »Löwe: Sie sind voller Lebensfreude, aber auch ziemlich aggressiv«..., »Skorpion: Ohne Fleiß kein Preis«..., »Widder: Sie machen eine Begegnung« – und setzte sich kerzengerade auf. Tatsächlich. Zwischen lauter schwammigen Andeutungen, die sich in jede Himmelsrichtung auslegen ließen, stand in der Schützen-Passage für diesen Monat klar und deutlich: »Jemand stirbt«.

Und Fred war Schütze.

Er schluckte – und sagte: »Das nehmen Sie aber doch bitte nicht ernst. Da hat sich irgendjemand einen ziemlich gemeinen Spaß gemacht.«

»Meinen Sie?«

»Ja. Schauen Sie mal, das ist doch auch gar keine ernstzunehmende Wahrsagerin.«

Er deutete auf die Seite. Neben den Sternzeichen guckte eine barbiehafte junge Frau in eine Glaskugel.

»Also eine echte Wahrsagerin sieht für mich anders aus«, befand Fred. »Eher mit Warzen, roten Haaren und Nasenringen.«

Da musste Frau Beerendonk ihm rechtgeben, und Fred bekam noch einen Keks.

Kauend schloss er die Augen und versuchte, sich während der Kaffeefahrt trotz allem zu entspannen. Aber gerade da öffnete Agata die Augen unter ihren Tuschebalken.

»Ich hab gehört, du kennst Micha!«, sagte sie von der Seite. »So ein Zufall, was? Da ziehst du ins Altenheim –

und triffst alte Schulfreunde. Er ist 'ne total durchgeknallte Socke, oder?«

Sie lachte so freundlich, dass es Frederik schon wieder ärgerte. Warum konnte sie nicht einfach sagen, dass Micha durchgeknallt war, ohne dabei zu lachen? Er *war* durchgeknallt: Der Mann ging mehrere Monate im Jahr freiwillig nicht arbeiten! Durchgeknallter ging's eigentlich nicht.

Zum Glück erreichte der Kleinbus gerade das Café Lotti, und das Gespräch über Super-Micha war fürs Erste beendet. Es dauerte ein wenig, bis alle Senioren aus dem Bus waren und Paul-Antons Rollstuhl die Laderampe überquert hatte.

Um ihre Schrittzähler vollzukriegen, gingen außer den Wankels alle noch im Dorf spazieren. In Zeitlupe liefen sie über den Kirchplatz, und Fred ragte in seinem Anzug wie ein feingemachter Schafhirte aus dem Pulk weißer Schöpfe. Der Sandsteinbrunnen nahe der Kirche war von Jugendlichen umlungert. Als sie Fred und seine kleine Herde erblickten, zogen sie ihre Handys heraus und machten ein paar Fotos.

Das gemächliche Tempo kam Fred zupass; er war in letzter Zeit ein bisschen bequem geworden, langsamer irgendwie. Zwischendurch unterhielt er sich ganz passabel mit Agata – über Freizeitsachen. Sie bekam bestimmt mit, dass er im Filmfach nicht so firm war – aber ins Kino hatte Fred es ungefähr seit dem Abitur nicht mehr geschafft. Eigentlich kannte er sich nur mit »Ein Colt für alle Fälle« aus, und jede schmale blonde Schauspielerin, die irgendwo von einem Plakat lächelte, war für ihn automatisch Heather Thomas.

Als Grundschüler hatte Fred fast keine Folge der Fernsehserie verpasst: Er war stets für Colt Sievers gewesen, seine Omima für den hübschen Howie Munson. Sie hatten die Abspannmelodie mitgeschmettert und die Running Gags der Serie meilenweit vorausgesagt. Und, na ja, vielleicht war Frederik in puncto Freizeitwissen seither ein bisschen auf der Stelle getreten, während er sich auf der beruflichen Spur rasant weiterentwickelt hatte.

»Wenn ich was mit Anspruch sehen will«, sagte er zu Agata, »dann lad ich mir auch mal einen Bud-Spencer-Film runter.«

Wieder dieses Lachen, wo doch eigentlich keines nötig war. Aber Agata schwadronierte weiter mit ihm über die winzige Auswahl an Achtziger-Jahre-Filmen, die ihm geläufig war. Fred ertappte sich dabei, dass er während der ganzen Kaffeefahrt noch nicht ein einziges Mal an MyMoney oder Leni gedacht hatte. Fast erschrak er dabei.

Es war nicht leicht, sich in Batzing zu verlaufen, aber die kleine Reisegruppe schaffte es doch. Irgendwann standen sie genau hinter dem Rosengarten, der zum Café Lotti führte, wo die mit Rindenmulch bedeckten Beete von einem verdächtig nach Kuhzaun aussehenden Draht umkränzt waren. Die Schülerpraktikantin tippte ihn kurz an, machte »Ffff« und riss ihre Hand hoch.

Agata seufzte.

»Na gut, gehen wir eben außen rum«, sagte sie und begann mit der erschöpften Queen Mum am Arm eine Halse. »Bitte seien Sie vorsichtig an der Straße!«

Aber Georg Gruber dachte gar nicht daran, einen Umweg zu nehmen. Er manövrierte seinen Rollator direkt neben den Zaun.

»Unsinn, Kinder, wir gehen hier durch. Ich will endlich meinen Kuchen!«

Er ließ sich auf das Sitzbrett sinken, packte den lasch durchhängenden Elektrozaun mit der bloßen Hand und hielt ihn hoch.

»Um Himmels willen, Herr Gruber! Nein!«

Agata klammerte sich vor Schreck an Queen Mums Arm.

»Lassen Sie los! Sie kippen mir hier noch um!«

Aber Gruber machte ein unbeeindrucktes Gesicht, während sein Arm im Takt der Stromschläge zuckte.

»Je eher ihr hier durch seid«, brummte er, »desto eher lass ich los.«

Agata und Frau Beerendonk sahen ihn noch immer mit simultan-entsetzten Gesichtern an, also duckte Fred sich als Erster und kroch unter Grubers wackelnder Hand hindurch. Die Alten ließen noch einen klammen Moment verstreichen, bevor sie ihm, so schnell ihre zittrigen Beine es mitmachten, in das Rosenbeet folgten. Besonders ducken mussten sie sich ob ihrer geringen Körpergröße ohnehin nicht, und die runden Rücken taten ein Übriges. Gruber hielt derweil mit stoischem Lächeln den Elektrozaun in die Höhe. Als alle Kaffeefahrer ins Blumenbeet hinüber gestiegen waren, bückten sich auch noch Agata und Queen Mum unter dem Draht hindurch.

»Und jetzt lassen Sie den Zaun los!«, brüllte die Pflegerin.

Georg Gruber hatte mindestens zwei Dutzend Stromschläge abbekommen. Sein stoisches Lächeln war verflogen, doch irgendwie musste er ja selbst noch unter dem Kuhzaun hindurch. Also machte er sich daran, den Rollator unter seinem zuckenden Arm hindurchzuschieben. Aber trotz Features wie Kantenabweiser und Ankipphilfe – für Rindenmulch war die Gehhilfe einfach nicht ausgelegt. Schorschs Haare standen mittlerweile leicht ab, und als sein dichter weißer Iro das Metall über sich berührte, schloss er kurz die Augen. Eine der alten Frauen machte ein wimmerndes Geräusch.

Fred hatte es nicht bewusst entschieden, aber im nächsten Moment stand er neben Gruber, hielt den Zaun selbst in der Hand und zog ihn so weit über dem Rentner hoch, wie es nur irgendwie ging. Dabei fing er sich einen Ganzkörper-Stromschlag, der von oben bis unten durch ihn hindurch patschte. Und noch einen. Und noch einen …

Immerhin hatte Gruber den Zaun dabei endlich losgelassen. Er öffnete den Mund, bereit zum Protest, schubste den Rollator aber schließlich mit einem Ruck auf die andere Seite. Agata war sofort bei ihm und begann, seinen Puls zu messen.

Noch ein Stromschlag, dann sprang Fred zwei Meter vom Zaun weg und ließ sich neben einem Rosenstock in die gehäckselte Baumrinde sinken.

»Nie wieder«, schnaufte er und lockerte seinen Hemdkragen. »Nie wieder geh ich auf eine Kaffeefahrt!«

Er betrachtete die Rosenblätter.

Das alles erinnerte ihn an diese hochpreisigen Manager-Seminare; man lief draußen herum, bewältigte kleinere Aufgaben und trug legere Klamotten, hatte aber kein rechtes Ziel dabei.

»Es geht um das große Ganze«, hatte der Coach beim letzten Teamworkshop gesagt. »Wer seid ihr? Wo steht ihr im Team? Was treibt euch an?«

Alle waren sie im Wald herumgelaufen, ganz ohne Businessanzüge und nur in Freizeitklamotten, also praktisch nackt. Sie waren auf Baumstämmen balanciert, hatten einander über kleine Bäche geholfen und in der Wildnis etwas Ekliges zu Essen aufgetrieben. Als vertrauensbildende Maßnahme war ihm sogar an die Ohren gefasst worden! Manchmal war Fred bei diesen Seminaren der Verdacht gekommen, dass sogar die Arbeit selbst ihn jetzt vom Arbeiten abhielt.

Im Rosengarten aber dufteten schon ein paar Frühblüher, die Sonne schien, und überhaupt war die Welt hier draußen so ganz anders als ... im Office. Vielleicht lag es an der neuen Bulgari-Sonnenbrille oder auch an den Stromschlägen vom Kuhzaun, aber die Blumen und Gräser wirkten fast übertrieben bunt, und als sie schließlich weitergingen, kam es Fred so vor, als spaziere er durch einen heftig nachkolorierten Heimatfilm.

Das »Lotti« passte so gut in diesen Heimatfilm wie das Weiße Rössl an den Wolfgangsee – und entpuppte sich als gastronomischer Antipol zur Espressobar bei K&S. Statt Espresso macchiato aus dem Edelstahl-Automaten gab es hier Filterkaffee, statt Deckenspots Lampenschirme, statt Donuts schwülstige Torten. Und statt auf der Dachterrasse, wie im Bankhaus, fand das Kaffeetrinken im Lotti in einer Art Indoor-Bauerngarten statt, zwischen Kräutertöpfen, Lavendel und Rosenstämmchen.

Für den Altenheim-Trupp war ein großer ovaler Eichentisch mit Spitzendecke reserviert, der von Lotti höchstselbst bedient wurde, einer kompakten kleinen Frau mit Haardutt und weißer Schürze. Der Bankmanager platzierte sich zwischen Agata und Frau Mauerbier, die er um mindestens drei Köpfe überragte; gegenüber saß die Praktikantin, die Frau Beerendonk gerade noch den Stuhl zurechtschob und anschließend ihr Berichtsheft aufschlug. Mit ihren Steckenärmchen erinnerte sie Fred an Colt und Howie.

Ein Piepsen, und Georg Gruber kramte das Uralt-Handy aus der Hosentasche, das Fred ihm überlassen hatte. Die Schrift war riesig groß eingestellt, so dass er die Erinnerung selbst lesen konnte.

»Wird Zeit für mein Citalopram«, murmelte er und zog ein Pillendöschen aus der Hosentasche.

»Seit dein Dings da mich dran erinnert, Junior, ist es wirklich besser mit dem Gleichgewicht.«

Er nickte Fred anerkennend zu und zwang eine hautfarbene Tablette hinunter.

Aber Fred, der mit der Gabel gerade eine Dosenmandarine von seiner Torte pulte, musste abgrundtief seufzen. Ihm war von seinem Handy gerade gehörig der Appetit verdorben worden.

»zum letzten mal: nein, fred«, hatte Leni geschrieben.

»Schmeckt der Kuchen nicht, junger Mann«, fragte der Jackettklauer Otto Weirauch und musterte die Mandarinenrolle auf Frederiks Teller.

Aber Fred wischte sich entschieden übers Gesicht.

»Nein, nein, der Kuchen ist in Ordnung.«

»Worüber zerbrichst du dir dann deinen hübschen Kopf?«, fragte Frau Mauerbier mit kratzigem Stimmchen.

Wenn sie so dicht neben Fred saß, musste sie schon abenteuerlich den Hals verbiegen, um zu ihm hoch zu sehen.

»Über nichts«, sagte er. »Nichts.«

»Schmerzen?«, erkundigte sich der Würger, der auf diesem Gebiet viel Erfahrung haben musste, und es klang beinahe liebevoll.

»Mir geht es eigentlich sehr gut«, sagte Frederik und

versuchte, die Gabel so beschwingt wie möglich in seine Mandarinenrolle zu stechen.

»Ich bin seit kurzem Senior Manager.«

Frau Beerendonk zerknüllte vor Schreck ihre Serviette.

»Grundgütiger, Jungchen, ist das etwas Schlimmes?«,

»Nein, nein, überhaupt nicht«, versicherte Fred und wiederholte es noch mal langsamer und lauter: »Das ist über – haupt – nicht – schlimm! Senior Manager ist keine Krankheit, sondern ein guter Job. Eine gute *Stellung*.«

»Mein Gatte hatte auch eine ansehnliche Stellung«, sagte sie und legte den Spitzenkragen über ihrer himmelfarbenen Bluse zurecht.

»Er war ja überhaupt sehr gerne werktätig. Manchmal hat er seine Arbeit sogar mit ins Bett genommen.«

Fred dachte einen tröstlichen Moment lang an die kuschligen Morgen, an denen er eng an sein Notebook geschmiegt aufwachte. Vielleicht sollte er noch so ein flauschiges Sleeve besorgen?

Aber jetzt fühlte er wieder diese irrationale Weinerlichkeit unterm Hemdkragen anschwellen und versuchte, sie mit einem Räuspern zu kaschieren. Herrgott, was war denn mit ihm los! Bei Anflügen von Burn-out oder Gefühlsduselei rauchte er doch gewöhnlich eine Extra-Schachtel, und gut. Stattdessen saß er hier, latent weinend, in einer senilen Kuchenrunde.

»Das Problem ist …«, hob er an, »dass …«

Aber es war nicht einfach, den Alten das mit der Trennung begreiflich zu machen. Zum einen stammten sie aus einer Zeit, in der man sich im heiratsfähigen Alter nicht einfach aus heiterem Himmel trennte – und nach ihren Maßstäben war Fred mit seinen 34, was eine Vermählung anging, bereits sehr gut abgehangen. Und dann kapierte Fred sich ja selbst nicht recht. *Ökonomisch* gesehen, war ihm zwar klar, was hier lief, aber das brauchte er seinen Mitbewohnern jetzt nicht zu erzählen, die guckten schon besorgt genug. Es war eben eine Sache von Angebot und Nachfrage. Das Angebot – Leni – war für Fred immer im Überfluss verfügbar gewesen und damit wenig nachgefragt. Jetzt aber war sie mit einem Mal keineswegs mehr verfügbar, und automatisch stieg sein Interesse, wie bei knapp werdenden Goldreserven. Lenis Liebe war jetzt ein knappes Gut, und von dem wollte er mehr. Ökonomisch kapierte Frederik das also; emotional jedoch kriegte er es überhaupt nicht auf die Reihe.

Lotti kam mit einer Magnumflasche Eierlikör zum Eichentisch und baute sie samt einer Schar kleiner Kristallgläser vor Elsa Beerendonk auf.

»Gaggerlschnaps«, sagte sie feierlich und sortierte die Kristallgefäße auf der Spitzentischdecke.

»Die Flasche geht auf mich«, rief Queen Mum aufgeregt, »heute ist mein 80. Geburtstag. Stand heute Morgen an meinem Wandkalender!«

Während der pappsüße Eierlikör Fred von innen wärmte und aufrichtete, gab er die Geschichte seiner gekappten Liebe bis ins Detail preis.

Am Ende des Dramas war Grete Mauerbier fassungslos.

»Du hast den Brautstrauß weggeboxt, Täubchen? Ist so etwas nicht strafbar?«

»Das arme Mädchen!«, rief Frau Beerendonk und nahm eine Hand an die Wange. »Einen Ehemann findet es nach dieser Schande bestimmt nicht mehr … Vielleicht gibt es irgendein Heim, wo sie mit anderen alleinstehenden Jungfern leben kann?«

Während Fred sich Eierlikör nachschenkte, legte Georg Gruber seine Hand beschwörend auf den Arm des 80 Jahre alten Geburtstagskinds.

»Das ist eben die moderne Zeit: Man trägt seinen Fernsprecher mit sich herum, verschickt Briefe mit dem Computer und boxt Brautsträuße weg. Ist so.«

Er drehte seine Handflächen nach oben, als sei das alles Teil des Geschäfts.

»Moderne Zeit?«, rief Frau Wankel und schickte Fred einen stechenden Blick. »Ich hätte den gekillt, wenn er mir den Brautstrauß aus der Hand geschlagen hätte.«

Ihr Mann, der den Kommentar irgendwie auf sich bezogen hatte, entfachte am Wankel'schen Tischende einen kleinen Streit, der jedoch schnell erlosch.

»Es war ein Reflex!«, verteidigte Fred sich schwach.

Georg Gruber klopfte auf seinen Oberschenkel.

»Ein bisschen gesunde Zwietracht gehört doch in jede Beziehung, Junior. Später werdet ihr darüber lachen! Meine Nelly hat mir im Streit sogar einen Apfelkorn übergekippt. Du lieber Herr Gesangsverein: Apfelkorn klebt wie der Teufel – und erst der Geruch! Aber Junior, mit so was musst du in 50 Ehejahren einfach rechnen.«

Gruber verzog das Gesicht, als sei es in guten Beziehungen unumgänglich, sich irgendwann mit klebrigen Spirituosen zu begießen.

»Aber Pack schlägt sich, Pack verträgt sich. Später haben Nelly und ich darüber gelacht – und genau *so* werdet ihr auch einmal über die Sache mit den Blumen lachen. Spätestens zu eurer Silberhochzeit.«

»Weiß nicht«, nuschelte Fred und ärgerte sich schon wieder über seine Intonation. Warum konnte er nicht mehr reden wie ein Bankmanager, verdammt, oder besser: wie ein Senior Bankmanager?

Agata blies die Backen auf.

»Sie waren 50 Jahre verheiratet? Respekt! Meine längste Beziehung hat nicht mal 2 Jahre gehalten.«

»Sogar mehr als 50 Jahre, Kindchen. Und wie das so ist, wenn du mit einem geliebten Menschen alt wirst: Jeder hofft, dass er zuerst stirbt. Und meine Nelly hat gewonnen.«

Er betrachtete seinen Kaffee, als schwimme eine Botschaft in der Sahne.

»Und es war eine wunder-, eine wirklich wunderschöne Trauerfeier.«

»Bei Hans und mir«, begann Frau Mauerbier so sanft es mit ihren über 100 Jahre alten Stimmbändern ging, »du kannst mir glauben, Bub, das war manchmal wie Krieg.«

Mit der flachen Hand schlug sie so hart auf den Tisch, dass die Spitzendecke zitterte, und ihre Stimme wurde hitzig.

»Nach dem Tippen hat er jedes Mal die Schutzhaube neben der Olympus liegen lassen. Was meinst du, wie die einstaubt! Am liebsten erschlagen hätt' ich ihn mit dem Ding.«

Ersatzweise malträtierte sie die Mandarinenrolle ein wenig mit der Kuchengabel. Ihre Falten flackerten vor Zorn über den verjährten Ärger, und Fred musste sich diesen armen Teufel von einem Ehemann vorstellen, der morgens ahnungslos ins Arbeitszimmer kam, um irgendwelche Wirtschaftswunder-Korrespondenzen zu erledigen – und dort seine Frau vorfand, die mit der Olympus auf ihn zuhielt.

»Aber, mein Bub«, erklärte sie jetzt in hellerem Ton. »Wenn Hans und ich uns am Vorabend liebkost hatten, dann war ich nicht mehr so bös wegen der Abdeckhaube.«

Sie zwinkerte dem jungen Mitbewohner zu.

»Das verstehst du doch?«

Frederiks Kopf wurde ganz heiß, und er war nicht sicher, ob es am Eierlikör lag oder an seiner Angst, dass das Gespräch in Richtung Seniorensex abgleiten könnte. Zumal der Würger jetzt auch noch: »Hoch das Bein, der Kaiser braucht Soldaten!« rief.

Das Luder, das mit Paul Anton schräg gegenübersaß, verzog geräuschvoll den Mund.

»Na, na, mit Ihren frivolen Ratschlägen kann der Junge vielleicht irgendein törichtes Ding umgarnen. Aber nicht die Frau, die er vor den Altar führen will.«

Fred bediente sich noch mal am Eierlikör. Irgendwie ging mit der Alkohol-Eigelb-Zucker-Mischung alles besser. Aber Grete Mauerbier hatte das törichte Ding irgendwie auf sich bezogen.

»So etwas Dummes hab ich ja mein' Lebtag lang noch nicht gehört«, rief sie, »natürlich hilft das dem Buben!«, und es gab ein kurzes explosives Wortgemenge zwischen ihr und dem Luder, in dem sogar das Wort Dirne fiel.

»Kopf hoch, junger Mann«, sagte Elsa Beerendonk und schenkte Fred noch einen Eierlikör ein. »In meinem Poesiealbum stand einmal: Ein Herz ist doch erst gut, wenn es oft geflickt wurde.«

Die Neu-Achtzigjährige brauchte beide Hände, um die Flasche wieder auf dem Eichentisch abzustellen.

»Aber wie wollen Sie sie denn nun zurückerobern?«, fragte sie eifrig.

Fred sah etwas überfordert seine Mandarinenrolle an. Daran hatte er eigentlich noch gar nicht gedacht.

»Können wir Ihnen irgendwie helfen?«, fragte Frau Beerendonk und kippte verständnisvoll den Kopf zur Seite.

Fred zog die Stirn in Falten.

»Sie hat am Telefon ›Ich wünsch dir ein schönes Leben‹ gesagt. Das klang ziemlich endgültig.«

»Ach, mein Knabe«, befand Therese Wankel. »Das sagt sie nur, damit du dich um sie bemühst. Umwirb sie. Sei galant.«

Sie berührte die elfenbeinfarbene Kamee-Brosche an ihrer Seidenbluse, mit dem Profil einer eleganten jungen Frau.

»Meine Enkel gibt es wahrscheinlich nur, weil Paul-Anton mir damals diese Brosche geschenkt hat. Ich hatte schon noch hübschere Verehrer als ihn, das kannst du mir glauben!«

Paul-Anton verfiel in ein heiseres Protestlachen; seine Frau sprach ungerührt weiter.

»Aber dass er mir eine Brosche mit *meinem* Gesicht schenkt.«

Sie sah ihren Mann von der Seite an.

»Das hat alles wettgemacht.«

Therese Wankel zog die Brosche so weit vom Busen, wie ihr Blusenstoff es hergab, und zeigte sie im Halbkreis herum. Fred konnte zwar keine Ähnlichkeit feststellen zwischen Frau Wankel und der Frau auf ihrer Kamee, aber wenn sie es sagte.

»Mein Antlitz«, wiederholte sie, damit es auch jeder kapierte. »Du wirst von Juwelier zu Juwelier ziehen müssen, mein Knabe, um eine Brosche mit dem Gesicht deiner Freundin zu finden, durchs ganze Land.«

Sie machte eine weitschweifende Handbewegung, bis

hinüber zum Deko-Wagenrad, und Fred fühlte sich wie der überforderte Prinz in einem sehr anstrengenden Märchen.

»Alfons hat mir eine Schneekugel geschenkt«, begann Elsa Beerendonk versonnen und guckte Fred dabei an, als höre er die Geschichte zum ersten Mal.

»Damals in Bad Gastein. Da haben wir unsere Flitterwochen verbracht.«

Sie sah verschämt auf ihren Kuchen.

»In einem Tanzcafé in Bad Gastein haben wir uns erst richtig ineinander verliebt. Beim Walzer.«

Agata kam gerade von der Theke zurück und begann, Kaffeetassen aufzufüllen, wo es der Blutdruck erlaubte.

»Bei einem Tanzcafé, Frau Beerendonk – wie schön!«, sagte sie dabei laut, damit die Alten es verstehen konnten, und arrangierte ein paar Kuchen.

»Vielleicht kommen die Herrschaften ja übernächsten Sonntag zu unserem ›Nostalgischen Tanzcafé‹ im Bingosaal? Es gibt flotte Musik und Schwarzwälder Kirschtorte.«

Die Rentner sahen unentschlossen drein, als wüssten sie noch nicht recht, ob ihr Terminkalender das zuließe.

»Ich gebe Ihnen dann einfach noch mal Bescheid«, sagte die Stationsleiterin.

Frederik spürte, wie sich sein Gesicht rosarot marmorierte. Kirschgeist und Eierlikör waren eine teuflische Mischung. Aber immerhin konnte ihm seine Mutter jetzt nicht mehr vorwerfen, dass er nichts trank. Und: Man kam auf gute Ideen beim Eierlikör. Also füllte er auch sein Wasserglas bis obenhin mit der hellgelben Flüssigkeit. Vielleicht sollte er tatsächlich versuchen, Leni zurückzuerobern – und zwar auf die altmodische Art. Wenn sie die Jugendstilwohnung liebte, das Brokatsofa und die Schallplatten vom Flohmarkt – vielleicht mochte sie auch altmodische Broschen, Schneekugeln und Tanzcafés? Retro ging doch eigentlich immer.

Ein großer Plan reifte in Fred. Er sah heroisch zum Sprossenfenster hinaus. Vielleicht musste er einfach in den fauligen Apfel beißen und … selber basteln.

Er beratschlagte das noch eine Weile mit seinen Mitbewohnern, und je reifer der Plan wurde, desto besoffener wurde Fred.

Später würde er nicht mehr rekonstruieren können, wie er auf der Kaffeefahrt dermaßen die Fassung verlieren konnte. Ob es an Georg Gruber lag, der ihm ständig nachschenkte? Oder daran, dass auch noch eine Riesenschachtel Weinbrandbohnen vor Frederik auf den Tisch kam und Frau Mauerbier ihn damit fütterte bis zur letzten Praline?

So blau jedenfalls war er seit den After-Work-Saufabenden in London nicht mehr gewesen. Bei Einbruch der Dunkelheit – offiziell hatte das Café Lotti längst geschlossen – stand der junge Manager benommen und obenherum entblättert auf dem Eichentisch und schwang seine Krawatte über dem Kopf wie ein Lasso. Sein vom Sitztanz gestählter Oberkörper zuckte zu »Mit 66 Jahren«, das in voller Lautstärke aus einem Kassettenrecorder schallte, und die Alten klatschten und johlten zu seiner Darbietung, allen voran die Damen, und ganz besonders Therese Wankel, respektive Therese, denn seit der Pflümli-Runde war Fred mit seinen Mitbewohnern per Du. Auch die Wirtin, die vor kurzem noch vorwurfsvoll auf ihre Armbanduhr gesehen hatte, wirbelte jetzt das Serviertuch durch die Luft und feuerte den volltrunkenen jungen Gast an. Irgendwann kletterte Frederik ziemlich unkoordiniert vom Tisch und fiel dabei fast mit dem Gesicht in die Reste glibberiger Obstgelee-Torte, was ihn aber nicht davon abhielt, mit Elsa noch einen wilden Walzer zu tanzen, so wild es mit ihrem bösen Bein und seinem grundsätzlich deprimierten Gemüt eben ging. Schließlich rief sie: »Eine alte Frau ist doch kein D-Zug!«, und setzte sich auf einen Stuhl, während Fred allein zur Musik weitertorkelte.

Ein paar Schritte weiter rammte er die Kuchenvitrine – und sah das als Fingerzeig des Schicksals, sich besser auch hinzusetzen. Er ließ sich so langsam auf einen Stuhl sinken, dass er mit dem Hintern einigermaßen die Mitte traf.

»Vielleicht trinkst du jetzt mal eine Brause, Bub«, hörte er Elsa sagen.

Aus dem Augenwinkel sah er, wie Agata das Berichtsheft der Praktikantin zuklappte und sie flehend anlächelte.

Fred musste die Pflegerin kurz angestarrt haben, jedenfalls kam sie herüber und setzte sich zu ihm.

»Purzel, ich habe Nina zwar gerade gebeten, über unsere Kaffeefahrt Stillschweigen zu bewahren.«

Sie sah ihn einen Moment lang streng an.

»Aber unter uns gesagt: Das ist die allerbeste Kaffeefahrt seit langem. So gut haben sich unsere Senioren, glaube ich, noch nie amüsiert!«

Zufrieden sah sie zu Elsa hinüber, die sich mit Schorsch und Therese unterhielt und zwischendurch auf ihr Bein deutete.

»Okay, sie reden über Krankheiten – aber trotzdem.«

Sie machte Lotti noch ein Zeichen, und die Wirtin verschwand hinter dem Tresen.

»Hast du die Kaffeefahrten bei deiner Oma auch so aufgemischt?«

»Nein. Sie ist alleine auf Kaffeefahrt gegangen.«

»Na ja, ganz alleine wird sie nicht gewesen sein.«

»Doch.«

Fred schnaufte durch. Er hätte das Gespräch gern beendet, aber zur Flucht war er viel zu betrunken. Außerdem ließ der höllische Eierlikör die Worte unkontrolliert aus ihm herausflutschten.

»Es isdas erste Mal, dass ich jemanddavon erzähle«, sagte er, und seine Worte schwammen ein bisschen durcheinander.

»Von den Kaffeefahrten deiner Oma?«

»Jopp.«

Er nickte benommen, um gleich darauf heftig den Kopf zu schütteln.

»Nein. Von meiner Oma selbst. Sie hat die schööönsten Topflappen auf der Welt gemacht. Und das, obwohl sie ja im Prinzip bettlägrig war.«

Er erzählte Agata von den perfekten Topflappen, die Omima ihm gehäkelt und damit mehrere Einsen im Fach »Textiles Werken« beschert hatte. Und von ihren wunderschönen Aufsätzen mit uralten Wörtern. Und von dem gutmütigen jungen Pfleger, der auf ihr Geheiß hin mit ihm Mathe geübt hatte.

Fred atmete tief durch.

»Dann is Omima plötzlich auf so eine Kaffeefahrt gegangen – von jetzt auf gleich und ohne sich bei mir zu verabschieden.«

Er versuchte, das so managermäßig zu sagen wie bei einem Weekly Meeting im Finanzturm, guckte aber reichlich überrumpelt.

»Erst hieß es, sie ist nur auf Kaffeefahrt. Dann wurde die Kaffeefahrt verlängert, mit Übernachten auf einer Berghütte. Omima hat die Berge geliebt.«

»Eine bettlägrige Frau? In einer Berghütte?«

»Ich hab mich auch gewundert – weil sie eben sonst kaum noch hochkam …«

Fred lehnte sich gegen die geschwungene Rückenlehne seines Bistrostuhls. Ihm war noch immer schwindlig vom Walzer.

»Aber meine Mutter hat gesagt, dass Omima wirklich ganz dringend auf diese Kaffeefahrt müsste – und dass ich also erst mal nich ins Heim soll. Und sie war über Omimas Kurzreise so traurig, dass sie geweint hat.«

»Ach du Scheiße.«

Agata stemmte die Hände gegen ihren gelben Faltenrock, und gemeinsam starrten sie den Holzfußboden an.

»Wie lange hat es gedauert, bis du gemerkt hast …?«

Fred schloss die Augen.

»Lange«, sagte er gedämpft.

»Auf dem Nachhauseweg von der Schule hab ich beschlossen, einfach im Altenheim auf Omima zu warten. Egal, was meine Eltern sagen.«

Das leere Bett. Die fast unverschämt blanken Wände. Die angegilbten Bilder von Opa und von Omimas Schwestern, die jetzt auf dem Boden aneinandergestellt waren wie eine Reihe Dominosteine.

»Ehrlich gesagt, war ich erleichtert«, sagte Fred. »Also: auf todtraurige Art erleichtert.«

Er sah Agata von der Seite an und versuchte von ihrem Gesicht abzulesen, ob man sein wirres Gefasel verstehen konnte.

»Ich meine, Omima ist nicht einfach … aus lauter Vergnügungssucht auf Kaffeefahrt gegangen, ohne an mich zu denken. Sie ist einfach gestorben. Das kann man niemandem verdenken.«

»Nein«, sagte Agata sanft, »das kann man wirklich niemandem verdenken.«

Fred sah über die Kaffeetafel hinüber zu Queen Mum, die dort quicklebendig vor ihrem Eierlikör saß.

»Wie hast du die Schule bewältigt – ohne ihre Hilfe?«, fragte Agata.

Fred streckte den Rücken durch.

»Super. Ich habe eine Eins nach der anderen bekommen.«

»Wirklich? Direkt nach ihrem Tod?«

»Jopp.«

Er ließ seinen Kopf ins Doppelkinn fallen.

Das Lernen war damals das Einzige gewesen, was ihn getröstet hatte. Beim Fokussieren auf »Heimische Singvögel« oder den »Zahlenraum bis 100« hatte er für ein paar Minuten vergessen können, traurig zu sein – und sich seelisch fortan von einer Klassenarbeit zur nächsten gehangelt. Jeder benotete Test, der anstand, jedes mündliche Abhören hatte ihm Erleichterung verschafft – nur in den Sommerferien war er richtiggehend in der Luft gehangen.

»Und danach hatte ich eigentlich überhaupt nur noch Einsen«, sagte Fred und wischte sich über die Stirn.

»In fast allen Fächern. Okay, in der Pubertät hatte ich auch mal die ein oder andere Zwei …«

»Du musst ja ein widerlicher Mitschüler gewesen sein.«

»Oh, glaub mir«, Fred machte ein altkluges Gesicht und nickte dem Mineralwasser zu, das Lotti ihm gerade hinstellte.

»Ich war weit über widerlich hinaus.«

Seine Eltern waren damals vom Lehrer einbestellt worden.

»Ihr Sohn ist ein Workaholic«, hatte er verkündet. »Das ist schlecht – denn er ist erst sieben. Es tut nicht gut, wenn sie schon vor der Pubertät einen Burn-out haben.«

Agata musste grinsen.

»Was macht man so als Workaholic in der Grundschule?«

»Hm. Sich ärgern, wenn eine Klassenarbeit ausfällt? Mit der Taschenlampe unterm Bett Schulbücher lesen? Jedenfalls tollt man nicht allzu oft ausgelassen über Wiesen.«

»Ach Purzel. Über dich könnte man ja eine Diplomarbeit in Psychologie schreiben.«

Fred kippte das Mineralwasser aus der kleinen blauen Flasche in einem Rutsch weg und nickte bedeutungsschwer.

»Bist du ins Altenheim gezogen, um deine Omima irgendwie zu ersetzen? Ich meine: Jetzt hast du eine ganze Herde von Großeltern.«

Fred machte ein Time-out-Zeichen.

»Okay, schon gut«, sagte sie. »Heute kein Psychogequatsche.«

Sie betrachtete die fröhliche Großeltern-Herde, die dringend zurück ins Heim musste.

»Weißt du, das Psycho-Gequatsche spare ich mir auf für … Fred? Frederik!«

Ihr jüngster Heimbewohner war mit hängenden Schultern und einem dämlichen Lächeln in seinem Stuhl eingeschlafen.

17 Paris im Kompottglas

Zwei ganze Tage brauchte Fred nach der Kaffeefahrt, um vollständig auszunüchtern. Am dritten Abend räumte er den Schreibtisch in seinem Wohnbüro leer und belegte ihn von Kante zu Kante neu: mit Zeitungspapier, weißen Kerzen, Schere, diversen Plastikstäbchen und einer Silikonform mit Frauenprofil. Bevor er sich an die Arbeit machte, schloss er seine Zimmertür ab. Seit Thomas Schley ihn am nahen Minigolfplatz erwischt hatte, lebte er in St. Ambrosius vielleicht nicht mehr hundertprozentig inkognito. Und er wollte nur ungern von Dr. Oppermeier bei dieser Sache erwischt werden …

Vorsichtig löste er das erstarrte Kerzenwachs aus der Form, die er unter dem Titel »Victorian Lady« im Internet geordert hatte. Das Ergebnis war hübsch, aber blass und sehr durchsichtig, und es sah Leni nicht besonders ähnlich.

»Damn it«, murmelte Fred und lud am Laptop ein paar alte Fotos von ihr hoch. Er brauchte ihr Profil, um das abzugleichen. Das Bild, das sie noch gemeinsam auf dem Mathildenstraßen-Sofa zeigte, passte super. Ein cooles Bild: Er grinste cheffig in die Kamera, sie sah etwas düster zur Seite.

Nach Vorbild des Fotos personalisierte Fred das Wachsstück mit ein paar Piksern und Kratzern. Okay, Geschicklichkeit war nicht sein bestes Feature, seine Hände waren einfach zu groß, und das Stück Wachs, das einmal eine Kamee werden sollte, viel zu klein. Der ersten Version von Leni drückte er eine ziemliche Kartoffelnase ins Gesicht, der zweiten ein spektakuläres Kinn. Der dritten zog er den Pony mit diesem winzigen Stäbchen bis über die Augen – verdammte Scheiße. Fred brauchte noch ein paar Anläufe, und ein paar weitere Zigaretten, zwischen denen er neue Kameen tropfte und tropfte, um sie in Leni zu verwandeln. Nicht nur ein Mal erwischte er sich dabei, wie ihm vor Eifer die Zungenspitze rausstand. Die finale Version hielt er vor sich ins Licht. Okay, es war Leni. Vielleicht mit einem etwas strengen Zug um den Mund, und einen Friseur hatte sie auch schon länger nicht gesehen. Aber es war definitiv Leni. Zur Abnahme trug er sie nach nebenan. Erst als Queen Mum die Kamee abgesegnet hatte, drückte er ihr eine Broschennadel vom Bastelversand auf die Rückseite.

Auch am folgenden Samstag war Fred auf ungewohnte Weise busy – und widmete sich mit Verve dem Schneekugel-Workshop bei Herrn Käs. Der Sozialarbeiter hatte dazu leere Schraubverschlussgläser, Kunstschnee, und Geschenkbänder in den Bingosaal gebracht; auf der Anrichte in Eiche rustikal wartete eine Kanne destillierten Wassers. Queen Mum saß mit am Tisch, ihre Bügeltasche sicher auf dem Schoß, daneben Gretel. Die beiden wiesen Herrn Käs an, welche Figuren er für sie in den Kompottgläsern verewigen sollte: Queen Mum hatte ein Plastikeichhörnchen herausgesucht, die 103-Jährige den Hänsel-und-Gretel-Cast.

Fred setzte seiner Parisreise mit Leni ein Denkmal. Mit der Heißklebepistole pappte er ein eingeschweißtes Erinnerungsfoto samt Zahnstocher-Trikolore auf die Innenseite des Glasdeckels und setzte den Eiffelturm-Schlüsselanhänger dazu. Den hatte Leni ihm damals am Montmartre gekauft …

Auch wenn es erbärmlich klang: Das Basteln machte tatsächlich *Spaß*. Zwar hatte Fred sich auch in der Vergangenheit vergnügt. Er fertigte ja für sein Leben gern Excel-Tabellen an, zog Freude aus Projektabschlüssen und hatte, wenn man seinem CV glaubte, Spaß an Herausforderungen. Aber bei solchen Vergnügungen lief er nur innerlich auf Hochtouren und vergnügte sich eher für einen höheren Zweck: die nächste Beförderung.

Beim Schneekugel-Workshop dagegen hatte er um des Spaßes willen Spaß, auf eine robuste, praxisnahe Weise, und zwar genau jetzt. Mit den Händen war er beschäftigt, aber in ihm drin herrschte friedliche Windstille, zum ersten Mal seit langer, langer Zeit.

Herr Käs und Fred füllten Wasser und Kunstschnee in die Kompottgläser, schraubten Deckel auf Paris und den Märchenwald und kippten sie um.

Fred musste schlucken, als die feinen Styroporflocken auf Lenis Foto-Gesicht fielen.

»Hübsch ist das, Täubchen«, sagte Gretel versonnen.

Fred schüttelte die Kugel.

»Hm«, machte er. »Unser letzter Urlaub, in Paris.«

Gretel schlug ihre wässrigen Augen zur Decke des Bingosaals.

»Paris … Da war ich ja mein' Lebtag noch nicht! Und jetzt werd ich sterben, ohne es gesehen zu haben!«

Sie lachte, als hätte sie damit irgendjemand eins ausgewischt. Aber schließlich versiegte ihr Kichern, und sie sah Fred fragend von der Seite an. Er war gerade damit beschäftigt, den Schraubverschluss mittels Heißklebepistole zu versiegeln.

»Paris ist total overrated«, erklärte er nebenbei.

Die graue Klebemasse war unter dem Metall des Schraubverschlusses hervorgequollen, und Fred konnte nicht anders, als sie anzufassen und sich dabei heftig die Fingerspitze zu verbrennen.

»Hm«, machte Gretel. »Ehrlich?«

»Ehrlich«, er pustete sich den Finger und machte ihr zuliebe eine wegwerfende Handbewegung, »Paris kannst du vergessen. Sei froh, dass du noch nicht da warst!«

Aber Gretels Augen füllten sich bereits.

»Paris!«, wiederholte sie, als Fred seine Hand in ein Wasserglas tunkte.

»Paris!«, antwortete Elsa, und die beiden Frauen seufzten synchron.

»Alfons und ich waren da in einem Café, in der Nähe von dieser Straße mit den vielen Bäumen, na, jetzt weiß ich den Namen nicht mehr.«

Elsa kramte ein Stofftaschentuch aus ihrer Bügeltasche und presste es sich in die Augenwinkel.

»Aber da werde ich wohl auch nicht mehr hinkommen«, sagte sie unter dem Karo hervor und schniefte.

Das war mehr, als Fred ertragen konnte.

»Okay, ihr beide, jetzt bitte mal Tränenstopp. Wartet einen Augenblick.«

Nach zwei Minuten war er wieder da und legte sein Notebook auf den Tisch. Herr Käs verdrehte dezent die Augen, als seine Bastelsachen zugunsten des Computers zur Seite geschoben wurden.

»Was ist denn jetzt mit den Schneekugeln?«

»Wir müssen auf einen Sprung nach Paris«, erklärte Frederik und setzte sich so zwischen die beiden Frauen, dass sie gut auf den Bildschirm sehen konnten.

Auf Google Maps zoomte er sich in die Innenstadt von Paris und hüpfte per Streetview auf die Avenue des Champs-Élysées. Dort scrollte er langsam nach links, dann nach rechts, und verharrte schließlich bei einem Blick auf die kastigen Bäume.

Fred besuchte eigentlich andauernd ferne Orte am Computer. Vor jedem Businesstrip wusste er bereits, wie es am Ziel aussah, bei jeder Ankunft erlebte er ein regelrechtes Déjà-vu. Überraschungen gab es auf Reisen eigentlich kaum mehr.

Für ihn war das völlig normal – aber für die alten Frauen hatte er eine moderne Glaskugel geöffnet. Sie drückten ihre Busen so nah an den Laptop, wie es irgendwie ging, und kniffen die Augen zusammen.

»Nein, das ist doch nicht ...«, rief Elsa.

Sie schlug die feinen knittrigen Hände vor den Mund und deutete auf den Bildschirm.

»Da! Da waren wir!«

Sie drückte ihr Taschentuch gegens Kinn.

»Die Autos sahen anders aus.«

Fred lachte. Er klickte sich weiter durch die Champs-Élysées, begleitet von den beiden Damen. Sie bogen in eine kleine Gasse – und bei einem Café mit Schnörkelschrift und gestreifter Markise stieß Elsa einen heiseren Schrei aus.

»Das ist es!«

Ihr Zeigefinger deutete aufgeregt zum Bildschirm.

»Da haben Alfons und ich Kaffee getrunken! Diese runden Tischchen, und die Blumen drauf!«

Sie zoomten die Menü-Tafel heran, und Queen Mum war sich sicher, dass sie und Alfons damals auch einen Croque-Monsieur-Toast gegessen hatten.

»Und einen Kaffee!«

Fred zwängte sich zwischen den beiden hoch und ging hinüber zum Servierwagen. Er brachte die Thermoskanne mit dem »Kaffee«-Aufkleber an den Tisch.

»Un café pour Madame?«

Er wusste nicht genau, wie man das in der Mehrzahl sagte, aber die Paris-Besucherinnen kreischten verzückt: »Ouiii!«

Fred musste lächeln, ob er nun wollte oder nicht. Noch nie hatte jemand mit so viel Begeisterung auf sein ungeschicktes Französisch reagiert. Er befüllte ihre Tassen wie ein Oberkellner und legte noch nach: »Encore du café?«

Die Damen kicherten.

»Ouiiii!«

Herr Käs packte endgültig seine Heißklebepistole weg.

»Jetzt sprechen sie Französisch …«, schimpfte er leise.

Sie spazierten noch ein Weilchen durch die Seitenstraßen der Champs-Élysées und fanden schließlich sogar das kleine Hotel Mémoire, in dem Elsa und Alfons damals logiert hatten. Vermutlich.

»Jedenfalls sieht es ganz genauso aus, Jungchen!«

Sie legten noch eine Pause in einem kleinen Park ein und tranken Pfefferminztee in einem Bistro. Während Fred die Thermoskanne zuschraubte, betrachtete er die beiden Omas von der Seite.

»Noch irgendeinen Reisewunsch?«

»Capri!«, rief Elsa, »Kleinkirchberg«, ihre Mitbewohnerin.

Von Gretels Heimatdorf gab es auf Google Maps nur ein paar Fotos. So hüpften sie vom Kirchplatz zum Friedhof zum Rathausplatz und tranken mit Blick auf das Rathaus schon wieder einen Tee.

Als sie später durch Capri bummelten, kam Georg in den Bingosaal. Er bugsierte seinen Rollator vor sich her und machte auf einem Stapelstuhl neben den Reisenden halt.

»Vergnügt ihr euch, Kinder?«

Die Frauen kicherten.

Eine Weile lang teilte er mit ihnen die Aussicht von der Via Marina Grande aufs Meer.

»Kannst du mit dem Ding auch meine alten Freunde finden, Junior?«

Sein von Altersflecken übersäter Handrücken tippte zum Notebook.

»Kommt drauf an …«, murmelte Fred.

Schorschs Schulfreunde würde man vermutlich weder auf Xing noch auf Facebook finden.

Georg lächelte zum Fenster hinaus.

»Was der Conny macht, das wüsst' ich gern. Mein ältester Freund, Junior. Der konnt' den größeren Jungen am Schulhof die Nasen blau hauen, dass es nur so gezischt hat.«

Er ließ eine Faust in die andere sinken.

»Con-ny-Hasl-berger«, sagte er langgezogen, als sei Conny so etwas wie eine Legende.

»Ein Pfundskerl war das. Ach, was sag ich …«

Er wischte seine Worte mit einer schnellen Handbewegung weg.

»… *ist* es bestimmt noch!«

Fred googelte den legendären Konrad Haslberger erst ohne Anführungszeichen, dann mit – und rückte den Bildschirm aus Grubers Sichtfeld. Denn alles, was er über Conny finden konnte, war eine Anzeige mit Trauerrand: »Konrad Haslberger, geliebter Vater, Onkel, Großvater und Urgroßvater, für immer eingeschlafen am …«

Die Beerdigung war schon eine Weile her; zuletzt hatte er am anderen Ende der Republik gelebt.

Über den Bildschirmrand hinweg betrachtete Fred seinen Mitbewohner, der mit Conny die Schulbank gedrückt hatte. Hoffnungsfroh sah er zu Fred herüber.

»Und? Findest du ihn in deinem Apparat?«

»Ahm«, machte Fred, und sah noch mal angestrengt in den Computer.

»Einmal«, erinnerte Gruber sich, »wollten mich so zwei Lackel auf dem Schulhof verhau'n. Oberschüler!«

Beim Wort »Oberschüler« straffte er ehrfurchtsvoll den Rücken.

»Mitten in der großen Pause …«

»Quasi zur Prime Time!«, warf Fred ein.

»Genau!«

Mit glasigen Pupillen starrte der 82-Jährige auf die Tischdeckenfransen.

»Da packt mich der eine am Schlawittchen. Sein Kumpel – noch so ein Kawenzmann – holt aus. Ich seh schon die Engelchen, da drückt sich durch die schreiende Meute: Conny! Kopf kleiner als die, nicht besonders kräftig, aber wirbelt seine Faust – und haut dem einen gegens Schienbein.«

Grubers Faust schlug gegen die Tischkante, dass sie zitterte.

»Ja, Himmel-Arsch-und-Zwirn, hat der geschrien!«

Gretel und Elsa fuhren unter seinem Fluch zusammen, aber Gruber nickte zufrieden.

»Weißt du, Conny hatte solche spitzen, harten Fingerknöchelchen, und wenn er seine Hand anspannte … Die zwei Lackel lassen mich los, und Conny stellt sich vor mich hin. Sie fliehen vor uns Knirpsen, aber der eine ruft noch: ›Passt nur auf! Wenn ich euch verwisch!‹«

Gruber wischte sich eine Triumphträne aus dem Augenwinkel.

»›Wenn ich euch verwisch‹«, wiederholte er. »Hah! Die haben mir nie wieder was getan – dank Conny.«

Fred klappte das Notebook zu.

»Nein, bedaure. Ich kann nichts über ihn finden.«

Er zog die Schultern hoch.

»Tut mir wirklich leid.«

Grubers Georg betrachtete seinen Rollator und schwieg. Schließlich deutete er auf das zugeklappte Notebook.

»Danke, Junior, dass du deine Karteien nach Conny durchgeschaut hast.«

18 Tanzcafé mit Heuschrecken

Der Bingosaal hatte sich über Nacht in ein Tanzcafé verwandelt: Auf der Anrichte thronte die versprochene Schwarzwälder Kirschtorte mit reichlich Schokoladensplittern und kandierten Kirschen, aus kleinen Boxen schepperte »Schuld war nur der Bossa Nova«, und eine Diskokugel warf bunte Lichtringe an die Wände, die in der Nachmittagssonne eher milchig als mondän leuchteten. An den Tischen um die leere Tanzfläche herum unterhielten sich ein paar alte Damen.

»Die Tiefenbacher – fast 90, aber läuft noch wie ein Wiesel«, sagte eine Earl-Grey-Trinkerin mit tiefen Falten und lachsrot geschminkten Lippen. Und aus anderer Richtung vernahm Fred: »Einäschern statt Beerdigen ist jetzt sooo Mode geworden! Sogar schon auf dem Land.«

Jemand kicherte, und man hörte Kristallgläschen aufschlagen.

Der Manager saß an einem Nierentischchen, die Sicht von einem gigantischen Rosenstrauß versperrt, und war nervös. Er steckte in seinem teuersten Anzug, hatte die Haare mit Brillantine zurechtgemacht und war schon beim zweiten Bommerlunder. Mit dem Schnaps schlug er zwei Fliegen mit einer Klappe: Einmal hielt er damit seine Nervosität vor dem Rendezvous in Schach. Und zum Zweiten fehlte ihm für die Target-Group-Conference am nächsten Tag noch die rechte Euphorie. Superjugendlich und doch seriös musste er dann rüberkommen – und flockig die neuesten Strategien für Young Potentials präsentieren.

Mit schweißigen Händen nestelte er an der alkoholseligen Pralinenschachtel »Alte Liebe«, die neben ihm auf dem Plüschsofa parkte, und sah sich noch mal um: Die Beleuchtung war gedimmt, Micha hinter seinem DJ-Pult, das Ehepaar Wankel auf Position. Künstliche Usambaraveilchen an einigen Tischen machten die Romantik perfekt. Zum zigten Mal kontrollierte Fred die Zeit auf seinem Smartphone. Als er wieder hochsah, stand Leni in der Tür.

Er musste so hart und unwillkürlich schlucken, dass der Hals davon schmerzte. Scheiße, hatte er sie vermisst. Sie trug die Haare kürzer, dunkler und welliger und dazu einen passgenau auf der Hüfte sitzenden Cordblazer. Über der einen Schulter hing ihre Filzblumen-Tasche, über der anderen ein zum Würfel ausgebeulter Jutesack. Ihr Blick, wie sie ihn so ansah quer durch den Bingosaal, war weicher als erwartet.

Fred wollte aufstehen und ihr entgegengehen, aber er kam nicht so recht an den 35 langstieligen Rosen vorbei und fühlte sich auch sonst nicht besonders mobil. Seine Knochen waren irgendwie so klamm in letzter Zeit. Also blieb er einfach an seinem Nierentisch sitzen und lächelte, was das Zeug hielt. Er schickte DJ Micha ein Kopfnicken, der hinter einer kleinen Holzwand stand und Staub von Schallplatten pustete. »Schuld war nur der Bossa Nova« verebbte, und dieser Hilde-Knef-Schlager, den Leni so gernhatte, rollte an.

Mit Zitterknien stand Fred nun doch vom Tischchen auf und winkte zur Tür.

»Mit 16
sagte ich still:
ich will …«

Leni hatte ihn entdeckt und kam durch das milchige Diskolicht und die anschwellende Musik auf ihn zu. Am Nierentisch angekommen, deutete sie unbestimmt in die Luft.

»Ist das Zufall, Fred, oder erinnerst du dich an mein Lieblingslied?«

»Es ist kein Zufall«, sagte er und ruckelte möglichst galant ihren Ohrensessel zurecht.

Sie sah sich um.

»Tatsächlich ein Tanzcafé. Ich war zu neugierig, um nicht zu kommen.«

An Lenis Ohrlöchern baumelten neue Perlen, und ihre Lippen waren in einer Korallenfarbe geschminkt, die Fred nie aufgefallen war. Sie hatte eigentlich alles an sich verändert, was man non-operativ ändern konnte, und Fred las daran ab, wie schmerzhaft die Trennung für sie gewesen sein musste.

»Hübsch hast du's hier«, sagte seine Exfreundin, und Fred sagte: »Ja.«

Die Situation war noch ein bisschen klamm.

»Praline?«, fragte Fred.

Was die Schokolade anging, war er von Georg Gruber gebrieft worden.

»Die Dinger sind wie Dynamit, Junior!«, hatte der Rentner über die mit Kirschgeist, Birnenschnaps und Marillenlikör gefüllten Pralinen gesagt. »Ein paar davon und sie liegt trunken vor Liebe in deinen Armen.«

»Nein danke«, sagte Leni und sah verwundert auf Freds Knie.

»Du marschierst ja mit wie beim ›Radetzky-Marsch‹.«

Herrje, tatsächlich defilierte sein Bein im Takt, während die Hand zur Musik durch die Luft wischte.

»Was ist aus dem Mann geworden, der mal Luftgitarre gespielt hat?«

Fred senkte seine dirigierende Hand, um das marschierende Bein irgendwie zu stoppen.

»Für mich soll's rote Rosen regnen,
mir sollten sämtliche Wunder begegnen,
die Welt sollte sich umgestalten …«

»Ach ja, und dann das.«

Fred deutete von der Seite auf die Rosen, die zwischen ihnen fast die Sicht versperrten. Es war aussichtslos, ihr das Riesenvieh von einem Strauß einfach so in die Arme zu drücken.

»Die sind für dich.«

»Ach Fred, ich weiß nicht …«

Pfleger Micha kam in einer schwarzen Livree an den Tisch. Er wirkte ein wenig verkleidet mit den ganzen Goldknöpfen und dem weißen Tuch überm Arm. Und er sah auch nicht wie ein richtiger Kellner aus, eher wie jemand, der an Fasching als »Kellner auf der *RMS Titanic*« ging. Aber immerhin hatte er seine penetrant gute Laune einmal runtergeregelt.

»Der Herr, die Dame«, sagte er. »Darf's zur Einstimmung ein Gläschen Pflaumensekt sein?«

Leni nickte, und auch Fred überwand sich zu ein paar pappsüßen Schlucken – schon allein, um irgendeine Gemeinsamkeit zwischen ihnen beiden zu schaffen. Micha servierte die Gläser und machte dabei so etwas wie einen Knicks. Auch als er verschwunden war, sagten die Zurückgelassenen eine kleine Weile nichts und seufzten abwechselnd, während man am Nebentisch über heiße und kalte Schilddrüsenknoten debattierte.

Endlich sagte Leni: »Ich hab auch was für dich.«

Sie öffnete die eckig zerbeulte Jutetasche und zog mit spitzen Fingern eine Plastikbox hervor. Hinter der transparenten Wand staksten Colt und Howie durch eine Handvoll Grashalme.

»Hey, kleine Freunde!«, platzte es aus Fred heraus. »Ich hab euch so vermisst!«

Weil Leni mit einem Mal wie damals bei Flowergate guckte, schob er noch schnell nach: »Also: Auch. Ich hab sie auch vermisst. Fast so wie dich, Leni.«

Vielleicht hielt er sich verbal jetzt erst mal zurück.

Sie sahen eine Weile lang zu, wie die beiden Insekten waghalsig und wie kleine Stuntmen durch die Plastikbox turnten. Fred kam es vor wie eine Familienzusammenführung: er und Leni und die zwei Kleinen.

»Und du hast sie super gepflegt«, sagte er, »die sehen aus wie neu. Nur weiß ich gar nicht mehr, wer welcher ist …«

Leni deutete auf die kleinere hellgrüne Heuschrecke.

»Ich denke, der hübsche jüngere ist Howie.«

»Und der coole Alte Colt Sievers«, sagte Fred und lachte ein bisschen heiser.

Sie warfen noch ein paar künstliche Usambaraveilchen in die Box, damit die Stabheuschrecken etwas zu tun hatten.

»Die Frau Tiefenbacher ist auch g'schnitten worden«, sagte nebenan eine Dame. »Operiert.«

»Und, du hast deinen Senior-Manager-Posten?«, unterbrach Leni das Schweigen am Nierentisch. »Glückwunsch. Und sorry: Ich hätte dich neulich am Telefon nicht so abwürgen sollen.«

Sie prostete ihm mit dem Bodensatz ihres Pflaumensekts zu.

Fred erzählte von seinen neuen Aufgaben: Eigentlich tat er fast das Gleiche wie zuvor, fühlte sich mit dem »Senior« im Titel aber viel erwachsener dabei. Er verkniff sich seine Gehaltssumme.

»Ich bin übrigens auch gerade, na, sozusagen befördert worden«, verkündete Leni.

Ihr stellvertretender Schulleiter, erzählte sie, war in den vorzeitigen Ruhestand gegangen – endlich und doch überraschend – und sie hatte sich um seinen Posten beworben. Wie es jetzt aussah, würde sie bereits zum übernächsten Ersten hinter Küngelmanns biederem, aber in Chefdimensionen gesägten Schreibtisch Platz nehmen.

Sie prostete Fred erneut zu. Aber dabei, so sein Eindruck, sah sie ihm nicht in die Augen, sondern knapp darüber hinweg.

»Und«, fragte er, als der »Schneewalzer« losschaukelte, »legen wir noch eine flotte Sohle aufs Parkett?«

Sie sah sich um.

»Du meinst – tanzen?«

Unter der Diskokugel wiegten sich bislang nur zwei kleine weißhaarige Frauen. Fred und Leni tanzten ein wenig, und er lehnte sich – soweit ihr beider Ex-Status das erlaubte – an sie heran. Zum Glück hatte Elsa den Walzer noch ein paar Mal mit ihm geübt.

»Sich regen bringt Segen, nicht wahr?«, sagte Fred, während er sie übers Parkett schunkelte, und Leni nickte irritiert.

»Du bist so anders, Frederik. So, wie soll ich sagen, gereift.«

Er lachte verschämt und versuchte, sich an den Dreivierteltakt zu halten.

»Aber ich war doch auch früher nicht … unreif?«

Leni drückte sich einen Moment von ihm weg. Sie lachte auf eine Art, in der Hysterie und Heiterkeit sich die Waage hielten.

»Fred! Wo soll ich anfangen?«

Sie fasste wieder seine Hände.

»Ich meine: Du tanzt hier mit mir – freiwillig.«

Sie wackelte mit dem Kopf.

»Du hast sonst nie mit mir getanzt. Nicht mal in Notsituationen!«

»Ich war vielleicht nicht der Typ übereifriger Vortänzer – aber aus welcher Notsituation hätte ich dich denn mit einem Walzer retten sollen?«

»Weißt du noch, dieser 70. Geburtstag? Als mein schmieriger Großcousin ankommt, mit fetttriefenden Haaren und Bierfahne, und mich zum Tanzen auffordert?«

»Der arme Ruben, der so schlimm schielt?«, fragte Fred und schüttelte den Kopf. »Übel, oder?«

Lenis Blick verdunkelte sich.

»Das war kein Schielen. Er hat seine Augen nicht von meinem Busen gekriegt!«

Sie machte es nach, mit nach unten gerollten Pupillen, und geriet dabei aus dem Rhythmus.

»Er hat mir regelrecht die Brust zerlöchert mit seinem Starrblick. Also sage ich zu ihm ›Aber *Fred* wollte den Cha-Cha-Cha mit mir tanzen‹, und er dreht ab. Doch da rufst du ihm hinterher: ›Ach was, sie gehört ganz dir! Ich tanze aus Prinzip nicht.‹«

Leni hob die Arme, so gut das beim Tanzen ging.

»Du hättest mich retten müssen!«

Frederik starrte auf ihren Perlenohrring und nickte matt.

Sie zog den Dreivierteltakt wieder an.

»Und einen Monat nachdem du ›aus Prinzip nicht tanzt‹ machst du einen Rumba-Kurs mit dieser Kollegin!«

Ihre Stimme tendierte wieder stärker in Richtung Hysterie.

»Sie war meine Vorgesetzte«, entgegnete Fred. »Was hätte ich denn sagen sollen?«

»Nein, zum Beispiel! Weißt du, man kann auch zu Vorgesetzten einfach mal nein sagen. Nein, ich kann nicht drei Monate lang zwei Abende die Woche Rumba tanzen – über den es übrigens heißt, dass die Tänzer einander körperlich heftig umwerben oder so …!«

»Echt?«

»Steht auf Wikipedia.«

Oh Gott. Jetzt wurde Fred einiges klar.

Er geriet vollständig aus dem Walzertakt und folgte Leni mit ungeschickten Schritten im Kreis. Schließlich blieb er stehen und sah ihr in die Augen.

»Es tut mir so leid. Das hab ich überhaupt nicht … Sie hat mich gar nicht interessiert.«

Sie schnaufte und zog ihn weiter mit sich im Kreis.

»Ehrlich, Leni, das Einzige, woran ich mich erinnere, ist, dass sie ›sch‹ nicht aussprechen konnte: ›Ich kenne ein chönes Fichrestaurant in der Nähe.‹«

Leni lehnte ihre Stirn kurz gegen seine Brust und lachte ihm gegen das Hemd.

Als das Paar zum Nierentischchen zurückkam, glänzten unter den Rosenblüten zwei kleine, in Goldpapier gewickelte Päckchen, die Micha dort wie vereinbart deponiert hatte. Leni ließ sich in den Ohrensessel fallen.

»Ich nehme an, die sind für mich?«, sagte sie, und Frederik nickte brav wie am Muttertag. Schweigend öffnete seine Exfreundin das größere Geschenk.

»Fred! Oh, mein …!«

Sie hielt die Schneekugel »Paris« in der Hand, die er an diesem Samstag unter Einsatz großen Zeitbudgets gebastelt hatte. Er nahm ihr die Kugel ab und kippte sie einmal kopfüber, so dass es hinter der Scheibe nur so auf den winzigen Eiffelturm, die französische Flagge und das Foto von ihnen beiden hinabschneite.

»Eine Erinnerung an unsere Parisreise.«

Er stellte die Schneekugel zurück auf das Spitzendeckchen.

»Fred, ich …«

Sie ließ sich zurück in ihren Ohrensessel fallen, ohne den künstlichen Niederschlag dabei aus den Augen zu verlieren.

»Ehrlich? Das ist dein Werk? Du hast nicht irgendeinen armen Praktikanten beauftragt oder so?«

»Mein Werk – mit etwas Hilfe von Herrn Käs, der hier die Bastelstunde macht«, sagte Frederik bescheiden.

Mit etwas Stolz erzählte er, wie er die Kunstschneeflocken und das destillierte Wasser ins Glas gefüllt hatte – und wie ihm die Heißklebepistole fast zum Verhängnis geworden wäre.

»Was bist du für ein Raubein«, scherzte Leni. »Ziehst

dir beim Schneekugelbasteln eine Schussverletzung zu!«

Sie lachten beide, und das war schön. Fast so schön wie neulich die Kaffeefahrt mit Agata, dachte Fred, aber damit meinte er natürlich: fast so *lustig* wie die Kaffeefahrt mit Agata.

»Mach das andere Paket auf«, sagte er. »Es ist klein, aber sehr wichtig.«

Leni spielte lieber noch eine Weile an der Schneekugel herum, als wäre es potentiell gefährlich, das andere, wirklich sehr kleine Geschenk zu öffnen. Sie wandte sich kurz zu den tanzenden Greisinnen hinüber, holte aber schließlich Luft und öffnete das bedenkliche Paket. Unter dem Goldpapier kam die Kamee hervor, mit ihrem Gesicht in Kerzenwachs.

»Fred, hast du …?«

»Selbst gemacht! Jopp. Sie sieht dir ziemlich ähnlich, oder?«

»Sie sieht mir …«

Ein paar längt überfällige Tränen rollten über Lenis Backen, und sie entschuldigte sich aufwendig.

Jetzt war der richtige Augenblick.

»Helena«, sagte Frederik feierlich, »Meine Leni. Ich dachte, St. Ambrosius ist der richtige Ort, um dir etwas sehr Wichtiges mitzuteilen.«

Er schnaufte feierlich.

»Ich wollte dir hier, im Altenheim, sagen, dass ich mit dir zusammen alt werden möchte.«

Um seine Worte zu illustrieren, deutete er hinüber zur Tanzfläche, auf die Schwarzwälder Kirschtorte und auch auf ein innig verbundenes Greisenpaar.

»Ich möchte später genauso ein gebrechliches Tänzchen hinlegen und an deiner Seite auf Kreuzfahrten gehen. Mit ärztlicher Begleitung natürlich.«

Leni sagte jetzt gar nichts mehr und wedelte sich mit gespreizten Fingern das Gesicht trocken. Ihr Blick war auf einen Punkt unterhalb der Tischkante gerichtet, so dass Fred nur mehr ihre Lider, aber nicht mehr ihre Augen sehen konnte, und sie fischte auf dem Nierentischchen nach einer Serviette.

Also fuhr er einfach fort.

»So wie die beiden da drüben will ich irgendwann mit dir im Tanzcafé sitzen.«

Er deutete noch mal zu Paul-Anton Wankel und seiner Frau hinüber, die nebeneinander auf der bestickten Récamière hockten und sich an der Hand hielten. Ehrlich gesagt, saßen sie nicht ganz freiwillig so friedlich beisammen; Frederik hatte sie für diese anrührende Szene engagiert, quasi als PR-Pärchen. Aber die beiden machten ihre Sache gut und löffelten sich jetzt sogar Schwarzwälder Kirschtorte in den Mund.

Leni schniefte.

»Ob man hier wohl noch irgendwann etwas Alkoholisches kriegen kann?«, rief sie mit gespieltem Ärger und sah durch zusammengekniffene Augen nach Kellner Micha. Fred bestellte noch mal zwei Gläser Pflaumensekt, dazu einen Bommerlunder und ein Malteser Kreuz. Eine Ewigkeit schien zu vergehen.

»Fred, dass du das hier für mich gemacht hast!«, hob Leni endlich an, ohne ihm dabei in die Augen zu sehen. »Die Schneekugel. Die Brosche. Diese Rosen. Sogar das alte Ehepaar da drüben, das du offenbar engagiert hast.«

»Ich habe die beiden nicht ...«

»Fred! Wenn sie sich unbeobachtet fühlen, fangen sie sofort an zu streiten oder gucken zu dir herüber.«

Frederik warf einen Kontrollblick zum Ehepaar Wankel. Sie zankten tatsächlich, aber Fred ertappte Paul-Anton, wie er zwischendurch den Kopf an seine Frau lehnte. Das hatten sie nicht einstudiert.

Leni griff noch einmal nach der Serviette und drückte sie sich auf die Augen.

»Danke, Fred, wirklich. Ich bin einigermaßen gerührt.«

Sie nickte entschieden.

»Dass du in irgendetwas Herzblut stecken kannst, das rein gar nichts mit Keener & Shark zu tun hat!«

Fred verkniff es sich, sie zu korrigieren. War ja auch egal, ob er jetzt direkt bei K&S arbeitete oder bei der Unternehmenstochter.

Leni schüttelte ungläubig den Kopf und suchte noch irgendeine trockene Stelle an ihrer Serviette.

»Aber es kommt alles zu spät, Fred. Das mit uns wird nichts mehr. Nie wieder.«

Gerade fuhr es Fred wieder so in den Bauch.

»Leni«, sagte er und wunderte sich über den verzweifelten Klang, den dieser Name plötzlich hatte, »Leni, wenn ich irgendwie die Zeit zurückdrehen könnte, dann würde ich diesen Brautstrauß nicht wegbaggern, sondern ...«

Tja, was würde er idealerweise damit tun?

»Ach vergiss doch diese dumme Sache, Fred. Das war doch noch gar nichts. Wenn du das zurückspulen wolltest, dann müsstest du auch die vergangenen viereinhalb Jahre zurückspulen: deine Dauerarbeiterei. Unser Liebesleben im Takt deiner Karriere.«

Er lachte empört, sagte aber lieber nichts.

»... Unser Streit, ob man das Diensthandy echt auch nachts mit aufs Klo nehmen muss ...«

»Wenn irgendwo in der Welt die Börse einbricht, muss ich ...«

»Den Sonntag, an dem du einfach nicht beim Brunch meiner Patentante aufgeschlagen bist – den könntest du direkt auch zurückspulen. Und löschen. Unsere Parisreise natürlich.«

»Welchen Part unserer superromantischen Parisreise würdest du denn zurückspulen?«

»Fast den ganzen, Fred! Wenn ich an Paris denke, denke ich an dich im Hotelbett – mit Aktenkoffer und Laptop. ›Wollen wir nicht doch noch zum Eiffelturm‹, frage ich am letzten Tag, aber du sagst ›Jetzt nicht‹ und tippst weiter. ›Wann dann? Wir sind *jetzt* in Paris.‹«

Leni schlug mit der flachen Hand auf den Tisch. Ihre Stimme hatte ein paar Phon zugelegt, und die alten Ladys am Nebentisch sahen mit großen Augen zu ihnen herüber.

»Während du im Hotelzimmer Fleißarbeiten gemacht hast«, schimpfte Leni leiser, »war ich mutterseelenalleine am Eiffelturm.«

»Wenigstens hab ich ihn im Flugzeug noch auf Maps angeschaut«, gab Fred zu bedenken, aber sie rollte nur mit den Augen.

»Aber es gibt da noch etwas ganz anderes, Frederik«, sagte sie schließlich, und ihre Stimme hatte einen endgültigen Unterton. Sie griff seine Hand und drückte sie zitternd.

»Ist es, weil ich in einem Altenheim wohne?«, fragte er fest.

Sie schüttelte den Kopf, sah aber wieder so seltsam an ihm hoch, an seinen Augen vorbei bis zur Stirn.

»Wobei … Es stimmt schon, Fred: Irgendwie wirkst du um Jahre gealtert. Dein Haaransatz sitzt plötzlich so weit oben. Du hattest doch nie Geheimratsecken, nicht mal schütteres Haar …«

Er fasste sich prüfend an den Kopf.

»Das ist nur Brillantine, Leni.«

»Aber grauer sind sie jetzt auch.«

Sie schüttelte den Kopf.

»Irgendwie scheinst du dich, wie soll ich sagen, dem Milieu hier angepasst zu haben. Unter Schülern beobachten wir das ganz oft …«

»Aber Kindchen!« Fred lachte altväterlich. »Das ist doch Kokolores.«

Sie zuckte zusammen.

»Und erst deine Ausdrucksweise! Außerdem ist dein Rücken so ganz leicht durchgebogen …«

Ihre Hand formte eine flache Kurve.

»Und Fred, dieses ganze Senior-Manager-Ding: Du *bist* plötzlich auch ein Senior.«

Fred tippte sich ans Ohr.

»Was? Kannst du das lauter …? Die Musik ist so …«

»Frederik«, rief sie. »Du weißt, dass ich alte Sachen mag. Aber der Altersunterschied zwischen *uns* beiden ist mittlerweile riesig.«

Fred hielt sich an der Lehne seines Plüschsofas fest. Er war ihr zu alt, das waren die hard facts.

Jetzt schaute auch noch Herr Käs vorbei. Wie konnte man als Sozialarbeiter bitte nicht erkennen, dass an diesem Nierentisch gerade eine soziale Katastrophe stattfand?

»Herr Berg, wie schön, Sie hier unter Menschen zu sehen«, sagte er und seufzte fröhlich.

Jetzt zuckte Fred zusammen. Was war mit Herrn Käs passiert? Seine Nickelbrille fehlte heute ebenso wie die Lederweste, und ausnahmsweise trug er ein Hemd mit farblich aufeinander abgestimmten Streifen. Sein Gesicht hatte plötzlich einen sportlichen Teint. Und wenn die Haare so locker fielen wie jetzt, verdeckten sie seine Geheimratsecken.

»Julian Käs. Enchanté«, sagte er zu Leni.

Vielleicht war er im Solarium eingeschlafen, mutmaßte Frederik, oder hatte sich einer Typberatung unterzogen. Aber am wahrscheinlichsten schien, dass Außerirdische ihn entführt, ausgesaugt und mit einem neuen, schneidigen Herrn Käs befüllt hatten.

Als Herr Käs sich mit einer jugendlichen Geste verabschiedet hatte, fuhr Leni fort. Fred hatte dabei gut Lust, einfach die Hände auf die Ohren zu pressen und laut singend hinaus zu rennen. Aber er blieb am Nierentisch sitzen wie Stein.

»Nein«, hörte er sie sagen, »es gibt noch etwas anderes. Und das ist ganz allein meine Schuld.«

Fred schaffte es immerhin, seinen Arm vom Sofa zu lösen und den lauwarmen Bommerlunder in einem Rutsch runterzukippen.

»Du hast doch nicht etwa einen Jüngeren«, stieß er hervor.

Leni versuchte, ulkig zu gucken.

»So einfach ist es nicht«, sagte sie schließlich. »Ich hab was Schlimmes gemacht.«

Fred musterte sie. Was sollte seine moralinsüßsaure Exfreundin schon Schlimmes getan haben?

»Hast du in irgendein Schülerheft Eselsohren geknickt und dich danach nur einmal entschuldigt?«

Leni deutete stumm auf die Stabheuschrecken. Fred duckte sich, um genauer in den Kasten zu sehen. Darin staksten wie erwartet Colt und Howie einher. Gerade verharrte Colt in der Bewegung und wendete Fred seinen grünen Fühlerkopf zu. Er war schon immer der Zutraulichere von beiden gewesen. Papas Liebling eben.

»Das sind nicht Colt und Howie, Fred.«

Fred riss den Kopf hoch.

»Wie bitte?«

»Das sind nicht Colt und Howie«, wiederholte Leni fest. »Jedenfalls nicht in der Originalausgabe.«

Sie leerte den Malteser Kreuz und sah bußfertig auf den Nierentisch hinab.

»Ja, Fred. Ich hab deine Stabheuschrecken auf dem Gewissen.«

Fred nahm noch mal zwei besonders dickbauchige Pralinen und versuchte gewaltsam, an irgendetwas anderes zu denken. Aber Wegschalten ging nicht: Er bekam von ihrem Geständnis die volle Breitseite ab.

»Ich habe lange mit mir gekämpft, Fred, was ich mit den ganzen Erinnerungen in unserer Wohnung machen soll: Ob ich deine Bilder abhänge, die Notizen in deiner Handschrift vom Telefonblock reiße, die beiden Stabheuschrecken rauswerfe …«

Sie jammerte leise in ihr Taschentuch.

»Am Schluss hab ich's getan – und sie auf der Wiese neben der Boschetsrieder Straße ausgesetzt.«

Fred ließ sich in den Sofabezug fallen. Die Härchen unter seinem Sakkoärmel formierten sich zu einer Gänsehaut.

»Weißt du, wie schadstoffbelastet das Gras da ist«, sagte er blechern, »durch die ganzen Abgase?«

Leni schnäuzte noch mal in ihre Serviette, aber die war mittlerweile so durchweicht, dass sie dem Luftstoß aus ihrer Nase kaum noch standhalten konnte.

»Aber ich erkenn doch meine eigenen Stabheuschrecken«, sagte Fred und sah angestrengt durch das Plastikkästchen.

Leni zog die Stirn in Falten.

»Die beiden neuen sind Weibchen. Sagte jedenfalls der Mann im Geschäft.«

Hinter dem Plastikkasten mit den falschen Stabheuschrecken sah Fred Georg Gruber heranruckeln. Mit durchgestrecktem Daumen signalisierte er seine Glückwünsche. Fred schüttelte mit einem flehenden Gesichtsausdruck den Kopf, aber Gruber näherte sich unverdrossen. Neben dem Nierentisch zog er die Handbremsen seines neuen Rollators und ließ sich umständlich auf die Sitzfläche sinken.

»Gnädiges Fräulein«, schnaufte er, »darf ich Ihnen ein Kompliment machen? In dem schwarzen Jöppchen sehen Sie hinreißend aus, ganz einfach hinreißend. Sie wären eine Zierde für jede Beerdigung!«

Leni justierte irritiert ihren Blazer.

»Vielen Dank!«, schniefte sie.

»Dürfte ich Sie, für den Fall meines Ablebens, auf die Liste der Trauergäste setzen?«

Leni suchte Freds Blick.

»Er plant nur voraus«, sagte ihr Exfreund matt.

Georg Gruber nickte.

»Ich kann Ihnen natürlich noch kein Datum für die

Feier nennen. Aber für Speis und Trank wird gesorgt sein. Und vielleicht können Junior und Sie auch das Tanzbein schwingen!«

Er kippte den Kopf in Richtung Frederik und zwinkerte dabei verschwörerisch.

»Ach, ich weiß nicht«, murmelte Leni.

Sie sah Fred kurz an und senkte die Augen.

Schließlich gab sie Georg Gruber aber doch, angestrengt lächelnd, eine frisch gedruckte Visitenkarte, die er in die Hosentasche steckte. Er verabschiedete sich mit einem wenige Zentimeter tiefen Diener und ruckelte davon.

»Scheiße, Fred«, sagte Leni, als sie wieder allein waren. »Mir hat noch nie was so leidgetan. Also, wenn du mich jetzt dem Tierschutzverein melden willst: Tu's. Ich sollte eh keine Kinder mehr unterrichten, mit so einer Vorgeschichte. Wenn die rausfinden, dass ausgerechnet ich jahrelang für das Schulmeerschweinchen verantwortlich war …«

Ihr kamen schon wieder die Tränen – vom vielen Weinen musste sie mittlerweile völlig dehydriert sein –, aber Fred winkte ab.

»Colt und Howie wären noch bei uns«, sagte er monoton, »wenn ich nicht so ein Arsch gewesen wär. Du hättest lieber *mich* an der Boschetsrieder Straße aussetzen sollen.«

Er starrte auf die geplünderte Pralinenschachtel.

Seine Exfreundin holte tief Luft.

»Fred, ich war so … böse auf dich. Und dann rufst du neulich abends an und erkundigst dich nach deinen Stabheuschrecken. Und da musste ich wieder dran denken, wie du sie immer vor mir begrüßt hast, fast wie kleine Kinder. Und wie du Howie ›Heile, heile Segen‹

gepustet hast, als er beim Häuten dieses Bein verloren hat …«

Fred konnte sich nur unscharf an den Vorfall erinnern.

»Du hast sie nach unserem Telefonat …?«, sagte er geistesabwesend.

Leni nickte.

»Also hatte Peterle doch recht.«

»Wer?«

»Der Plüschhund von … Ach nichts.«

Hastig sammelte Leni die verweinten Taschentücher ein und stopfte sie in ihre Filzblumen-Tasche.

»Behalt die Rosen, Fred. Ich hab sie echt nicht verdient.«

Sie packte ihre Tasche, drückte weich seine Schulter und floh aus dem Bingosaal.

Auch zwei Stunden später saß Frederik noch so bei seinen Rosen, im milchigen Diskolicht, als der letzte Schlager verebbte und nur Colt und Howie 2 ihn erwartungsfroh aus ihrer Plastikbox anschauten. Betrachtete man Fred von der Kuchenvitrine am anderen Ende des Bingosaals aus, glich er einem gebeugten älteren Herrn, der alleine an seinem Nierentisch saß. Draußen warf die Abendsonne ein paar Reststrahlen auf den Putz des Altenheims, und mit der hereinbrechenden Dämmerung zogen dunkelgraue Wolken heran, die just über dem Flachdach zu parken schienen. Ringsum sprangen die Straßenlaternen an, und der Asphalt füllte sich mit samstagabendlichen Nachtschwärmern auf ihrem Weg zu den Kneipen und Partys der Stadt.

19 Konferenz mit Klosterfrau

Nach dem Tanzcafé, mit seiner morbiden Enthüllung, fühlte Fred sich nicht mal in der Verfassung, einen Bleistift zu spitzen, geschweige denn, auf dem Target-Group-Meeting vor den Amerikanern zu sprechen. Aber genau das stand am Montag an: Er sollte den Kollegen im amerikanischen Mutterhaus seine neuesten Strategien für die »Youngest Potentials« zwischen 3 und 8 präsentieren – und vor allem sollte er zeigen, was für ein Young Potential er selbst war.

An der Tür zum K&S-Roofloft schaltete er sein Handy auf stumm – und warf einen Blick in den palastartig verglasten Konferenzraum. Die teuersten Anzüge des Bankhauses waren zusammengekommen, um per 60-Zoll-Plasmabildschirm mit den USA zu konferieren. Vom hochglanzpolierten Holztisch auf hiesiger Seite reihte sich eine gleichförmige Kette makelloser Business-Suits zum amerikanischen Metalltisch auf dem Display: Kostüme und Maßanzüge in dezenten Schattierungen von Dunkelgrau, weiße und hellblaue Hemden, faltenlose Streifenkrawatten. Dazwischen saß, noch tadelloser als die anderen und sozusagen tadelloser als er selbst, Dr. Oppermeier, der erwartungsvoll mit seinen Fingern spielte.

Fred fühlte sich ungefähr so wie damals vor dem Blockflötenkonzert, als er im letzten Moment hingeschmissen hatte. Er hatte es nicht etwa getan, weil ihm das Üben zu hart war, wie Erich bis heute mutmaßte, sondern ganz einfach, um seine Eltern nicht mit einer stümperhaften Variation von »Bruder Jakob« zu beschämen. Gisela hatte extra ein neues Kleid gekauft damals, und Erich seine klobige Videokamera klargemacht. In einem »Beschissene Situationen«-Ranking, das Fred jetzt vor der Glastür in seinem Kopf erhob, rangierte dieser Moment am Konferenzraum sogar vor dem geschwänzten Konzert, und nur knapp hinter dem gestrigen Nachmittag im Tanzcafé. Er warf einen letzten Blick auf seine Reflexion in der bodentiefen Glasfront – und erschrak vor einem alten Männchen, das ihn aus müden Augen anglotzte. Es trug ein kariertes, schlampig in die Hose gestecktes Großvaterhemd unterm Anzug und hatte sich die Haare so ölig über den Kopf gekämmt, als wolle es eine Glatze kaschieren. Kinn und Hals waren gesprenkelt mit grauen Bartpünktchen. Und warum hatte es statt der Budapester heute die Schlappen aus dem Sanitätshaus angezogen?

Aber Arun Cugati, Managing Director Strategies & Development, eröffnete bereits mit ein paar dynamischen Sätzen die Zielgruppen-Sitzung und streute Schlagworte wie »Innovation Methods« und »Customer Relationship Management« ein, also musste Fred jetzt durch diese Tür. Nur: War das wirklich der neue Senior Manager, der jetzt zum Konferenztisch tapste und dort leicht überfordert nach einem freien Ledersessel suchte, wie ein Tattergreis in der U-Bahn?

Smithi schnupperte in die Luft, als er an ihm vorbeizuckelte, und zog übertrieben die Nase kraus. Vielleicht hätte Fred morgens doch nicht mit Klosterfrau Melissengeist den Mund spülen sollen?

Statt sich dynamisch in den Ledersessel fallen zu lassen, kramte er ein Keilkissen vom Sanitätshaus aus seiner Aktentasche und ließ sich mit einem langgezogenen Ächzen darauf sinken. So hatte er es wenigstens bequem.

Arun schaute während seiner markigen Sätze zweifelnd zu Fred herüber und schien beim Anblick des Keilkissens zu erschaudern. Trotzdem richtete er das Wort an Fred: »Frederik Berg, Senior Manager MyMoney Germany, wird diesen Aspekt näher erläutern.«

Aspekt? Welcher Aspekt noch mal?

Jetzt war die Zeit für Freds Top-Performance gekommen, aber er blinzelte so verkniffen, als leuchte man ihm mit Suchscheinwerfern in die Augen. Schließlich stemmte er sich aus dem Ledersessel, brauchte noch mal eine halbe Ewigkeit, bis er ganz oben war, und begann seine Notizen zu verlesen.

»Die Zielgruppe ›Junge Erwachsene/Young Potentials‹«, sagte der Senior Manager monoton, »wird in unserer Branche heftig umworben.« Dabei stupste er seinen Zeigefinger in die Luft wie eine Pistole, die er aus Angst vor dem Knall eigentlich gar nicht abfeuern wollte.

»Aber wie gewinnen wir die wirtschaftlich attraktiven Privat- und Geschäftskunden von morgen?«

Er las weiter vom Blatt ab wie ein überforderter Grundschüler – über Incentives in Form von Geldprämien, über Embedded Branding und Markenbotschafter – und kam schließlich in gelangweiltem Ton zu seiner neuesten Innovation.

»Deshalb haben wir Spiel-Kreditkarten kreiert«, verlas er und hielt zwei quietschbunte, briefmarkengroße Kärtchen hoch.

»Mit Hello-Kitty-Motiven für Mädchen und Bob-dem-Baumeister für Jungs.«

Er stellte den Finger vor sich auf den Tisch und bog ihn nach hinten durch, wie er es früher getan hatte, wenn er einen wichtigen Punkt machte.

»Mit diesem Schachzug«, leierte er weiter, »holen wir die in Zukunft potentiell hochattraktive Zielgruppe 3 bis 8 direkt in ihrer Lebenswelt ab: im Kaufladen ihres Kinderzimmers.«

Er seufzte vernehmlich.

»Meine Kollegen und ich stehen in Sachen Cross-Marketing bereits in Kontakt mit zwei Spielwaren-Herstellern und einer Fastfoodkette.«

Am Ende seiner schläfrigen Ansprache zog Fred ein zerknittertes Stofftaschentuch aus dem Jackettärmel, bedankte sich und schnäuzte umständlich hinein. Von deutscher wie amerikanischer Seite erhielt er höflichen Applaus – wobei die Kollegen wohl eher aus Respekt vor dem Alter klatschten. Und als Freds Blick den des Chefmachers traf, machte der eine würgende Handbewegung um seinen Hals.

Nach der Konferenz schlug Oppermeier zum One-on-One-Meeting in Freds Haifisch-Büro auf – mit vor Entsetzen zerfurchtem Gesicht.

»Verdammt, Berg«, zischte der Chefmacher. »Wo ist Ihre jugendliche Beißwut geblieben. Sie wirken so … alt. So weich. So freundlich.«

Fred zuckte freundlich mit den Schultern.

»Und müssen Sie alle so nett anlächeln!«, setzte Oppermeier fort und lächelte dabei so unvorteilhaft er nur konnte.

»Widerlich war das, Berg, richtiggehend widerlich. Ich dachte schon, gleich streichelt er einem von uns über den Kopf und verteilt Bonbons. Dabei brauchen wir Sie jetzt!«

Auf seine chefmäßige Weise wirkte Dr. Oppermeier mit einem Mal panisch.

»Haben Sie die April-Bilanz angeschaut! Die ist *Scheiße!*«

Ohne falsche Verbindlichkeit donnerte er seine Faust auf Freds Schreibtisch, so dass das Namensschild zitterte.

»Nehmen Sie sich mal ein paar Tage frei, Berg. Nur bis zum Paris-Deal, dann sehen wir weiter. Vielleicht brauchen Sie einfach nur ein bisschen Urlaub.«

»Ein bisschen Urlaub« – aus Oppermeiers Mund war das ein Arschtritt.

Nach diesem Tag im Office fand Fred den Aufzug im Altenheim belegt. Aber er war schlichtweg zu müde, und vielleicht auch zu traurig, um zu Fuß die vier Stockwerke hochzulaufen. Alles schien still im Heim: Nur die Nachtschwester legte noch hinter ihrer Glasscheibe Patiencen, und aus seinem Winkel im Flur blickte der wächserne St. Ambrosius stumm und vergebend auf Fred hinab. Da erinnerte der Manager sich an den automatischen Treppenlift, mit dem er vor einigen Wochen Vanessa Carton in die Flucht geschlagen hatte – und der nun verführerisch an der Treppenwand im Erdgeschoss parkte.

Schon als Kind war er von dem klotzigen Ding aus der Fernsehwerbung fasziniert gewesen, das mit sauber frisierten Großeltern an Bord durch Treppenhäuser kurvte, halb Sessel, halb Raketensitz, vorbei an bordeauxroten Teppichen und Zimmerpflanzen.

Laufen oder sitzen? Das war an diesem Abend eine Frage des Stolzes – und Stolz hatte Fred nicht mehr. Also nahm er auf dem Kunstledersitz des Treppenlifts Platz, legte sich seinen schmalen Lederkoffer auf die Knie und schob den Bedienungshebel in Fahrtrichtung. Langsam schwebte der Treppenlift los. Für die erste Etage brauchte er unendlich lange, wie eine Karussellrunde in Slow Motion, und noch vor wenigen Wochen hätte Frederik die Zeit selbstverständlich genutzt, um Papiere durchzusehen oder ein Businessgespräch auf dem Cell zu führen. Jetzt aber verharrte er – seelisch zerknautscht – in seinem Sitz, starrte jeweils in die Richtung, die der Treppenlift vorgab, und verbrachte die Zeit damit, niedergeschlagen zu sein und an seine verstoßenen Stabheuschrecken zu denken. Und er trauerte um Leni, die sich für ihn in Luft aufgelöst hatte, seit sie Colt und Howie an der Boschetsrieder Straße ausgesetzt hatte.

Mit einem *Klack* ging das Licht aus, und Fred schwebte ins Ungewisse. Er war umgeben von der Dunkelheit und dem leisen Knarzen des Lifts und klammerte sich an seinen Aktenkoffer. Kurz vor dem zweiten Stock knarzte der Treppenlift irgendwie schriller und ruckelte in der Kurve wie der Waggon einer uralten Geisterbahn. Aus der Tür über ihm trat eine dunkle Gestalt ins Treppenhaus. Fred klammerte sich fester an den Koffer. Es gab kein Entkommen: Dieser Treppenlift fuhr genau auf die Gestalt zu, die schwer atmend in seine Richtung starrte. Er wollte umdrehen, aber in der Dunkelheit fand er den Hebel nicht, sondern griff ins Leere. Einen Moment lang spielte Fred mit dem Gedanken, in voller Fahrt abzuspringen – aber das Ding ruckelte arg bedenklich im Finstern.

»Ist da wer?«, fragte er zittrig in die Dunkelheit.

Ein schweres Schnaufen.

»Fred?«

Das Licht ging an, und Fred kniff seine Augen zusammen.

»Fred, du liebe Scheiße.«

Agata stand in der Tür, taumelte erleichtert zur Wand

und ließ sich mit dem Rücken gegen einen Feuerlöscher fallen. Sie schnappte nach Luft.

»Kannst du einen erschrecken«, sagte sie um Atem ringend. »Weißt du, wie gruselig das ist? Wenn einem im Dunkeln der Treppenlift entgegenkommt, den seit Jahren keiner benutzt hat, so leise rasselnd und mit einer zusammengesunkenen Gestalt drauf ...?«

Sie schüttelte sich.

»Was machst du überhaupt in dem alten Treppenlift – um diese Uhrzeit?«

Bevor Fred antworten konnte, tauchte aus der Brandschutztür hinter ihr Micha auf, der seinen alten Schulfreund mit zwei auf ihn gerichteten Fingern begrüßte. Dabei baumelten ihm die Freundschaftsbändchen fröhlich vom Handgelenk. Er und Agata trugen nicht mehr ihre Kittel, sondern Freizeitsachen, und wenn Frederik eins und eins zusammenzählte, dann gingen sie jetzt wohl miteinander aus. Agata sah Fred mit einem so seltsamen Blick an, und schien etwas sagen zu wollen. Fred fuhr einfach weiter und war schon fast um die nächste Ecke, als nicht sie, sondern der Pfleger ihm hinterherrief.

»Fred! Fre-hed, warte mal!«

Fred drückte den Hebel kräftig nach oben, um Tempo zu machen, aber der Treppenlift zuckelte im Schneckentempo voran. Er seufzte. Micha erreichte ihn mit ein paar Sätzen und ging neben dem Lift her.

»Aggi und ich gehen noch auf ein Bier. Ganz entspannt.«

Er hob die Hand flach in die Luft, um den extremen Grad ihrer Entspanntheit zu illustrieren.

»Komm doch mit – ein bisschen Quality Time mit Gleichaltrigen würde dir guttun.«

Beim Wort »Gleichaltrigen« deutete Micha auf den Treppenlift. Als Fred nicht reagierte, zog der Pfleger den

Hebel neben der Armlehne, worauf der Treppenlift langsamer wurde und mit leisem Quietschen stehen blieb.

»Ich sehe im Office den ganzen Tag Gleichaltrige«, gab Fred zurück. »Das reicht mir.«

Micha seufzte.

»Wir würden uns echt freuen, Fred.«

Fred drückte den Hebel wieder nach oben.

»Du nennst sie Aggi?«, fragte er, weiter aufwärts schwebend.

»Ja, schon seit Jahren. Wieso?«

»Ach, nichts. Ich muss jetzt ins Bett.«

Er wurde so entsetzlich früh müde in letzter Zeit – und lag dafür morgens oft schon lange vor Sonnenaufgang wach in seinem Bett und guckte den Triangelgriff an.

»Wie du willst«, sagte Micha geschlagen. »Aber ein anderes Mal, ja?«

Er richtete zum Abschied noch mal zwei Finger auf Fred und ließ sich hinter dem Lift zurückfallen, was bei 0,15 Metern pro Sekunde ziemlich dauerte. Schließlich machte er kehrt und joggte abwärts, bis er in der Tiefe des Treppenhauses versank. Vom Erdgeschoss her hörte Fred besorgtes Getuschel und das schmatzende Geräusch einer sich öffnenden Brandschutztür.

»Pfff«, machte der Senior Manager auf seinem Treppenlift. Was lag ihm denn daran, ob die zwei miteinander ausgingen oder nicht.

20 Headhunter beim Entenfüttern

Nach seiner Beurlaubung gab es keinen triftigen Grund morgens aufzustehen, also verbrachte Fred lange Stunden im Bett. Von den Pflegern ließ er sich zuweilen eins der Handys bringen, wenn er es mit gestrecktem Arm nicht erreichte. Die Ereignisse überschlugen sich nicht gerade: Wie nie zuvor freute Fred sich auf die Essenszeiten, studierte im Bett ausführlich den Speiseplan und versuchte stets, dem Überbringer ein kleines Schwätzchen abzuringen. Gern berichtete er davon, was er vom Balkon aus beobachtet hatte, oder bot ein Gläschen Likör an.

»Das darf ich doch nicht, Herr Berg, erst recht um die Zeit«, war ein Satz, den er in diesen Wochen oft hörte.

Wenn die Pfleger verschwunden waren, spielte er am Laptop Bridge; sein Passwort hatte er mittlerweile von CHICAGO = PLACE2B zu TIROLER_GROESTL geändert. Das klang nett und erinnerte ihn schon mal an die nächste Mahlzeit. Ohnehin war das alte zu kompliziert gewesen mit den Zahlen und dem ganzen modernen Zeug.

Allgemein wirkte der Zwangsurlaub auf Fred eher einlullend als erfrischend: Die Wii-Turniere im Heim, auf denen er zunächst brilliert hatte, waren ihm jetzt zu anstrengend. Er konnte einfach nicht mehr mithalten mit den Alten, weder beim Wii-Spielen noch beim Sitztanzen noch bei der Wassergymnastik, deren Choreographien ihn mehr und mehr überforderten. Und auch die Spaziergänge mit Georg Gruber waren ihm mittlerweile einfach zu hektisch.

»Junior, wir könnten zur Aufheiterung doch einen Spaziergang zum Friedhof machen!«, schlug der Rentner eines Nachmittags vor und lachte sein Wirtshauslachen. Aber Fred winkte müde ab.

»Ich weiß nicht, ob mich das aufheitert. Mit all den Namen von glücklich verheirateten Paaren auf den Grabsteinen.«

Sein Bett hatte Fred mittlerweile in einen Bettarbeitsplatz umfunktioniert, der ihm das Bridge-Spielen in besonders bequemer Position ermöglichte – mit stark aufgerichtetem Rückenteil, ausgeklapptem Tischchen für das Notebook und zurückgeschlagener Bettdecke. Und wenn er in der anderen Hand noch den Speiseplan hatte, erleichterte der Triangel-Handgriff das mühsame Umdrehen.

Als Fred sein Notebook eines Morgens zum Ententeich transportieren wollte, kam für wenige Meter der Stationsrollator zum Einsatz. Es hätte sonst seinem Rücken geschadet – und das Equipment passte einfach perfekt in den Drahtkorb des Geräts. So machte er mit dem Rollator rüber zum Teich, das Wägelchen vollgepackt mit Notebook, Touchpad und braunen Apfelschnitzen vom Frühstückstablett. Das Cell in der einen, den Rollatorgriff in der anderen Hand, schlurfte er an den Greisen vorbei und suchte sich eine Schattenbank, damit die Maisonne nicht zu grell aufs Tablet schien. Auch Colt und Howie 2 waren in ihrer Plastikbox mit dabei. Na und? Frau Rody sprach mit ihrem Plüschhund, Frederik hätschelte eben seine

Stabheuschrecken. Die beiden sollten auch etwas sehen von der Welt.

An diesem Tag waren Fred und seine zweigähnlichen Gefährten die Hauptattraktion am Teich – da konnten die Enten noch so niedlich hin- und herschwimmen. Natürlich spürte er die Blicke der Heimbewohner, die vor Erstaunen das altbackene Brot in den Tüten ließen. Doch was interessierte es ihn schon. Er arbeitete ein bisschen, auch wenn es gerade niemand von ihm verlangte, und aß seine Apfelschnitze. Als die drei Panflötenspieler eine rauchig-fidele Version von »Ich wünsch Dir Liebe ohne Leiden« spielten, verkniff er sich eine Träne. Dazu zupfte er die Jogginghose mit den Rallyestreifen zurecht, die Gruber ihm geliehen hatte, und sortierte seine gemütliche braune Strickjacke. So saß er dort bis zum Sonnenuntergang.

Als die Enten im Teich sich schon wärmesuchend aneinanderdrängten, sah Fred wieder diesen Mann. Er ging langsam am anderen Ufer entlang und hatte die Hände in seinem Lederblouson versenkt. Wegen der Blesshühner konnte er jedenfalls nicht hier sein; er hatte ja nicht mal Brot dabei. Anfänger.

Vielleicht war er wirklich nur ein Headhunter. Allerdings wirkte seine Aufmachung nicht grade businesslike … Die ganze Erscheinung kam Fred so vertraut vor, so familiär. Die Hände noch immer in den Jackentaschen, bummelte der Typ ein paar weitere ziellose Schritte am Teich entlang. Jetzt war er stehen geblieben und betrachtete übertrieben interessiert die Sträucher. Ein professioneller Privatdetektiv war das jedenfalls nicht. Er befühlte sogar einen Zweig … Mit einem Mal, schneller als Fred wegschauen konnte, schwenkte der Mann zu ihm her, und er bekam seinen Blick voll ab. Fred zog sich schützend sein Notebook vor den Körper. Wer wusste schon, was der Klops da in der Jackentasche hatte? Doch, doch, er kannte ihn irgendwie! Fred justierte auch noch das Tablet dorthin, wo sein Herz wummerte, und winkte friedfertig dahinter hervor. Aber statt zurück zu grüßen, bückte der Klops sich linkisch und floh Richtung Park.

Okay, das konnte doch nur ein irrer Stalker sein! Fred versuchte, regelmäßig zu atmen. Oder bekam er schon Wahnvorstellungen? Ab jetzt war jeglicher Eierlikör gestrichen. Wahrscheinlich hatte er seit seiner Beurlaubung einfach zu viel Zeit bei der Hand. Oder Entzugserscheinungen.

»Fred!«

Er fuhr zusammen.

Agata stand direkt hinter seiner Parkbank. Ihre Wangen waren gerötet, vielleicht vom schnellen Gehen, und an der Stirn der Pflegerin kringelten sich ein paar schweißnasse Locken.

»Na, wie wir hier sitzen, Herr Berg«, sagte sie etwas atemlos, »Das nenne ich mal einen rüstigen Rentner!«

Frederik zog eine Altherrengrimasse. Er erzählte ihr lieber nichts von dem Mann am Teichufer.

»Man sieht dir das Alter ja kaum an«, foppte Agata ihn weiter. »Jetzt noch etwas Sommerbräune – und man könnte denken, du wärst wieder 60!«

Fred konterte jetzt leicht ungemütlich.

»Na, was haben wir denn da für ein scharfes junges Ding«, sagte er so unappetitlich wie möglich und zwinkerte ihr altherrenhaft zu.

Sie grinste und setzte sich neben ihn.

»Und was haben wir denn da für einen hässlichen alten Knacker.«

Zusammen sahen sie einem vorbeiziehenden Blesshuhn nach.

»Mal ehrlich, Purzel. Dir geht's nicht gut, oder? Du bist ganz blass.«

Von der Seite spürte er ihren sorgenvollen Blick. Oje, jetzt legte sie ihm auch noch die Hand auf den Rücken, wie sie es manchmal bei den Senioren tat.

»Kann ich irgendwas …?«

Aber er schüttelte den Kopf.

»Das mit deiner Freundin, neulich, bei unserem Tanzcafé, das hat nicht so funktioniert, wie du es dir gedacht hast, stimmt's?«

Fred sah vorsichtshalber noch mal zum anderen Ufer des Teichs.

»Nein, es war nicht direkt der Outcome, den ich im Fokus hatte.«

Er musste sich mittlerweile sehr anstrengen für solche Sätze.

»Aber es macht nichts«, sagte er. »Sie hat sich verändert.«

Wieder starrten sie auf den schlammgrünen Teich.

»Kennst du das«, fragte er matt, »dass du in der Früh in den Spiegel guckst und dir denkst: ›Guten Morgen, du Arsch‹?«

Agata kniff – künstlich sinnierend – ein Auge zu.

»Eigentlich: nein«, sagte sie schließlich.

»Nein? Wirklich nie?

»Nein, eigentlich wirklich nie.«

Fred produzierte ein kleines Grollen.

»Ich denke es dauernd.«

Er tippte auf seinem Laptop herum und schmollte.

»Also ich finde nicht, dass du ein Arsch bist«, sagte Agata und sah ihn entschieden von der Seite an.

»Wirklich nicht?«

Er setzte sich gerader hin.

»Warum nicht?«

Sie faltete die Hände vor ihrem Kittel.

»Du magst vielleicht ein ziemlicher Workaholic sein. Aber wahrscheinlich wird man einfach so, wenn man bei einer Bank arbeitet – also in irgendeinem Chefsessel und nicht so wie mein Cousin Janusz, der am Weltspartag Luftballons verteilt.«

Sie lächelte.

»Aber es gibt Schlimmeres, als seine Arbeit zu lieben. Ich mag meine auch. Mich nennt nur keiner Workaholic, weil ich beim Schuften nicht so viel verdiene wie du.«

Mit einem Seufzen stand die Pflegerin auf, aber Fred fasste nach ihrem Arm.

»Kannst du das … kannst du das vielleicht noch näher spezifizieren. Warum ich kein Arsch bin?«

»Ach Purzel …«

Agata setzte sich wieder auf die Bank.

»Okay, du hilfst unseren Senioren dabei, ihre Enkel wiederzusehen. Und zu verreisen, ohne den Bingosaal zu verlassen. Das macht dich wirklich zu einem Nicht-Arsch! Hast du eigentlich mitbekommen, dass wir überlegen, das Ganze auszubauen? Unser Heimleiter will einen eigenen Computerraum dafür einrichten, Studenten einstellen und so. Na ja, es wird wahrscheinlich nur eine größere Abstellkammer sein. Aber das haben wir dir zu verdanken!«

Geschmeichelt wackelte Fred mit dem Kopf.

»Ihr könntet den Raum ja nach mir benennen.«

»Die Frederik-Berg-Gedenk-Abstellkammer«, sagte

Agata feierlich und formte mit den Händen eine imaginäre Plakette.

»Mhm.«

Komplimente taten ihm gerade sehr gut – auch wenn er auf niedrigstem Niveau danach fischen musste.

»Und weiter?«

Er sah sie erwartungsfroh an.

»Gibt es vielleicht noch irgendwas, das du an mir leiden kannst? Es können auch Kleinigkeiten sein. Findest du zum Beispiel, dass ich ... hübsch bin?«

Er guckte so glatt wie möglich, und Agata musste lachen.

»Okay, Purzel: Meiner Meinung nach bist du der schönste Mann im ganzen Haus. Deine Haut sitzt so schön straff ... Aber mein Urteilsvermögen ist natürlich getrübt. Ich habe ja beruflich nicht gerade mit George Clooney zu tun: Du siehst groß und glatt und gesund aus – wenn man dich mit Herrn Wiese und seiner löchrigen roten Nase vergleicht. Oder dem armen Herrn Daume, der in letzter Zeit so viel Speichel absondert. Und wenn man dich neben Herrn Kiruna stellt mit seinen zwei beigefarbenen, weit auseinanderstehenden Zahnstumpen ...«

Fred unterbrach sie: »Es gibt heut also keine Komplimente mehr?«

»Nein, Purzel.«

Am Abend schlug der Heimleiter vor seinem Apartment auf, ein gedrungener Mann mit Fliege, den Fred heimlich Herr Dingsbums nannte, weil er seinen Namen sofort wieder vergessen hatte. Der Senior Manager saß gerade auf seinem Bett und hatte die *Adel aktuell* in der Hand, über deren Kreuzworträtsel er kurz eingenickt sein musste. Das Pochen an der Tür weckte ihn.

»Ich habe mit Dr. Mankel gesprochen«, sagte Herr

Dingsbums nach knapper Begrüßung, und sein Blick durchkämmte das Wohnbüro.

»Was Sie angeht, Herr Berg, ist er ganz einer Meinung mit unserem Sozialarbeiter.«

Frederik sah hinüber zum Gemälde mit dem heiligen Ambrosius. Er schickte ein Stoßgebet zu ihm und seinen Bienen. Bitte, bitte, jetzt keine Moralpredigt von wegen: Gesunde junge Menschen gehören nicht in ein Altenheim.

»Und wir alle meinen«, fuhr Herr Dingsbums fort, »dass Sie hier genau der richtige Mann am richtigen Ort sind!«

»Bitte wie?«

Fred fühlte sich unterzuckert.

»Sowohl die Gesundheit als auch das Wohlbefinden unserer Senioren haben sich signifikant verbessert, seit Sie bei uns leben, Herr Berg. Das berichten nicht nur der Heimarzt und die Therapeuten, das hat auch die jüngste Umfrage unter den Bewohnern und deren Angehörigen ergeben.«

Fred hatte von der Umfrage gar nichts mitbekommen.

»Unsere Senioren gehen weitere Strecken, nehmen öfter am Sitztanzen und sogar an der Wassergymnastik teil, seit Sie dort sind, und der Blutdruck hat sich kollektiv verbessert – insbesondere bei den Frauen.«

Herr Dingsbums lachte zufrieden.

»Und wussten Sie, dass die Bewohner Ihretwegen viel mehr Besuch bekommen? Tja, die Angehörigen lieben Sie, Herr Berg. Sie sind so etwas wie ein Faszinosum.«

Fred zuckte müde mit den Schultern. Er hatte sich ja auch schon gewundert über die vielen Nichten und Neffen, die in letzter Zeit die Parkbänke und Couchgarnituren in St. Ambrosius verstopften. Aber es hatte ihn eher frustriert, weil er selbst niemals Besuch bekam. Außerdem machten die jungen Leute immer so einen ohrenbetäubenden Lärm!

»Das freut mich«, sagte er geistesabwesend.

»Zwei junge Frauen und ein Herr haben bereits per E-Mail angefragt, ob sie auch hier einziehen könnten. Nicht für immer natürlich, sondern für eine längere … ja: Auszeit. So wie Sie!«

Er zupfte seine Fliege zurecht.

»Für eine Art innere Klausur, Herr Berg.«

Fred sah aus dem Fenster in den Hof. Ja, für eine Art innere Klausur war er damals hier eingezogen, als im Park noch Schnee auf den Bäumchen hing und Eisschollen im Teich. Aber jetzt war der Schnee längst verschwunden und Fred immer noch da. Und er konnte sich derzeit nicht vorstellen, irgendwann genug Elan für einen Auszug aus dem Altenheim aufzubringen. Der Gedanke, auf all die Annehmlichkeiten zu verzichten und wieder für sich selbst zu sorgen, war Fred unheimlich. Vielleicht würde er die Sache mit dem Umzug ja einfach untertunneln, aussitzen, bis er das adäquate Alter fürs Seniorenheim ohnehin erreicht hatte. Das sparte Stress und einen ganzen Haufen Umzugskartons.

Herr Dingsbums klopfte auf die Plastikbox mit Colt und Howie 2 und sagte: »Na, ihr Rabauken!«

Er räusperte sich.

»Jedenfalls denken wir darüber nach, die Logis junger Bewohner offiziell ins Konzept aufzunehmen, Herr Berg – als Teil unseres *Diversity Programs*.«

Herr Dingsbums war ganz aufgeregt: »Urlaub im Altenheim könnte in Zukunft schick werden unter jungen Führungskräften. Und wir würden von dieser Zielgruppe natürlich mehr Miete verlangen.«

So könnte das Heim ein paar neue Investitionen machen, sagte er, darunter einen anständigen Kaffeeautomaten für das Besucherzimmer und den neuen Computerraum. Schicke kleine Tischchen sollte es dort geben, moderne Laptops und richtigen Cappuccino, damit junge Besucher sich wohl fühlten in St. Ambrosius und auch länger blieben als nötig.

Herr Dingsbums gab dem Terrarium einen abschließenden Klaps, unter dem Colt und Howie leicht vibrierten.

»Wir haben für potentielle junge Bewohner diese Broschüre vorbereitet«, sagte er und hielt Fred ein buntes Faltblatt hin.

»Jung, erfolgreich und rastlos?«

stand dort in fröhlichen bunten Lettern neben drei Platzhalter-Kästchen für Fotos.

> *»Entschleunigen Sie Ihr Leben – mit einem Aufenthalt in St. Ambrosius. Lassen Sie sich bequem in unser Servicenetz fallen – Vollpension und Nackenmassage inklusive – und finden Sie zurück zu Ihrer Mitte. Genießen Sie Filterkaffee, deutsche Hausmannskost und die ruhige Atmosphäre unseres Altenheims.«*

Für den Prospekt brauche Herr Dingsbums noch ein paar Fotos – ob man von Fred vielleicht …? Erneut zuckte Fred mit den Schultern. Warum nicht. So entstand ein Bild, das den angegrauten Manager mit Laptop und gerecktem Daumen auf seinem Altenheimbett zeigte, ein weiteres mit Blümchenbadekappe im Schwimmbecken, und noch ein drittes, auf dem er zwischen weißhaarigen Mitbewohnern beim Bingo saß. Das Lächeln wollte ihm zwar nicht recht gelingen auf den Fotos, und auf dem Bingo-Bild wirkte er reichlich überfordert ob der komplizierten Spielkarten, aber ansonsten machte Fred alles mit – ihm war alles egal.

Selbst zum Lesen war er jetzt manchmal zu faul. So ließ er sich die Zeitung, wenn seine trockenen, dauerbeanspruchten Augen schon beim Frühstück brannten, von einem Internetservice für Blinde und Sehbehinderte vertonen. Bei dem Studenten, der im Bingosaal ehrenamtlich Zeitungen vorlas, hatte er sich mit seinen Vorschlägen ja die Zähne ausgebissen – dabei wären die Artikel aus dem Wirtschaftsteil für alle interessant gewesen.

Fred fand es auch nicht anstößig, sich das Essen jetzt zuweilen pürieren zu lassen. Zwar war die Altenheimkost ohnehin salzarm und magenschonend. Aber warum seine Innereien über Gebühr triezen, wenn sie schon genug mit schwankenden Börsenkursen und Weltschmerz zu tun hatten? Fortan ließ Frederik sich das Fischfilet »Bordelaise«, den Jägerbraten oder die Königsberger Klopse als feinen Brei servieren. Er fand Häufchen in unterschiedlichen Farben auf seinem Wärmeteller, den passierten Beilagensalat jeweils als wässrigen grünen Punkt am Rand. Das Pürieren kostete nur ein paar Cent mehr pro Essen – und schonte nicht nur Freds Magen, sondern ersparte ihm auch das mühsame und zeitraubende Zerschneiden, Aufpiksen und Kauen des Essens. Er musste es jetzt nur mehr löffeln und leicht ansaugen.

Wenn der Senior Manager in diesen Tagen für eine Ernte 23 auf den Balkon schlurfte, dann nahm er sich ein kleines Zierkissen mit, um die Oberarme auf dem Geländer abzustützen. So lehnte er dort Viertelstunde um Viertelstunde, den Aschenbecher dicht neben sich, und beobachtete das Geschehen in der kleinen Parkanlage. Ab und an rief er einen Jugendlichen zur Räson, der rücksichtslos mit seinem Skateboard herumfuhr. Oder er stutzte eine junge Mutter zurecht, die ihr Kind viel zu dünn angezogen hatte für diese Temperaturen.

»Sie da, Frollein!«, rief er dann gern von seinem Posten aus, »Das geht fei nicht! Der Kleine braucht einen Pullover.«

An ganz schlimmen Tagen räumte Fred die Beobachtungswarte auf dem Balkon nur noch, um neue Zigaretten zu ordern oder sich wieder aufs Ohr zu legen. Und er fragte sich, ob er einen Feldstecher besorgen sollte – aber er war zu lethargisch, um tatsächlich in den Seniorenkatalog zu gucken.

Einerseits schämte Frederik sich für seine abnorme Bequemlichkeit. Andererseits brauchte es ihm ja nicht peinlich zu sein: Er hatte seit seinem Zwangsurlaub ohnehin massig Zeit zur Verfügung. Wen interessierte es schon, was er damit tat? Seine Kollegen nicht, seine Mitbewohner nicht, seine Eltern nicht. Colt und Howie 1 waren vermutlich tot oder völlig verwildert, und Leni gab es nicht mehr.

Ja, Fred war bequem geworden – auf eine resignierte Art.

21 Ausflug zum Planeten MyMoney

»Los, raff dich auf, Purzel.«

»Müssen wir da wirklich hin?«

Fred lag um halb elf noch im Pflegebett; neben ihm guckte der Laptop unter der Decke hervor. Drei Wochen Zwangsurlaub hatten sie jetzt schon auf dem Buckel.

»Wir *müssen* natürlich nicht«, sagte Agata und seufzte. »Aber Herr Gruber hat deswegen extra seinen Sohn ausgeladen. Der ist stinksauer. Und Frau Beerendonk sitzt mit großen blauen Augen neben ihm im Flur und wartet auf dich.«

Fred starrte auf die Zimmerdecke. Sein Bart stachelte in alle Himmelsrichtungen.

»Na gut«, ächzte er langgezogen und schlug die Bettdecke zurück.

Der Ralph-Lauren-Anzug vom Vortag klebte noch an ihm und war über Nacht bis zur Unkenntlichkeit zerknittert.

»Hilfst du mir auf?«

»Ach Fred, das kannst du doch ... Aber nur, weil die beiden draußen auf uns warten.«

Sie trat an sein Bett.

»Ziehst du dich abends gar nicht mehr um?«

»Nur am Wochenende.«

Sie hatten bereits Freitag, und die Pflegerin legte ihre Hand auf die Nase: Fred muffelte in einem Ausmaß, dass

Deo es längst nicht mehr richten konnte. Zum Duschen war er in den letzten Tagen einfach zu müde gewesen.

»Also gut. Schnapp dir den Griff.«

Fred fasste nach der Triangel und zog sich linkisch daran hoch. Agata hob seine Knie und drehte die Beine zu sich. Im Liegen machte Fred dabei eine halbe Pirouette, freilich nicht aus eigenem Antrieb, bis er zu ihr gewandt auf der Bettkante saß.

»Geht's mit dem Kreislauf?«

Sie wartete einen Moment.

»Dann fass mir jetzt mit den Händen um den Hals.«

»Ist das wirklich notwendig?«, fragte er misstrauisch.

»Fred!«

Er schlang seine Hände hinter ihrem Pferdeschwanz ineinander.

»Okay. Halt dich fest.«

Sie machte einen Schritt zurück und zog ihn mit ihrem Körpergewicht hoch. Vernehmbar schnaufend, stand Fred schließlich vor ihr.

»Damit das klar ist«, sagte sie streng, »das war eine einmalige Ausnahme!«

Sie betrachtete das Ausmaß der Verwahrlosung.

»Fred, so können wir nicht los. Es ist immerhin dein Arbeitgeber.«

Er starrte vor sich hin.

»Müssen wir überhaupt los?«

Agata ließ die Schultern hängen.

»Du hast gesagt, du hättest schon Entzugserscheinungen. Und sie können dir nicht verbieten, eine Filiale zu besuchen? Vielleicht willst du ja ein Konto eröffnen.«

Fred summte eigenartig und nickte. Er nahm einen speckigen Kamm vom Sideboard, strich seine Haare zu einer fahlen grauschwarzen Fläche und fixierte das Ganze mit tüchtig Pomade. Schließlich hielt er seine

Hand noch mal in das Töpfchen und sah die Pflegerin an. Mehr?

»Lieber noch ein frisches Hemd, Fred. Du siehst aus wie ein … wie ein gekämmter Clochard.«

Ihr zuliebe nahm er ein paar weitere optische Verbesserungen vor, die eher zur Schadensbegrenzung gerieten, und stellte sich ergeben neben die Tür. Sehnsüchtig spähte er nach dem Rollator; aber Agata schüttelte den Kopf.

»Warum nicht?«, quengelte er.

»Verdammt, Fred, weil du alles, was du nicht mehr selbst machst, verlernst. Ich seh das bei unseren Bewohnern jeden Tag: Einmal Rollator – immer Rollator. Dafür bist du zu jung.«

Er zog ein Gesicht.

Im Wohnflur saßen die beiden Rentner und führten eine sehr laute Unterhaltung über Gehhilfen.

»Dieses dauernde Gequassel erträgt ja kein Mensch«, sagte Agata halblaut, als sie mit Frederik herankam, guckte aber hochzufrieden.

Offenbar wirkte Fred weniger zufrieden.

»Ist dir nicht wohl?«, fragte Elsa, als er die Polstergarnitur erreichte.

Die 80-Jährige war heute ein Traum in Türkis.

»Du bist ja ganz blass!«

»Nein, es geht schon, Omima«, entgegnete Fred dumpf.

Für Omima unternahm er die kurze Anstrengung, so zu gucken, als sei ihm wohl.

»*Elsa Beerendonk*, Purzel, das ist doch Elsa Beerendonk! Du bist so zerstreut in letzter Zeit.«

»Jaja, ich weiß. Ich weiß.«

Elsa griff in ihre Tasche.

»Willst du vielleicht einen Keks?«

Die Lifttür ging auf, und Micha trat mit Gretel am Arm heraus.

»So, Folks, können wir?«

»Muss der mit?«, moserte Fred halblaut.

Seine finstere Laune hielt im Lift, am Parkplatz und auf der Fahrt Richtung Innenstadt an. Elsa dagegen lächelte mit roten Wangen durchs Busfenster. Nur zwischendurch hörte Fred, wie sie mit Gretel über ihn tuschelte: »So ein fescher junger Mann war er! Es kommt mir vor, als wär's gestern gewesen.«

In der Stadtmitte fuhr der Altenheim-Bus fast an der MyMoney-Filiale vorbei: Mit ihrer schneeweißen Fassade, den abgerundeten Fensterecken und dem grünen Licht, das von innen hereindrang, sah sie erst auf den dritten Blick wie eine Bank aus.

Als sie schließlich eintraten, riss Gretel sich ob des Electro Bebop Mix' sofort ihr Hörgerät vom Kopf – und auch Fred bekam Ohrensurren: Vielleicht lag es an den Unmengen Eierlikör, die vom einsamen Vorabend auf dem Balkon noch durch sein System schwappten. Aber irgendwie war ihm hier alles zu voll und zu grell und zu schnell, ihm schwindelte fast, und dann dieser Lärm aus den Boxen.

Im Kontrast zu Georg und den beiden alten Frauen, zu ihren Stöcken und gebückten Rücken und dem Rollator, wirkte die MyMoney-Filale wie ein gleißendes U-25-Raumschiff: Vor eiförmigen Geldautomaten hockten Jugendliche auf Barhockern, hoben entweder Geld ab oder spielten eins von Smithis Games und schlürften dabei Bubble Tea. Hinter ihnen erstreckte sich der spiegelglatte Schaukasten mit GigglyCards, PrettyCards und Bizzy-

Cards. Und gerade zog der Duft von Vanilleeis und Kaugummi zur Altenheim-Delegation herüber. Agata schnupperte in den Raum.

»Das sind die SmellyCards«, sagte Fred müde und vertrieb mit der Hand die Duftschwaden.

Die größte Traube straffer junger Menschen stand vor den Fächern mit den neuen CuddlyCards. Micha hatte sich eine davon herausgeholt und fuhr mit dem Finger über ihre Kunstrasen-Oberfläche.

»Wie soll man die denn in einen Geldautomaten kriegen?«, fragte er Elsa, und sie runzelte die Stirn.

»Hi, Guys!«, sagte ein junger Mann im pinken MyMoney-Shirt, der plötzlich hinter ihnen stand.

Er trug eine hippe Nerdbrille, rieb sich die Handgelenke und lachte ölig.

»Darf ich?«

Er nahm Micha die Karte aus der Hand und streichelte den Kunstrasen.

»Die Grashalme legen sich beim Einschieben flach ab«, erklärte er. »Ist weniger zum Geldabheben gedacht, eher als ... Zweitkarte. Als Gag.«

Er gab den Mini-Rasen an Micha zurück.

»Ich bin Sam«, flötete er dienstfertig. »Euer persönlicher Customer Relations Manager. Superhappy, dass ihr da seid! Wir haben ein paar tolle ...«

»Das ist aber nett, mein Bub!«, sagte Elsa, und Schorsch verwirrte Sam mit einem Handschlag.

»Tja: Was kann ich für euch tun, Guys.«

Die Senioren sahen sich unschlüssig um. Schließlich deutete Elsa auf die Wand mit den Kreditkarten-Designs und sagte: »Ich hätte gerne einen Filterkaffee.«

Nur kurz schaute Sam überfordert aus seinen schwarzen Brillenrändern, dann formte er zwei Finger zu einem Exzellent-Zeichen und machte sich auf die Suche nach einem Filterkaffee.

Agata sah sich in der Filiale um.

»Vielleicht suchen wir erst mal ein paar Stühle für Sie«, sagte sie zu den Senioren.

Aber Elsa bestand darauf, noch einmal in ihrem Leben auf einem Barhocker zu sitzen, vielleicht, weil der futuristische Retro-Stil sie an das Tanzcafé erinnerte, in dem Alfons damals um sie geworben hatte. Nach einer kurzen Debatte über Sicherheitsvorschriften hoben Micha und Agata die Rentnerin zusammen auf einen der Stühle, und Micha blieb neben ihr stehen, um sie wie ein Kind auf seinem Pony festzuhalten. Mit Agatas Hilfe schafften es auch Gretel und Schorsch auf die Barhocker, nur Fred kapitulierte und lehnte sich schlaff gegen den Tresen.

»Und wie geht's dir?«, fragte Agata, »Jetzt, wo du mal wieder Bankluft riechst?«

Er lächelte gequält.

»Ein bisschen kühl schaut's hier aus«, sagte Elsa von weiter oben.

Sie hatte die Hände über ihre Bügeltasche gefaltet.

»Wie in diesem Gebetsraum in St. Ambrosius«, brummte Georg Gruber von seinem Barhocker, »Nur in der Zukunft.«

Fred sah sich um. Ehrlich gesagt, sah es so aus, wie man sich wohl in den siebziger Jahren die Zukunft vorgestellt hatte: Mit Lamettastreifen, die vor Windmaschinen raschelten, spacigen Verkaufstresen in Creme und Limettengrün und Riesenbildschirmen, auf denen retro-moderne Imagefilme liefen: »Time is Love is Money« flackerte da gerade.

Gretel schüttelte beim Anblick der superglatten weißen Oberflächen den Kopf.

»Kinderchen, das muss aber auch alles jemand sauber halten hier. Saugen, feucht wischen, polieren. Und das gibt Streifen wie toll, wenn man nicht auf der Hut ist.«

Respektvoll zog sie die Mundwinkel nach unten.

Micha hatte sein Handy herausgenommen. Er machte Fotos von Queen Mum, die sich eine Kreditkarte mit Kussmund-Motiv vors Gesicht hielt. So war die obere Hälfte ihres Gesichts 80, die untere vielleicht 25 und trug knallroten Lippenstift.

»Die Fotos werden super, Frau Beerendonk«, rief Micha.

Als sein Sucher Fred erreichte, ließ er das Handy sinken.

»Fred, bei allem Respekt: Du siehst scheiße aus.«

Er steckte das Telefon in seine Gesäßtasche und knuffte den früheren Mitschüler in den Bauch.

»Was ist denn bloß los?«

Aber bevor Micha ihn therapieren oder weiterknuffen konnte, kam Sam mit einem schicken kleinen Heißgetränk zurück, das bestimmt kein Filterkaffee war, und stellte es vor Elsa auf den Tresen.

»Guys?«

»Wir, also …,« sagte Fred schwach, aber Agata kam ihm zu Hilfe.

Sie deutete auf die drei Rentner.

»Die Herrschaften möchten gern für ihre Enkel sparen und suchen ein passendes Konto.«

»Aha«, flötete Sam.

Er tippte an ein Fach in der Wand, das leise aufploppte, und zog bunte Dokumente und Kreditkarten daraus hervor.

»Haben Sie sich da schon ein bisschen informiert?«

»Das kann man wohl sagen«, murmelte Fred.

Aber Queen Mum schüttelte den Kopf, und Sam lächelte erfreut.

»Dann werde ich Sie mal beraten. Also wenn es *meine* Enkel wären«, er guckte so verantwortungsbewusst es mit seiner Gel-Strähnchen-Frisur ging, »dann wäre mir das Beste ja gerade gut genug ...«

Die Heimbewohner nickten.

»Und dann würde ich wahrscheinlich zu unserer maßgeschneiderten MyMoney-Enkelpolice greifen: Sparvertrag und Versicherungsschutz in einem. Man weiß ja nie, was den Kinderchen mal passiert.«

Queen Mum fasste sich ans türkise Revers.

»Wir bieten sie in Kooperation mit K&O-Versicherungen an.«

Sam lachte aalglatt und legte ein paar quietschbunte Karten auf den Tresen.

»Dazu gibt es spezielle Prepaid-Kreditkarten mit urbanen Designs und trendigen Duftnoten. Das ist Banking zum Spaßhaben und Wohlfühlen.«

Während Sam seine Police anpries, sah Fred sich müde um. Die Filiale war knallvoll, und wahrscheinlich hatte sie das ihm zu verdanken, seinen Konzepten und Strategien. Aber ehrlich gesagt, sahen die wenigsten hier so aus, als wollten sie sofort einen Sparvertrag abschließen. Hier tranken sie Bubble Tea und bewunderten lustige Kreditkartenmotive. Aber an keiner der Beratungskabinen leuchtete das witzige »Occupied«-Schild. Das erste Gehalt brachten diese jungen Leute wahrscheinlich zu irgendeiner spießig gestylten Bank, bei der auch ihre Eltern und Großeltern vor ihnen schon gewesen waren. Fred zog eine Schnute.

Er guckte hinüber zu Sam, der Queen Mum gerade ein Bündel Vertragsformulare unter die Nase streckte.

»Mit einer Enkelpolice haben Sie den Rundum-Sorglos-Schutz! Unterschreiben Sie einfach hier, hier – und hier ...«

Unterschreiben? Freds Schultern strafften sich. Sie unterschrieben doch heute nichts hier, es war doch nur ein Ausflug! Aber der Kugelschreiber zitterte schon in Elsas Hand, während Sam beständig auf sie einschwatzte. Jetzt führte er sogar ihren Arm zum Papier, wofür sie sich vielmals bedankte.

Agata schien sie abhalten zu wollen, aber ganz offenbar hörte Queen Mum momentan vor allem darauf, was der nette junge Mann in dem feschen rosa Jöppchen sagte.

Fred ruckte an seinem Jackett, so kräftig, dass das Gros der Anzugfalten verschwand. Er fuhr sich mit der Hand durch die Haare, schob die Jackettärmel zurück und war wieder auf Position. Zwei Stechschritte, dann stand er neben Queen Mum und zog ihr das Dokument unter der Nase weg.

»Darf ich mal?«

In drei Sekunden scannte er den Inhalt, den er ja eigentlich auswendig kannte.

»Nur so aus Neugier«, fragte er den Customer Relations Manager süßscharf, »Wie sind bei dieser Police denn die Konditionen? Verzinsung, Einlagensicherung ...«

Sam winkte gönnerhaft ab, als müsse Fred sich darüber nun wirklich nicht sein hübsches Köpfchen zerbrechen. Aber er setzte noch nach.

»Ach, und wie hoch ist die garantierte Rendite?«

Wenn die nicht über dem eingezahlten Betrag lag, würden Lily und Catarina am Ende ohne Gewinn dastehen – im dümmsten Fall ohne Inflationsausgleich. Da könnten sie das Geld auch gleich in einen alten Socken stecken und unter die Matratze legen.

»Und haben Sie einen Referenzkurs?«

Sam nickte verbindlich.

»Ich will ganz ehrlich mit Ihnen sein: Ich weiß all diese Zahlen nicht auswendig.«

Er hob die Hände.

»War noch nie gut in Mathe!«

Er zwinkerte Queen Mum zu, als verschaffe ihm dieses Geständnis einen Sympathie-Bonus.

»Aber ...«

Er fischte eine glitzernde Lillifee-Kreditkarte aus dem Stoß und ließ sie vor ihr wackeln.

»Urbane Designs?«

Doch Queen Mum würdigte Prinzessin Lillifee keines Blickes.

»Diese garantierte Rendite«, fragte sie sachlich. »Die gibt es also nicht.«

Sam schnaubte. Beleidigt legte er die Kreditkarte weg und begann, seine Unterlagen zu sortieren.

»Tja, wenn es Ihnen nur ums Geld geht, und nicht um die Sicherheit der Kinder ...«

Fred blätterte bis Seite 6.

»Wo Sie es ansprechen: Die Deckungssummen im Versicherungsteil sind geradezu läppisch. Dafür gibt es überflüssige Bausteine wie Chefarztbehandlung und Rooming-in für die Eltern.«

Er deutete auf ein paar Paragraphen.

»Aber das lässt sich zur Not doch noch locker im Krankenhaus bezahlen.«

Georg stemmte einen Arm in die Hüfte.

»Ja, das hab ich mir auch schon gedacht.«

»So kann ich nicht …«, zischte Sam leise, während Gretel an ihren Dritten hantierte.

Mit einem Ruck zog sie sich die Zähne aus dem Mund und legte sie auf den Tresen. Von dort bleckten sie den MyMoney-Mitarbeiter an, und er grinste säuerlich zurück.

»Es ist natürlich Ihre Entscheidung«, sagte er und sammelte zur Strafe die Kreditkarten ein.

Mit einem fratzenhaften Lächeln verließ er die störrische Kundschaft, verschwand hinter einem leuchtenden Raumteiler und tauchte nicht mehr auf.

Fred zerriss den Vertrag.

»Okay: Enkelpolicen sind meistens total überteuert. Es ist viel besser, du trennst Versicherung und Sparen: Wenn du über so lange Zeit für jemanden sparen willst, investierst du am besten an den Aktienmärkten. Da sind einfach die höchsten Renditen zu machen – und bis das Kind mit der Schule fertig ist, gleichen sich auch die Kursschwankungen wieder aus. Natürlich musst du aufpassen, dass du nicht gerade in einer Abschwungphase aussteigst. Den Rest steckst du in konservative Anlagen wie Bundeswertpapiere und …«

»Vielleicht lass ich doch alles in der Spardose«, murmelte Gretel zahnlos.

Auch Schorsch und Elsa sahen alles andere als beruhigt aus.

»Okay«, sagte Fred schließlich. »Wir machen einen Crashkurs im Enkelsparen. Sobald ich aus Paris zurück bin, setzen wir uns …«

»Ja, natürlich«, rief eine grelle Männerstimme. »Sie wollen den armen alten Leuten nur helfen, was?«

Neben einem pinkfarbenen Geldautomaten stand, die Hände in den Jackentaschen, der Mann vom Ententeich, mit dicken Brillengläsern auf der Nase und einem besorgten Zug um den Mund.

»Wie großherzig von Ihnen!«

Er trat einen Schritt heran.

»Werner!«, rief Grubers Georg und guckte von seinem Barhocker, als habe ihm jemand den Tag versaut.

»Was machst du denn hier!«

»Einen Computer kaufen?«, sagte Werner schnippisch und sah sich demonstrativ nach etwas Passendem um.

Sein Lederblouson knarzte bei jeder Bewegung.

Werner sah so aus wie Georg minus ein Vierteljahrhundert; demnächst musste er wohl selbst in Rente gehen. Er hatte Papas volles Haar geerbt, nur in Graubraun, und seinen massigen Körper.

»Zufällig ist das aber eine Bank, mein Sohn«, belehrte ihn Gruber senior und hob, ob seines Wissensvorsprungs triumphierend, die Augenbrauen.

Werners Blick blieb an den Kreditkarten-Displays hängen.

»Ja, wie auch immer«, brummte er. »Aber jetzt, da wir uns hier – zufällig – treffen, müssen wir was besprechen, Papa.«

Er trat einen Schritt auf seinen Vater zu und sah ihn mit weiten, riesig unter der Brille hervortretenden Augen an.

»Heike, Marliss und ich, also wir machen uns Sorgen um deinen Umgang hier.«

Er kippte den Kopf Richtung Fred.

»Und wir haben auch den Eindruck, dass du irgendwie vor uns flüchtest.«

Seine Stimme wurde mit jedem Wort dünner; Queen Mum kramte in ihrer Tasche vorsorglich nach der Keksschachtel.

»Am Sonntag wolltest du nicht spazieren wegen deines Gleichgewichts, Papa. Der Geburtstag von Lieselotte war dir zu anstrengend. Und jetzt finde ich dich hier auf einem Barhocker?«

Gruber sah ertappt an sich herunter.

»Meinen Skype-Kontakt hast du offenbar *gesperrt*, Papa – falls das nicht das Tun eines anderen war.«

Werner schickte Fred einen anklagenden Blick.

»Heute Morgen sagst du mir wegen Schwindelgefühls ab – und dann höre ich im Heim, dass du einen Ausflug in die City machst?«

Gruber öffnete den Mund – und schloss ihn unverrichteter Dinge. Jetzt wandte Werner sich Fred zu und musterte ihn wie einen Ladendieb.

»Und wir beide müssen reden. Allein.«

»Werner!«, rief sein Vater.

Doch Fred bemühte sich, kooperativ zu gucken. Per Kopfnicken wurde er in eine limettengrüne Beratungskapsel geordert.

Innen strahlte grelles Licht, und sie standen recht eng; Kundengespräche mussten in diesem Ambiente unangenehm sein.

Werner räusperte sich wie jemand, der seine Worte lange und reiflich überlegt hat.

»Ich – und meine Schwestern – wollten Ihnen etwas sagen«, hob er an, und Fred ließ sich auf einen Designerstuhl sinken.

»Wenn es Ihnen nur um das Erbe meines Vaters geht: Da ist nicht viel zu holen!«

Werners Stimme wackelte schon wieder bedrohlich; vom fröhlichen Wesen seines Vaters hatte er genetisch nicht viel mitbekommen.

»Kein Grund, ihn wegen dem bisschen Rente irgendwie zu verarschen, Freundchen!«

Fred war bei MyMoney ja schon manches an den Kopf geworfen worden. Aber als Erbschleicher hatte ihn noch keiner bezeichnet.

»Und wenn du irgend so ein Sektenguru bist, Freundchen, und unseren Vater …«

»Der Mann ist nur Bankmanager«, rief Agata dazwischen und drängte sich zu ihnen in die Kapsel.

Ihre weiße Kittelkombi fluoreszierte im Licht der Kabine, und die rosa Haare schillerten dazu.

»Er wohnt nur bei uns, weil er zurzeit eine Krise hat. Und er ist etwas labil, also passen Sie bitte ein bisschen auf, was Sie …«

»Ich bin *nicht* labil!«

»Fred, labil ist im Moment dein zweiter Vorname! Wissen Sie, Herr Gruber: Er kommt manchmal arrogant rüber, mit dem Anzug und so. Und in dem Managerton schleicht er sich auch nicht in die Herzen aller …«

»Hey«, rief Fred. »Ich stehe immer noch direkt neben dir.«

»… Aber er ist bestimmt nicht der Typ, der alte Leute abzockt.«

Fred hob unschuldig die Hände.

Es wurde langsam eng in der Kapsel, die von den Kollegen im Retail Design damals möglichst platzsparend für den urbanen Einsatz konzipiert worden war. Und nun drängte sich noch Gruber senior höchstselbst zwischen sie.

»Verdammt noch mal, Werner«, rief er hitzig, »Herr Berg und ich, wir sind Freunde. Und du und die Mädels, ihr nervt mich entsetzlich mit eurer Fürsorglichkeit.«

Er schnaufte.

»Mir geht's gut, glaubt das doch mal! Ich plane gern meine Beerdigung, na und? Jeder braucht sein Hobby! Und mit Herrn Berg kann ich beim Minigolf über das Fest reden, ohne dass er gleich in Tränen ausbricht.«

Gruber senior setzte sich schwer auf das Beratungstischchen, und Fred fragte sich, ob die Statik des Möbels für solche Zwecke ausgelegt war.

»Und du solltest dir auch eine Beschäftigung suchen, Werner. Jetzt, wo du frisch in Frührente bist.«

Sein Sohn nahm die Brille ab und rieb die beschlagenen Gläser mit dem Lederärmel ab.

»Wir dachten nur ...«

Er schob sich die Brille wieder vors Gesicht und richtete einen Zeigefinger auf Fred.

»Aber wir beobachten dich, Freundchen! Und wenn irgendwie rauskommt, dass du Papa *doch* um sein bisschen Rente prellst, dann komm ich direkt bei dir vorbei.«

Er spielte unschlüssig mit seinen Fingern.

»Und bringe *Marliss* mit!«

Fred hob demütig die Hände. Mit Marliss wollte er auf keinen Fall Ärger haben.

Als Werner sich etwas später beruhigt hatte und sie gemeinsam den Laden verlassen wollten, setzte bei Fred wieder diese heftige Übelkeit ein. Ihm wurde so schlecht, dass er sich an einer der Leuchtsäulen festhalten musste, die zum Herunterladen von MyMoney-

Apps herumstanden. Die Dinger waren einmal seine Idee gewesen.

Agata kam ihm zu Hilfe.

»Schon wieder der Bauch, Fred? Du bist ganz blass.«

Sie griff stützend unter seinen Arm.

»Es geht schon, danke.«

Fred fuhr sich mit schmerzverzerrtem Gesicht übers Hemd.

»Lasst mich am besten hier zurück. Geht einfach weiter. Ich komm schon klar.«

Agata verlagerte ihre Tasche auf die andere Seite. Sie stellte sich dicht neben Fred, fasste ihn unterm Arm und packte sein Handgelenk.

»Stütz dich gegen meine Hüfte. Ja so. Prima.«

Sie gingen langsam nebeneinander zur Tür.

»Was hat Dr. Mankel denn wegen dem Bauch gesagt?«

»Nichts.«

»Nichts?«

Sie ließ ihn fast fallen.

»Er hat einfach nichts zu deinen anhaltenden Schmerzen gesagt?«

Frederik schüttelte den Kopf.

»Nein, ich … Also um vollkommen ehrlich zu sein: Ich war noch gar nicht bei ihm.«

Er nuschelte zwischen seinen Zähnen hindurch, halb aus Schmerz, halb aus Scham.

»Es war einfach so viel los. Der Stress mit dem Schneekugel-Basteln. Und jetzt Packen für die Parisreise …«

Agata schüttelte den Kopf.

»Du warst die ganze Zeit *beurlaubt*, Fred! Du hattest Zeit ohne Ende! Am liebsten würd ich jetzt sofort mit dir ins Krankenhaus fahren …«

Sie schaute sich nach Micha um, bereit, die Sache einzufädeln, aber Fred winkte ab. Er war kein Held als Patient. Und auf gar keinen Fall wollte er vor Agata eine Panikattacke bekommen. Das war ihm in Krankenhäusern passiert, wegen Zipperlein, und es war demütigend.

»Bitte, ich will jetzt auf keinen Fall ins Krankenhaus.« Er lächelte angestrengt, und Agata sah ihn durchdringend an.

»Ich kann dich schlecht zwingen, Fred. Obwohl ich mich schon manchmal frage, ob du nicht einen Vormund bräuchtest ... Aber vor der Parisreise gehst du auf jeden Fall, ja? Versprichst du das?«

Er nickte und wandte sich Georg Gruber zu, der schnaufend durch die Menge junger Menschen zu ihnen herüberzuckelte und auf den leicht abgewetzten Ledersitz seines Rollators deutete.

»Willst du dich einen Moment setzen, Junior?«

Fred nahm die Einladung gerne an; ihm war durch und durch übel.

22 Zeitreise nach Paris

Auf Agatas Ermahnungen hin traf Fred gleich am nächsten Morgen eine harte Entscheidung: Er ging zum Friseur. Mit dem Lift fuhr er hinunter ins Souterrain. Angesiedelt in einem Glaskasten neben der Schwimmhalle hatte man sich im »Salon Manfred« auf den Umgang mit dünn und grau werdendem Haar spezialisiert. Egal ob silberne oder weiße Schöpfe, ob Geheimratsecken oder Stirnglatze, hier stylte man alles unbeirrt im Achtziger-Jahre-Look.

Seit Freds letztem Besuch im Salon Manfred waren Monate vergangen. Damals noch hatten die Seniorenfriseure sein tiefschwarzes Haar gelobt und dessen schiere Fülle bestaunt. Jetzt strich eine Betonblondine mit dem Namensschild »F. Scheuer« missmutig durch Freds fahles Haar, in das sich mittlerweile graue Strähnen geschlichen hatten.

»Haben Sie da schon mal ’ne Pflegespülung draufgemacht?«

Er schüttelte den Kopf.

»Tja, das sieht man«, sagte sie und guckte unter ihrer steifgesprayten Föhnwelle hervor, als habe das alles eh keinen Sinn.

Fred hätte einiges an Munition gehabt, ihr diese Frechheit heimzuzahlen: Von der Frisur mal ganz abgesehen – irgendwas stimmte nicht mit diesen dünn aufgemalten Brauen, die in steilen Bogen über ihren Augen hockten. So stellte er sich einen Außerirdischen kurz vor dem Angriff vor.

Dies zu äußern verkniff er sich aber – aus mangelndem Antrieb, aber auch aus Angst, F. Scheuer könnte sich dafür mit einer silbernen Haartönung rächen. Und mit der gezückten Schere hatte sie ihn ja ohnehin in der Hand.

»Wie woll'n Sie's denn«, fragte die Friseurin und deutete auf die Raufasertapete, an der Poster von stark geschminkten Menschen mit Schulterpolstern hingen.

Beim letzten Besuch im Salon Manfred hatte Fred sich noch gegen diese Art Beratung gewehrt, jetzt deutete er brav auf einen dezenten Vokuhila mit Strähnchen.

»Der wird gern genommen«, sagte F. Scheuer und tätschelte ihn.

Auf seinen Hinweis, er habe demnächst einen wichtigen Businesstermin, sagte sie: »Gut, Herr Berg, dann machen wir die Strähnchen schön dezent, gell, nur Glanzhighlights?«

Sie nickte zufrieden und machte sich daran, Fred einen Plastikumhang über die Schultern zu legen und mittels Druckknopf fest zu knipsen.

»Wo ham's denn Ihren Termin?«

»In Paris.«

Die alte Dame am Nachbarspiegel ließ ihre bunte Zeitschrift sinken und sah mit großen Augen zu Fred herüber. F. Scheuer dagegen beeindruckte sein Reiseziel wenig.

»Paris? Was wollen Sie denn *da*?«, fragte sie, als wäre das nun wirklich der letzte Ort auf Erden, an den es einen Menschen ziehen könnte. Über Freds Kopf hinweg schob sie die schwenkbare Trockenhaube zur Seite.

»Brrr. Mir wär das zu kalt.«

Stattdessen schwärmte sie von Fuerteventura und der DomRep und von anderen Reisezielen fernab der Île-de-France. Mit gespreizten Fingern durchkämmte sie Frederiks schütteres Haar, verzweifelt auf der Suche nach *irgendetwas* Gutem, und verpasste ihm einen Stufenschnitt mit nach Haarwasser duftender Föhnwelle.

»Das ist doch mal flott«, sagte sie ohne falsche Bescheidenheit, als sie schließlich den Umhang aufknipste.

»Und die Strähnchen machen Sie um Jahre jünger!«

Fred betrachtete sich im Spiegel. Er hatte noch nie so seltsam ausgesehen: wie ein müder alter Herr mit Perücke. Allein wegen der – vermutlich superscharfen – Profi-Schere in F. Scheuers Hand verkniff er sich einen bitteren Kommentar. Seine Rache folgte sicherheitshalber erst an der Kasse. Dort lehnte er die Brillantine-Dose geradewegs ab, die sie ihm aufschwatzen wollte, bezeichnete ihre Betonfrisur als »sehr rustikal« – und machte, dass er im Aufzug verschwand.

Zum Lunch ging es in den kunstblumenbewehrten Speisesaal auf Station 2, wo Fred jetzt ab und zu seine pürierten Mahlzeiten einnahm. Heute gab es graubraunen, weißen und roten Brei für ihn, während seine Mitbewohner Tafelspitz an Meerrettichsoße mit Bouillonkartoffeln und Rote Beete genossen. Bald durfte er wieder arbeiten, dachte der Senior Manager beim Ansaugen des Essens, und das war eine erleichternde Aussicht.

23 Business-to-Bingo

Am darauffolgenden Montag wollte Fred mit seinen Strähnchen Richtung Flughafen aufbrechen. Es war 5.30 Uhr, als er sein Apartment abgesperrt hatte und zum Lift stechen wollte – und dabei mit dem Armani-Ärmel am Handlauf hängenblieb. Ratsch, die Naht war auf. Ungläubig starrte er auf das anthrazitfarbene Stück Stoff.

Es war sein erster Arbeitstag nach wochenlangem Zwangsurlaub: Er konnte sich heute keine Fehler erlauben. Nicht heute. Fred presste den rechten Arm so an sich, dass er den handspannenlangen Riss im Sakkoärmel verdeckte. Testhalber versuchte er in dieser Position zu winken und ein Exzellent-Zeichen zu machen. Aber spätestens beim Shakehands mit den Kollegen am Flughafen würde seine verlotterte Garderobe auffallen.

Mit feuchter Hand öffnete Frederik den oberen Hemdknopf und schluckte. Der Anzug in seinem Koffer war noch ungebügelt, die anderen hatte er in die Wäsche gegeben, wo sie vermutlich grade vor sich hin schäumten. Es gab einen Nähservice im Haus, aber der war momentan garantiert nicht besetzt.

Aus dem lädierten Jackett riss er ein Smartphone hervor und googelte wie rasend darin herum: »ärmel selber flick …« Scheiße, er hatte nicht mal eine Nadel.

Geschlagen setzte er sich auf eins der Sofas und betrachtete den Spalt in seinem Edel-Jackett, als Queen Mum aus ihrem Zimmer trippelte.

»Du liebes Bisschen!«, rief sie. »Soll ich das Jöppchen eben flicken?«

»Kannst du das denn?«, fragte er gequetscht.

Sie lächelte mild.

»Was du auf der Bräuteschule gelernt hast, das vergisst du nicht: Rumba tanzen, Kohlrouladen wickeln, Nylonstrümpfe flicken ...«

Sie streckte die Hand nach seinem Jackett aus. Fünf Minuten später war Fred von einem uralten Faden gerettet und rauschte im Taxi zum Flughafen.

Obwohl er sich in Paris beinahe unvorbereitet in die Verhandlungen warf, verlief alles nach Plan. Und als die französischen Partner endlich unterzeichneten, spürte er den schwachen Impuls, »Bingo!« zu rufen.

Auf seine seniorengerechte Art freute er sich tatsächlich über den Deal. Denn auch, wenn dieses lupenreine, beinah kitschige Glücksgefühl, das die Arbeit ihm früher beschert hatte, verschwunden blieb: Es war immer noch besser, ein trauriger Senior Manager zu sein, der gerade einen großen Deal über die Bühne gebracht hatte, als ein trauriger Praktikant. Und der Armani-Anzug stand ihm jetzt, da er Senior Manager mit angegrauten Schläfen war, noch besser als zuvor. Daran konnten auch F. Scheuers Glanzhighlights nichts ändern.

Am Abend saßen sie beim soßigen französischen Abendessen mit reichlich Wein. Aber auch die possierlichen Jugendstillampen und das Silberbesteck halfen nichts: Fred wünschte sich sein fett- und salzarm zerkochtes Altenheimessen vom Wärmeteller zurück. Der Rotwein schmeckte scheußlich, ehrlich gesagt, aber er ertrug ihn und litt bei jedem Schlucken still vor sich hin. Sollten doch andere ihn zurück in die Küche schicken. Nach dem Bœuf Bourguignon fühlte Fred sich noch unwohler. Es zwickte und brannte gleich hinter seinem Bauchnabel. Der viele Alkohol während des Stoffservietten-Diners hielt immerhin die Angst in Schach. Während der Crème brûlée wanderten die Schmerzen in Richtung Magen und auf Frederiks Heimweg zum Hotel wieder zum Bauchnabel. Aber als er seine Business-Suite betrat, waren sie fürs Erste verschwunden.

Mitten in der Nacht klopfte es wieder hinter seinem Bauchnabel an. Frederik setzte sich krumm im Hotelbett auf und drückte an sich herum, prüfte mal hier, mal dort. Es musste wieder der Blinddarm sein. Fred betrachtete den Parkettboden und die cremefarbenen Möbel und fragte sich, wie man in einer so eleganten Umgebung so hässliche Schmerzen haben konnte. Er versuchte sich in privatem Krisenmanagement: Er weilte immerhin in Paris; medizinisch war man da fast so gut versorgt wie im Altenheim. Es gab also zwei Möglichkeiten. A: sich anziehen, direkt in ein Krankenhaus gehen, etwas radebrechend seine Schmerzen beschreiben und zur Beruhigung einen Ultraschall verlangen. Oder B: einfach die drei Champagnerfläschchen aus der Minibar köpfen ... Das ging schneller und beruhigte ebenso.

Eine Dreiviertelstunde später fiel Fred in einen Nebel aus Übelkeit, Schlaf und sehr hochpreisigem Alkohol.

Als sein Cell ihn weckte, war der Schmerz verschwunden, Freds Gesicht aber grau von den Anstrengungen und Ängsten der Nacht. Beim Café au Lait an der Hotelbar, Smithi neben sich, spürte er immerhin wieder ein laues Glücksgefühl wegen des gestrigen Deals. Zu rechtem Appetit auf das Frühstückscroissant reichte es aber nicht.

Den freien Tag in Paris verbrachte Fred zusammen mit Smithi, in dessen blonder Gesellschaft man gleich noch etwas einsamer war.

Auf den Champs-Élysées schneite ein Schwall hellgrüner Kastanienblätter auf sie hinab, und Fred hatte einen melancholischen Moment lang das Gefühl, mit dem Kollegen durch eine Schneekugel zu stapfen, durch *seine* Schneekugel, und das fühlte sich einfach nicht richtig an.

Unter einem Vorwand bog er mit Smithi in die Straße ab, die er schon mit Queen Mum auf Google besucht hatte, und tatsächlich kamen sie am Hotel Mémoire vorbei. Während Smithi nebenan im Tabakladen Zigaretten besorgte, starrte Fred durch das Fenster der Rezeption. In einer Couchecke saß ein junges Paar, dessen Blickkontakt nie abzubrechen schien.

Als er Paris damals mit Leni besucht hatte, waren sie – als er einmal nicht arbeitete – an der Seine marschiert. Sie hatten vor dem verschlossenen Centre Georges Pompidou ärgerlich auf ihre Uhren gesehen, irgendwo Austern mit Pommes gegessen und Franzosenworte gesammelt wie hübsche Souvenirs. Sie waren Arm in Arm gelaufen, fest ineinander verkeilt, und hatten über Traumwohnungen, Familienfeste und Kindernamen fabuliert. Na ja, Leni jedenfalls.

Smithi hatte andere Themen im Repertoire, ganz andere, und er behandelte den Senior Manager seit seinem erneuten Aufstieg fast wie einen Chef. Fred genoss seine Zuvorkommenheit und nutzte den Kollegen ein bisschen wie einen Altenpfleger. Allerdings passte er an der Seine auf, nie allzu nahe am Ufer zu spazieren: Ein Schubser aus

Smithis Richtung, und der Senior-Manager-Posten wäre ganz schnell wieder zu haben gewesen …

Doch er überstand den Business-Trip unfallfrei, und als sie am nächsten Abend im Flieger nach Hause saßen, war Smithi so zuvorkommend wie nie. Er bellte dem Senior Manager zuliebe sogar die Stewardess an, weil sie seine Schlafbrille vergessen hatte. Dann bekam Frederik wieder die Bauchschmerzen, die allerdings überlagert wurden vom Gefühl der Einsamkeit und der Angst vor der Landung.

24 Rebellion des Appendix

Am nächsten Tag hatte Dr. Oppermeier das Postbriefing für den Frankreichdeal eingetaktet. Der Chefmacher würde Fred anerkennend gegen die Schulter boxen, endlich wieder seit jenem unseligen Meeting. Solche schönen Szenen waren rar geworden in Frederiks Leben, und er wollte sich diese eine nicht von Bauchschmerzen-Geschichten und Arztbesuchen verderben lassen.

Sie trafen sich in Freds Büro – und Dr. Oppermeier wollte nichts von der Arbeit hören. Schon als er zur Glastür hereinkam, fiel Fred die Veränderung auf. Der Chefmacher wirkte so … human? So versehrbar? Statt wie sonst erst mal strategisch zu schweigen, quasselte er an diesem Tag wie ein Schulmädchen. Mit atemlosen Sätzen berichtete er von seiner Trennung.

»Aus heiterem Himmel! Und wissen Sie, warum sie mich verlässt? Sie hat einen Burn-out!«

Er lachte gereizt.

»Und es läge nicht etwa an ihrem Halbtagsjob, dass sie sich ausgebrannt fühlt, und auch nicht an Jochen. Sie sagt, es liegt an unserer Ehe.«

Seine Stimme zitterte.

»Der tägliche Leistungsdruck ist ihr zu groß. Behauptet sie.«

Der Chefmacher sah Fred fragend an. Es war, als ginge ein Knick durch den ganzen Mann, mitten durch seinen italienischen Schurwoll-Anzug und die souveräne Körperhaltung.

»Unsere gemütliche Familienkonferenz morgens im Bett, bei der wir so schön die Tagestermine abstimmen: will sie nicht mehr. Ich dachte, das sei gerade unsere Quality Time, so kuschlig mit den iPads in den Kissen.«

Jedenfalls war Frau Oppermeier an einem Samstagmorgen mit der Weekender-Tasche für sich selbst und einem riesigen Rollkoffer für Jochen in den Glasaufzug gestiegen, hatte das Baby auf den Arm genommen und den Knopf »Exit« gedrückt.

Oppermeier schielte auf Freds stolzen neuen Kaffeevollautomaten.

»Ich weiß nicht, Berg. Ob mir ein Extra-Cappuccino jetzt guttut – oder mich eher fertigmacht?«

»Auf mich wirken Sie schon etwas aufgedreht.«

»Ach, was soll's!«

Mit fahrigen Fingern manövrierte O. das Porzellan unter die Maschine und gönnte sich noch zwei folgenreiche Tassen.

»Und bei Ihnen, Herr Berg? Irgendwelche Neuigkeiten?«

Fred konnte sich kaum konzentrieren, weil dieser Schmerz in der rechten Bauchseite wieder überhandnahm.

»Nicht wirklich, außer …«

In seinem Delirium erzählte er Oppermeier alles, wenn auch ziemlich durcheinander: von seinem Einzug ins Altenheim, der grausamen Tat seiner Exfreundin, dem Ententeich, dem fremden Mann, der Werner war …

»Ins Altenheim?«, brüllte Oppermeier und schlug mit der Hand so hart auf den Plexiglastisch, dass das »Senior Manager«-Schild unter der Wucht erzitterte.

»Damn it!«, rief er noch mal roh und schien für einen Moment ganz der Alte zu sein.

Vielleicht war es aber auch nur der Kaffee.

»Das war nicht mit mir abgestimmt, dass Sie jetzt in einem Altenheim leben!«

Nach seinem Ausbruch interessierte er sich aber für Details: Der Laptop passte also genau in den Rollator-Korb? Man bekam da auf Wunsch magenschonende Kost? Und konnte den Seelsorger wirklich nach Gusto zu sich bestellen? Nur falls die Gedanken an seine dämliche Frau ihn wieder übermannen sollten …

Fred nickte und drückte ihm noch einen frisch gedruckten Prospekt mit seinem Konterfei in die Hand.

»Und vielleicht reden wir mal über die Filialen«, schob er nach. »Ich glaube, an unserem Fun-Banking-Konzept müssen wir dringend was ändern.«

Auch nach dem Gespräch mit Oppermeier wurden die Bauchschmerzen nicht besser. Aber als Fred schließlich mürbe genug war, bei Dr. Mankel anzurufen, war dieser gerade bei einem Notfall in einem anderen Heim – und die Empfehlung seiner Sprechstundenhilfe, sofort die internistische Abteilung eines Krankenhauses aufzusuchen, schlug Frederik in den Wind. Eine letzte Nacht wollte er noch darüber schlafen, und dann, first thing in the morning, ganz bestimmt zu einem Arzt gehen.

Schwitzend vor Schmerz lag er wenige Stunden später in seinem Eschenholzbett, starrte auf die Notklingel, als könne er sie so in Schach halten, und hatte höchst absonderliche Gedanken: Die antiquierte Börsenweisheit »Sell in May and go away ...« schwirrte ihm in Endlosschleife durch den Kopf.

»Sell in May and go away ... But remember to come back in September.«

Das klang so romantisch, und irgendwie auch so traurig, es trieb ihm beinah Tränen in die Augen. Wer würde im September wohl zu ihm zurückkommen?

»Sell in May and go away ...«

Dachte er das? Oder sagte er es vor sich hin? Jedenfalls war ihm vom Scheitel bis zur Sohle speiübel.

Freds Finger waren aufgeblasen wie lange Ballons, und man konnte jetzt vielleicht Gummitiere aus ihnen kneten, aber keinen Notknopf damit bedienen. Und der Knopf neben seinem Bett sah auch so eklig aus, wie er da aus der Wand guckte. Als würde er jeden Moment auf Freds Pflegebett tropfen und alles mit einer zähen roten Soße übergießen. Jetzt klopfte der Knopf auch noch, dum dum dum, und Freds Herz begann mitzuschlagen. Das *klang* auch noch eklig. Fred versuchte, sich mit den Überbleibseln seiner Kraft zur Seite zu rollen. Ihm war schlecht bis zum Anschlag.

»Fred, bist du da?«, hörte er Agata durch den Nebel in seinem Zimmer sagen.

»Sorry, dass ich einfach reinkomme. Ich hab Licht gesehen und du reagierst nicht auf ... Oh nein.«

Das Licht ging an, Agata war von einer Sekunde zur nächsten neben dem Eschenholzbett, und sie schlug dreimal hart auf den Knopf.

»Fred!«

Sie packte seine Hand und gab ihm mehrere sanfte Ohrfeigen. Aber Fred hinterfragte jetzt eh nichts mehr.

»Fred! Hast du wieder diese Schmerzen?«

Sie schlug noch mal auf den roten Knopf und hielt ihn schließlich gepresst.

»Fred! Halt durch. Es kommt gleich jemand!«

Fred fand keine Worte, das fürchterliche Brennen zu beschreiben, das ihn von innen zerriss, und jetzt, da Agata ihn gefunden hatten, wünschte er sich nur, endlich, endlich ohnmächtig zu werden.

Aber er bekam noch mit, wie Micha und irgendein Praktikant ihn vom Bett auf eine Trage hievten, wie es darauf erst in den Lift ging und dann in diesen Krankenwagen, der mit viel Trara draußen vorgefahren war, und wie Georg Gruber im Frotteeschlafanzug kerzengerade neben der Laderampe stand. Hinter ihm schaute Queen Mum alarmiert aus einem Blümchennachthemd. Fred musste ihr irgendetwas Tröstliches sagen.

»Uns bleibt immer noch Paris«, stieß er hervor und produzierte ein schiefes Lächeln.

Jemand pikste ihn in die Armbeuge, aber dieser Schmerz war gemessen an dem in seinem Bauch so lächerlich, dass Fred hysterisch zu kichern begann. Erst während der Fahrt mit routiniert heulender Sirene und quietschenden Gummireifen beruhigte er sich. Über ihm entspann sich ein Knäuel aus Stimmen und Gesichtern, aus denen er das Wort Appendix herausfilterte – ansonsten bekam er nicht mehr viel mit. Seine Zähne schlugen im Stakkato gegeneinander, die Knie fühlten sich an wie zwei Wollknäuel. Man hievte ihn noch mal auf eine andere, härtere Liege, die schnell durch Gänge gestoßen wurde, und jemand drückte eine Decke hoch bis zu seinem Kinn.

»Gibt es irgendjemanden, den wir benachrichtigen sollen, Herr Berg?«, rief ein neben ihm Eilender und klatschte Fred leicht ins Gesicht.

Aber Frederik fühlte sich verwirrt und wusste nicht, ob »meine Altenpflegerin« die richtige Antwort war.

Überfordert schüttelte er den Kopf, und eine Mundschutz-Stimme aus dem Off rief den Kollegen zu: »Hey. Hey! Keine Zeit mehr, schaut mal auf den Monitor!«

Bevor es schwarz wurde, hörte Frederik noch die routinierte, dumpf verhüllte Stimme des Anästhesisten: »Jetzt zählen Sie bitte bis zehn, Herr Berg.«

Fred fühlte sich so alt und so müde. Aber irgendwie schaffte er es, seine aufeinanderschlagenden Zähne voneinander zu lösen.

»Eins. Zwei. Dr...«

Als das Licht über dem OP ausging, wunderte Fred sich, wie früh, schnell und unbürokratisch sein Tod über die Bühne ging.

25 Walzer oder Wildwasser

Fred erwachte in seinem neuen Büro. Er thronte auf dem vertrauten Drehsessel, fühlte sich leicht und gut und hatte keine Schmerzen mehr.

Die Eckvitrine, seine Zielvereinbarung mit sich selbst, war noch genauso schön wie zuvor, auch wenn ihre Farben jetzt blasser schienen und die Ölgemälde von Jonathan Keener und Tobias Lloyd Shark diesig. Die Haifische standen auf ihren Hinterflossen im Wasserbecken und sahen Fred erwartungsfroh an. Er steckte in seinem Altherren-Schlafanzug; aber so war es umso bequemer. Die Glastür ging auf, und Smithi kam erhabenen Schrittes herein. Er trug eine schwarze Fliege um den Hals, sagte »Enjoy your drink« und reichte Fred einen Cocktail mit Minilampions und Papierschirmchen.

»Sir, ich habe dieses Getränk aus Blue Curaçao und Klosterfrau Melissengeist für Sie zusammengemixt.«

Frederik wollte nach dem Cocktail greifen, aber seine Hand machte keinerlei Anstalten: Sie verharrte schwer und unbeweglich neben ihm auf der Armlehne. Ein Versuch, sie mit der Schulter hochzuziehen – aber der ganze Arm lag da wie Blei. Smithi grinste und sagte noch einmal: »Enjoy your drink«. Dieses Mal klang es hämisch. Als Incentive streckte er Fred das Getränk auch noch direkt vor die Nase, und unter all den Schirmchen sah man eine schlammblaue Soße schwappen. Fred versuchte noch, seine andere Hand zu heben, aber auch sie fühlte sich kalt an und schwer wie Stein. Er konnte ruckeln, so viel er wollte: Der ganze Körper verharrte unbeweglich im Drehsessel.

Vom Flur her sah er eine rosarot-hellblaue Kette aus Babys unaufhaltsam auf sein Büro zukrabbeln, während er wehr- und reglos in seinem Chefsessel gefangen war. Das erste Fäustchen stemmte sich schon gegen die Tür, aber an der Glaswand prallte es ab und zerplatzte wie eine pastellfarbene Seifenblase. Weitere Babys robbten auf ihn zu, lösten sich aber, eins nach dem anderen, an der Glastüre auf.

Dafür schaffte es eine Frau durch die Tür, die so aussah wie weibliches Klinikpersonal in Achtziger-Jahre-Musikvideos: mit superkurzer Schwesternuniform und Rotkreuz-Haube. Er kriegte ihr Gesicht nicht scharf … Sie trat hinter ihn und verstellte einen Hebel an der Rückenlehne, so dass Fred nach hinten kippte und kurz fürchtete, gegen das Glas des Haifischbeckens zu donnern. Aber die Phantasie-Krankenschwester fing den Sturz im letzten Moment ab und steuerte mit ihrer Fracht auf eine Glasschiebetür zu, die sich mit leisem Surren öffnete.

Die MyMoney-Räume waren plötzlich riesig und hoch, fast wie Kathedralen. In einem der weiß getünchten Büros stieß Frederiks Drehstuhl beinahe gegen Georg Gruber, der ganz allein seine Trauerfeier abhielt: mit einer sahneumrauschten Torte, elfenbeinfarbenem Klavier und einem Satz weißer Tauben, die sich beim Hochfliegen die Köpfe an der Decke stießen. In einem anderen Büro saß die Station 4 mitsamt seiner Omima beim Kaffee; die Alten reichten einander einen Laptop, auf dem Fred zu sehen war, und flüsterten über ihn. Noch mal wurde er durch eine Tür gestoßen; dort staksten die Stuntmänner Colt Sievers und Howie Munson mit schlohweißen Haaren umher, knabberten an Himbeerblättern und sahen Frederik neugierig an. Gisela war auch da und sagte zu seinen beiden Lieblingsschauspielern: »Er ist wach, er ist wach!«

Er erwachte davon, dass ihm jemand die Hand drückte, und erkannte verschwommen seine Mutter. In einer aufgeregten Haltung zwischen Sitzen und Stehen wippte sie neben ihm auf und ab. Fred versuchte, den Druck ihrer Hand zu erwidern, aber es geriet eher wie ein Fuscheln. Seine Muskeln waren sehr schlaff. Auf der anderen Bettkante saß Leni und weinte: Das schien bei ihr zur Gewohnheit zu werden.

In seiner rechten Bauchseite fühlte Fred einen neuen, viel milderen Schmerz, ein gut abgrenzbares Stechen, das dankenswerterweise nicht mehr bis zum Kopf hin strahlte, sondern viel besser zu managen war als die Qualen dieser letzten Tage. Um den neuen Status quo zu erhalten, wagte er es kaum, sich zu bewegen, geschweige denn, seinen Bauch zu berühren.

»Hat jemand bei MyMoney Bescheid gesagt«, stöhnte er, »dass ich heute on sick leave bin?«

Seine Mutter ließ das Gesicht in die freie Hand fallen. Sie lachte und schluchzte zugleich, und zwischen ihren Fingern goss es nur so heraus. Noch mal quetschte sie Frederiks Hand. Erich kam vom Fenster herüber, zog Gisela sanft vom Bett fort und beugte sich über seinen Sohn. Er umarmte ihn so heftig, dass der Plastikschlauch in Frederiks Armbeuge stach und eines der Geräte zu piepsen begann.

»Wenn Sie Ihrem Sohn unbedingt die Infusion abklemmen wollen«, sagte eine Krankenhaus-Stimme, »dann machen Sie nur weiter so.«

Erich lockerte seinen Griff, und eine Frau in Schwesternuniform arrangierte die Kabel, bis das Piepsen verstummte. Er drehte sich schnell zum Fenster.

Fred lag stark erhöht wie immer: Das Krankenhausbett erinnerte wirklich sehr an sein Wohnbüro, mit dem Triangelgriff und den hypoallergenen, federlosen Kissen. Einerseits war es scheußlich – andererseits lag man sehr gemütlich darin. Neben dem Bett standen angegilbte Geräte Spalier; an der Wand hing ein Fotodruck der Kategorie »Landschaft mit Hütte«. Und auf dem Boden glänzte – soweit Frederik das in seinem Dämmerzustand beurteilen konnte – Linoleum wie in St. Ambrosius.

Aus einer Vase ragte ein Pfingstrosenstrauß, so riesig, dass er einen großzügigen Schatten auf Freds Krankenbett warf. Erich zog eine Grußkarte aus den Blumen und hielt sie seinem Sohn unter die Augen:

»LIEBER FREUND«, las der Patient in Druckbuchstaben. »Das complette Department Regional Management der Corporation Keener & Shark hofft, dass Sie bald wieder gesund werden!!! Gott schutze Sie!!! Regards, K. Oppermeier.«

Abgesehen von dem mitgedruckten Zusatz »gesendet von meinem Smartphone« hörte sich das beinah wie eine Spam-Mail an.

Ein sehr junger Arzt mit Pausbacken und einer Entourage noch jüngerer Ärzte kam herein. Bis auf ihren Anführer wirkten alle ein wenig nervös. Der Oberarzt mit dem Schülergesicht verriegelte Freds Infusion und erläuterte in schlanken Worten die Geschehnisse der letzten Tage: Appendizitis, Peritonitis, und so weiter. Auf der Bettdecke zeichnete der Mediziner die Skalpellschnitte nach, die jetzt in Freds Bauch zu Narben verheilten. Er erklärte auch, dass er höchstselbst ihn operiert habe, woraufhin Gisela sich bekreuzigte. Aber es sei alles spitzenmäßig verlaufen, sagte der junge Mediziner, und seine Entourage nickte aufgeregt.

»Hast du noch starke Schmerzen, Fred«, fragte sein Vater, als der Arzt weitergeeilt war.

Fred schüttelte den Kopf.

»Dann will Gisela dir was sagen.«

Er nickte seiner Frau zu, und sie schnäuzte sich noch einmal gründlich.

»Freddy, wir haben so viel falsch gemacht«, sagte sie und schien sich langsam wieder zu fangen.

»Das ist uns heute Morgen klargeworden, als dieser Anruf vom Krankenhaus kam …«

Sie holte Luft wie vor einem Tauchgang.

»Aber ab jetzt«, sagte sie auf wie ein frisch erworbenes Mantra, »respektieren wir deine Lebensentwürfe. Wenn es dein Herzenswunsch ist, in einem Altenheim zu leben, dann lebst du eben in einem Altenheim. Natürlich ist es ein bisschen exotisch. Aber Hauptsache, du bist gesund. Und ich habe jetzt auch Rosi erzählt, dass du, nun ja, betreut wohnst.«

Heldenhaft sah sie aus dem Fenster, wie eine Frau, die Opfer bringt.

»Und weißt du, was sie mir da gesteht? Ihre Tochter lässt sich jeden Tag ›Essen auf Rädern‹ kommen! Weil sie es einfach nicht mit dem Kochen schafft – bei vier Kindern!«

Gisela kicherte überreizt.

»Ist das zu fassen?«

Sie tupfte sich mit dem Ärmel die Augenwinkel aus, und Fred fuschelte etwas fester an ihrer Hand.

»Und falls du doch noch zum Zirkus willst, Fred: Unseren Segen hast du.«

Gisela schien alles zwischen ihnen klären zu wollen. Oh no, das konnte dauern.

»Wir haben da was für dich rausgesucht. Erich?«

Erich zog sein Smartphone hervor, tippte umständlich darin herum und reichte es ihr schließlich.

»War das Einzige, was deine Mutter ein bisschen ablenken konnte heute Morgen«, sagte er entschuldigend.

Gisela übernahm das Handy.

»Du kannst immer noch umsatteln, Fred. Mit dem Kurs ›Zirkus-Clownerie I‹ an so einer privaten Berufsschule.«

Sie hielt sich das Handy auf Armlänge vors Gesicht und kniff beim Ablesen die Augen zusammen: »›Spielerisch lernen Sie Ihren eigenen Clown zu erfahren und Ihr ureigenes Clown-Sein umzusetzen. Im Mittelpunkt stehen das Hand- und Herzwerk der Clownerie‹… Also ich denke, Fred, da kannst du nichts falsch machen.«

»Mama, das ist das Traurigste, was ich jemals gehört habe.«

Sie legte das Handy weg.

»Nur ein Vorschlag. Wir legen dir auch keine Steine in den Weg, wenn du bei deiner Bank bleiben willst. Wir unterstützen dich …«, sie sah zu Erich wie zu einem Souffleur, »in jeder – deiner – Entscheidungen.«

Im Rahmen seiner Möglichkeiten drückte Fred noch mal ihre Hand.

»Und um die Enkel brauchst du dir jetzt auch keine Sorgen mehr zu machen«, erklärte Gisela und sortierte ihr Taschentuch.

Fred versuchte sie anzulächeln.

»Ich bin nicht gerade von Sorgen zerfressen darüber …«

»Und das musst du auch nicht sein, weil ich mir auf eigene Faust Enkel besorgt habe!«

Frederik sah mit halbgeöffneten Lidern zu ihr auf. Jetzt fing es an mit ihr.

»Du hast was?«, fragte er schwach.

»Ich bin Großmutter. Du hattest schon recht, Freddy: Wir müssen unsere Chancen auf Enkel selbst verbessern. Ich hab bei unserem Jugendamt angeheuert – vor dir steht eine Leih-Oma.«

Sie machte eine kleine Pose.

»Drei Mal die Woche besuche ich Lucy und Emily. In Sachen Enkelplanung sind wir also so gut wie autark.«

Es klopfte an der Zimmertür, und Georg Gruber stieß schwer bepackt zum Krankenlager. Eine Schwester führte seinen Arm und leistete Hilfestellung bei dem Unterfangen, einen zellophanverhüllten Bastkorb herein zu wuchten.

»Junior«, schnaufte der Rentner, »Junior, bin ich froh, dich zu sehen. Fast hätt's dich erwischt – und das ohne Gästeliste für die Trauerfeier!«

Er schüttelte heftig den Kopf, als wäre die fehlende Liste das eigentliche Drama. Mit Hilfe der Krankenschwester hievte Gruber den Korb auf das Rolltischchen neben Frederiks Bett. Unter der Zellophanhaube machte er eine Miniflasche Jägermeister aus, eine Dose Kaninchenragout, getrocknete Steinpilze, Dauerjagdwurst, dazu schnapsgefüllte Edelbitterschokolade und eine Schachtel Käsegebäck. Auf dem angesteckten Schildchen las Fred in Schnörkelschrift »Weidmanns Heil«. Er bewunderte alles höflich, schwor sich insgeheim aber, seinem geschundenen Darm nie irgendetwas davon anzutun. Die Krankenschwester taxierte kurz den Präsentkorb, bekam im entscheidenden

Moment aber eine Telefonorder und ließ ihn unzensiert zurück.

»Mit Grüßen von deiner WG auf Station 4«, schnaufte Gruber. »Sie fragen alle, wann du wieder dabei bist.«

Fred musste lächeln. Die Station 4 im Altenheim war vielleicht nicht so cool wie eine Basketballmannschaft oder der Literaturclub – aber immerhin wollte eine Gruppe echter Menschen, dass er wieder einmal mit ihnen herumsaß.

Gruber holte noch einen schweren Umschlag hervor, aus dem er ein messingfarbenes Schild zog. Er hielt es dem Patienten vor die Nase. In schwülstig geschwungenen Buchstaben war darauf eingraviert:

Junior, Du wirst uns noch alle überleben!

Für Frederik Berg, Senior Bankmanager. Deine Station 4.

»Kommt morgen an unsere Bank am Ententeich, Junior.«

Er boxte Fred sanft gegen die Schulter.

»*Bank*-manager. Du verstehst?«

Gruber lachte zufrieden, und wiederholte: »*Bank*-manager!«.

Auch Herr Käs schaute vorbei – im Altenheim gehörte es wohl zu seinem Job, Bewohner im Krankenhaus zu besuchen. Er sah immer noch so frisch aus wie neulich beim Tanzcafé, war jetzt sogar richtig braun im Gesicht und trug ein cremefarbenes Hemd. Seit dem Schneekugelbasteln wirkte er deutlich um Jahre verjüngt. Zu Leni sagte er schon wieder »Enchanté«, und sie lachte lauter als unbedingt nötig.

»Sie sind der Sozialarbeiter in St. Ambrosius, nicht

wahr?«, hörte Fred seine Exfreundin fragen, »der diese wunderschöne Schneekugel gebastelt hat?«

Julian Käs machte eine betuliche Geste.

»Und Sie sind Lehrerin?«, fragte er.

»Am Lion-Feuchtwanger-Gymnasium, ja.«

»Ist das nicht die Schule mit der vielgelobten geschlechterdemokratischen Modellklasse?«

»Hm, ich habe sie sogar selbst eingeführt.«

»Nein, ist das wahr? Das finde ich ja spannend. Und Sie sind also die Freundin von …?«

Er deutete auf Fred, als läge dieser im Koma und kriege das alles eh nicht mit.

»Also, na ja, eigentlich ist er nicht mehr mein Freund.«

»Ach nein? *Das* finde ich ja spannend.«

Fred räusperte sich, und die beiden wendeten sich ertappt seinem Krankenbett zu. Das alles strengte ihn an. Zum Glück kehrte die Krankenschwester zurück, das Wort »Schmerzzäpfchen« fiel, und Freds Gäste beschlossen, ihn jetzt lieber alleine zu lassen. Gisela drehte sich in der Tür noch einmal um, wurde von ihrem Mann aber hinaus geschoben, bevor sie etwas Inhaltsschweres sagen konnte. Dafür setzte sich Erich selbst noch einmal auf die Bettkante.

»Fred, wir haben damals gedacht, es ist das Beste für dich«, sagte er.

»Ist schon okay. Ich wäre ein lausiger Clown geworden.«

»Nein, ich meine nicht den Zirkus. Ich meine wegen deiner Omima.«

Fred versuchte, sich im Bett aufzusetzen, aber die Narben in der Bauchdecke brachten ihn von seinem Plan ab.

»Gisela dachte damals, wir schonen dich, wenn wir's dir nicht gleich sagen. Sie war selbst so fassungslos …

Also hat sie für sich – und für dich – beschlossen, dass Omima halt nur auf Kaffeefahrt ist.«

»Omima und ich hatten Pläne, mal zusammen auf eine Kaffeefahrt zu gehen«, sagte Fred müde. »Wir wollten Heizdecken kaufen und Fußmassageroller …«

Sein Vater murmelte etwas und sah sich betreten auf die Füße.

»Es tut uns beiden sehr leid, Frederik.«

Die Schwester machte sich daran, Fred zur Seite zu rollen, worauf Erich zum Abschied noch mal seine Hand drückte und schließlich das Zimmer verließ.

Als das Zäpfchen an Ort und Stelle saß und die Infusion mit dem neuen Schmerzmittel lostropfte, dämmerte Fred abermals weg – zu seiner Eckvitrine bei MyMoney, wo er mit steinernen Armen im Chefsessel fläzte.

Es war schön und schaurig zugleich, so bewegungslos durch den Finanzturm gekarrt zu werden. Die Phantasie-Krankenschwester, beugte sich über ihn, und unter der Rotkreuz-Haube lächelte ihn Agata an. Sie stieß Fred durch eine weitere Flügeltür, und er war zurück in seinem Krankenbett.

Die Schwester hatte ihn mit seiner Infusion und dem Zäpfchen alleine gelassen. Vorsichtig versuchte Frederik, seinen rechten Arm zu bewegen, und erschrak über die hochschnellende Hand. So gut es mit der Kanüle ging, fischte er nach dem klobigen Telefon auf dem Nachttischchen. Seine Cells lagen wahrscheinlich noch im Altenheim. Die Anrufe und Text Messages auf dem Dienst-Handy mussten sich nur so drängen.

Die Nummer der Pflegezentrale kannte er mittlerweile auswendig. Agata sei nicht da, sagte eine Kollegin, sondern auf dem Weg ins Krankenhaus. Eine Minute später stand sie neben seinem Bett.

Aber wie eine MTV-Krankenschwester sah sie überhaupt nicht aus: Sie trug eine hastig zurechtgeschobene Frisur, aus der rosarote Haarbrücken hervorstanden, und eine Sonnenbrille in altmodischer Schmetterlingsform.

»Fred! Zum Glück bist du wieder wach …«

Sie nahm die Brille ab. Der Lidstrich war kreuz und quer über den Wimpern verschmiert, und unter den Augen hingen sorgenträchtige Halbmonde. Sie kam auf Fred zu, lächelte gezwungen – und schlug ihm mit der flachen Hand voll auf den Kopf.

»Du – I-di-ot!«

Sie steckte die Sonnenbrille weg.

»Aauuh! Was soll das denn!«

Fred fasste sich an den Schädel, und die Krankenschwester eilte herbei, um sich schützend vor ihn zu stellen.

»Hey, hey, junge Frau! Dieser Mann hatte einen Blinddarmdurchbruch.«

»Das ist mir scheiß-e-gal!«, gab Agata zurück und schob die Schwester zur Seite, so dass ihre Schuhsohlen beim Rutschen über den Plastikboden quietschten.

»Und ihm selbst ist es offenbar auch egal«, rief sie rau. »Warum zum Teufel bist du nicht zum Arzt gegangen? Du hattest es versprochen.«

Ihre Hand klatschte noch mal auf Freds Kopf, und die Krankenschwester drückte dreimal hintereinander die rote Taste auf ihrem Stationstelefon: »Sicherheitsdienst. Sofort!«

Agata zerrte derweil ein schmales Kissen unter Freds Kopf hervor und holte damit zur Rückhand aus.

»Ich hab es dir gesagt! Micha hat es dir gesagt! Herr Gruber hat es dir gesagt: Geh! Zum! Arzt!«

Im Takt ihrer Worte schlug sie auf den liegenden Frederik ein.

»Selbst der Plüschhund hat prophezeit, dass was passieren wird …«

»Der Plüschhund hat jemand anderen gemeint«, ächzte Fred. »Es waren meine Stabheuschrecken, die …«

Sie hielt kurz inne.

»Du glaubst doch wohl nicht an das, was Frau Rodys Plüschhund sagt!«

»Nein! Du etwa?«

Ein Mann mit offizieller Stickerei an der Brust eilte ins Zimmer und rief: »Gibt es hier irgendein Problem?«, aber da traf Agata den Patienten gerade satt auf die Schulter.

»Nein«, rief sie, »wir kommen blendend klar!«

Der Mann vom Sicherheitsdienst war ein ziemlicher Zwerg, und Agata konnte Fred noch ein paar Schläge verpassen, bevor es zwischen ihr und dem Mann ein beschauliches Handgemenge gab, an dessen Ende sie sich eher aus Höflichkeit überwältigen ließ.

Fred holte noch mal tief Luft, so gut es mit den frischen Narben am Bauch ging. Er musste sie *jetzt* fragen. Das Leben war vielleicht kürzer als kalkuliert und die Zeit ein knapperes Gut als geglaubt.

»Gehst du mit mir aus?«, traute er sich aus seinem Krankenlager heraus zu fragen.

»Wie bitte?«

»Was?«, fragte auch die Krankenschwester und checkte

mit sorgenvoller Stirn den Infusionsbeutel. »Wie lange hängen Sie eigentlich schon an dem hier?«

Sicherheitshalber verriegelte sie den Schlauch.

»Gehst du mal mit mir aus?«, wiederholte Fred.

Aber Agata packte ein neues Kissen.

»Verdammt noch mal! Musst du schon wieder an die Arbeit denken? Ich begleit dich bestimmt nie wieder auf deine dämlichen Termine!«

Sie holte noch mal zur Rückhand aus, aber Fred rief: »Nein! Nicht für einen Termin. Ich meine *so*.«

»*So*?«

»*Ja. So*.«

Agata betrachtete das Kissen.

»Und du meinst *so* im Sinne von …?«

»Genau.«

»Also, das kommt überraschend.«

Sie strich das Kissen glatt.

»Hm, und schwierig wird es auch: Als Angestellte in St. Ambrosius bin ich gehalten, mich nicht mit den Bewohnern … na ja. Steht irgendwo in der Satzung. Kam zwar noch nie vor im Heim, aber …«

Fred nickte.

»Ist klar.«

»Ist wie in *Dirty Dancing*«, rechtfertigte sie sich weiter, »wo der Tanzlehrer nichts mit der Touristin …«

»Und wenn ich aus dem Altenheim ausziehe – jetzt sofort?«

Der zierliche Sicherheitsmann hatte sich an Agata herangeschlichen und nahm ihr mit einem schnellen, gut vorbereiteten Ruck das Kissen aus der Hand. Als er es in der Hand hatte, schnaufte er tief durch.

»Angenommen, ich wäre nicht mehr stinksauer auf dich, Fred, weil du wochenlang nicht zum Arzt gehst und dein Leben riskierst.«

Sie schluckte.

»Und angenommen, ich würde überhaupt anfangen, darüber nachzudenken, mit dir *so* mal was zu machen. Dann würdest du wirklich dein geliebtes Wohnbüro aufgeben? Den Sitztanz, die Wassergymnastik, alles?«

Fred nickte entschlossen.

»Wo würdest du denn hinziehen – so auf die Schnelle.«

Er überlegte. Zurück zu seinen Eltern war wahrscheinlich keine gute Alternative, wenn er Agata irgendwie beeindrucken wollte.

»Ich ...«

Wo zog man hin, nach dem Altenheim?

»Michas Bus ist wieder voll bewohnbar«, sinnierte sie. »Steht an einem Friedhof, glaube ich, er verleiht ihn manchmal an Freunde. Ist in der Stadt nicht ganz legal, darin zu übernachten ...«

Sie zog eine Grimasse.

»Aber wenn die Polizei dich morgens am Parkplatz weckt, sagst du einfach, du müsstest sonst zurück ins Altenheim. Die drücken bestimmt ein Auge zu.«

»Werde ich hier noch gebraucht?«, fragte der Sicherheitsmann unschlüssig.

»Bleiben Sie lieber noch mal da«, sagte die Schwester. »Man weiß bei solchen Paaren nie, wann es wieder losgeht.«

»Wir sind kein Paar!«, sagten Fred und Agata synchron.

Agata strich sich durch die verhedderten rosa Haare.

»Was würden wir denn machen – wenn wir uns *so* sehen. Also ich sag's gleich: Weder werd ich mit dir die Volkstümliche Hitparade anschauen noch irgendwo einen Seniorenteller essen. Und in meiner Freizeit geh ich auch ungern auf Kaffeefahrt.«

»Klar.«

Eigentlich klang eine Kaffeefahrt nicht unattraktiv für Fred. Wenn er die jüngere Vergangenheit rekapitulierte, dann stach der Ausflug ins Café Lotti quietschbunt heraus, während alles drum herum zu einem zähen grauen Businessbrei verschmolz: die Arbeit, die vielen Konferenzen, sein ganzes Job-kompatibles Leben in St. Ambrosius. Es war wie mit den Kindheitserinnerungen: Von den Ferien war noch jedes Pistazieneis und jeder Strandtuchzipfel gespeichert, von der Schule dagegen kaum etwas – und das, obwohl Fred so leidenschaftlich gern gelernt hatte.

Vielleicht waren die Erholungsphasen am Ende doch wertvoller als die Arbeit – netto gesehen?

»So was wie die Kaffeefahrt, nur irgendwie jünger«, sagte er zu Agata. »Vielleicht mit Wildwasserrafting vor dem Kuchenessen.«

Fred wurde ob seines eigenen Vorschlags schwindelig. Er war so naturnah und plastisch. Aber er hatte das Gefühl, dass er sich nur mit einem sprichwörtlichen Sprung ins kalte Wasser retten konnte.

Agata lachte.

»Na ja, vielleicht warten wir jetzt mal, bis sich das ...«

Sie deutete vage auf Freds Bauch.

»... beruhigt hat. Dann können wir immer noch klären ob Walzer oder Wildwasser.«

Sie kam an sein Bett, und einen Moment lang fürchtete er neue Schläge – aber es gab lediglich einen Kuss auf die Wange, bei dem sie die Choreografie ganz wunderbar und ohne jede Kopfkollision hinkriegten. »Erhol dich schnell«, sagte sie. »Und sorry wegen ...« Verlegen nickte sie zu dem zerbeulten Kopfkissen hinüber.

»Überanstreng dich nicht, ja? Ich bin morgen wieder da.«

Die Krankenschwester machte einen kleinen Schritt zur Seite, als Agata an ihr und dem Sicherheitsmann vorbeikam.

»Nicht überanstrengen – das sagt grade *die.*«

Wieder mit sich allein, dachte Fred ausgerechnet an Herrn Käs. Er musste das immer noch verdauen: Der Mann war ja gar nicht mehr Herr Käs, er war jetzt Julian. Der schöne Julian. Vielleicht lag es an den Resten der Infusion, dass Fred ganz unerhörte Gedanken durch den Kopf stürzten: Möglicherweise konnte auch er sein Leben ändern, genau wie Herr Käs. Ob man als Senior Manager bei MyMoney in Teilzeit arbeiten konnte? Er könnte sich das Gel aus den Haaren waschen, »Sloppy Casual« tragen und am helllichten Tage einfach Freizeit machen. Dann hätte er mehr Zeit mit Agata … Okay, wenn er sich zu sehr gehenließ, würde es gelegentlich einen Schlag auf den Hinterkopf geben.

Später kam noch einmal eine Krankenschwester.

»Diese Infusion vorhin«, fragte Fred. »Können Sie mir sagen, was …?«

Er wollte ein letztes Mal zu seiner Eckvitrine und alle Büros besuchen.

»Die lieben alle, ich weiß«, sagte die Krankenschwester, als ginge es um eine neue Limonade. Sie beugte sich tief zu Frederik herunter.

»Wir nennen sie den Alles-egal-Tropf. Aber er wird jetzt zugedreht für Sie«, sagte sie bestimmt und sortierte Pillenbecherchen in ein Tablett.

»Wir zwei müssen rüber zur Sono. Der Doktor will sich das zur Sicherheit anschauen. Ich fahr Sie.«

Mit dem Fuß entsperrte sie die Bremse und hängte sich, um das Krankenbett zu bewegen, wie ein Windsurfer ans

Fußende. Aber kurz bevor sie um die Ecke waren, hielt sie das Bett noch mal an.

»Also ich *kann* Sie fahren – oder Sie gehen zu Fuß, an meinem Arm. Für den Bauch wär's auf jeden Fall gut, wenn Sie sich bewegen. Aber im Bett kommen wir schneller und einfacher rüber.«

Sie lehnte sich bäuchlings gegen die Stangen und zuckte mit den Schultern.

»Ist Ihre Entscheidung.«

Seine Entscheidung – das sagte sie so leichtfertig! Aber ein solcher Schritt wollte durchdacht sein. Schneller, einfacher und um Längen gemütlicher war natürlich die Variante mit dem Bett. Fred begutachtete sein Krankenlager. Es war vielleicht nicht so gemütlich wie das Eschenholzbett im Altenheim – mit dem ganzen grauen Plastik und den Kabeln darunter. Aber er würde damit in no time beim Ultraschall sein und wieder zurück, und das alles bequem im Liegen. Überhaupt hatte das Krankenbett – nur mal so rein hypothetisch gedacht – seine Vorzüge: Den Rückenteil konnte man per Fernbedienung stufenlos justieren. Zum Schlafen per Knopfdruck runter, zum Arbeiten wieder hoch, und an Wochenenden irgendwo dazwischen.

Das Krankenbett war eine verschärfte Version seines Altenheimbetts: In einer Halterung unter dem Gestell gab es zum Beispiel diese moderne Bettpfanne. Wenn ihm im Liegen eine Idee für die Buzz Meetings käme, er aber dringend zur Toilette müsste, dann würde er das Bett respektive seinen Arbeitsplatz im Notfall gar nicht verlassen müssen. Der Tropf, der von diesem Metallarm herabhing, würde zudem seinen Tag strukturieren. Abends könnte er endlich auf Knopfdruck einschlafen und dieses ewige Gegrübel umgehen. Und morgens könnte er mit einer intravenösen Dosis Traubenzucker schneller wieder wach werden. Er müsste dann nicht mehr umständlich frühstücken, nicht einmal Püriertes! Das würde immens Zeit sparen, wertvolle Zeit. Man konnte einfach nur noch so daliegen und abwarten.

Andererseits: In diesem Krankenbett könnte Fred nicht zu seinem Date mit Agata fahren. Nein, das war ganz unmöglich. Auch eine Kaffeefahrt mit Station 4 wäre darin ausgeschlossen, leichtlaufende Rollen hin oder her, genauso wie ein Besuch bei Julian und Leni oder eine Runde Minigolf mit seinem Freund Georg Gruber. In Michas Bulli passte das Bett schon gar nicht – und einmal im Leben wollte Fred doch gern von der Polizei neben einem Friedhof geweckt werden. Die Vorstellung, dann völlig verzottelt die Bustür aufzuschieben und seine MyMoney-Visitenkarte hervorzukramen, hatte einen gewissen Reiz.

»Also, wie sieht's aus?«, fragte die Krankenschwester gedehnt und entsicherte mit ihrem Fuß die Bremse.

»Woll'n Sie im Bett liegen bleiben oder zu Fuß zur Sono?«

Frederik setzte sich kerzengerade in den hypoallergenen Kissen auf. Liegen bleiben oder selber laufen? Für ihn war das eine ganz grundsätzliche Entscheidung.